Sie möchten keine Neuerscheinung verpassen?
Dann tragen Sie sich jetzt für unseren Newsletter ein!

www.ylva-verlag.de

Weitere Bücher von Ina Steg

Letzte Zutat Liebe

Eine Diebin zum Verlieben

Alles nur Kulisse

Küsse im Schneesturm

INA STEG

Danksagung

Ich danke meiner Lektorin Jenny Spanier von Herzen für ihre geduldige und mutmachende Unterstützung. Ihre vielen schönen Ideen haben die Geschichte mit Sanftheit und Charme bereichert.

Dem Ylva-Team danke ich für die Hingabe, so viel Kraft in jedes Buch zu stecken, bis alle Teile verschmelzen.

Liebe Leserin, lieber Leser, ich danke dir für die Möglichkeit, meine Geschichten mit dir teilen zu können und für deine Neugierde, sie zu lesen. Was für ein wunderbares Abenteuer.

Widmung

Für

Anna und Jess

(…ever…)

Kapitel 1

Zoe betrachtete den blinkenden Weihnachtsstern in dem Fenster hinter ihrer Chefin. Jedes Jahr gab es einen neuen, mit noch mehr Farben und einer schnelleren Abfolge der Farbwechsel.

Während sie auf Sandys Reaktion bezüglich ihres Artikels wartete, schmiedete Zoe einen Plan, wie sie den Stern kaputtmachen könnte.

Es würde aus Versehen passieren. Durch ein einfaches Missgeschick, wie ein umgeworfenes Wasserglas oder ein Stolpern über das Kabel.

Zoe betrachtete die Schnur. Das Kabel hing von der Fensterbank hinab und verschwand hinter dem Sideboard, das sich hinter Sandys Rücken befand. Sie kannten sich zwar bereits seit zehn Jahren, doch es gab gerade leider keinen überzeugenden Grund, warum sich Zoe hinter dem Schreibtisch ihrer Chefredakteurin aufhalten sollte.

Blau, Hellgrün, Rot, Gelb, Pink.

Ganz Frankfurt schien momentan in diesen Farben zu blinken.

Warum hingen die Leute überhaupt ständig Dinge in die Fenster? Schließlich waren sie dazu gemacht, um hinauszuschauen und nicht, um von dem Kram, der sie zierte, eine Migräne zu bekommen.

Sandy atmete laut aus.

Das war kein gutes Zeichen.

Wenn sie ihre Lesebrille von der Nase zog und lächelte, konnte Zoe beruhigt sein.

Nun schaute Sandy sie über den Rand der Brille hinweg an, zog sich diese von der Nase und legte sie auf den Tisch.

Na also, geht doch.

Zoe lächelte.

»Toll, dass der Artikel schon fertig ist, obwohl wir erst gestern Morgen beim Sonntagsdienst darüber gesprochen haben.« Sandy fuhr sich durch ihre kurzen Haare und gab so etwas wie ein glucksendes Kichern von sich. »Es war eine großartige Idee, mit den hohen Temperaturen im Sommer zu beginnen, die den Weinreben ihre Süße verleihen und somit auch den Geschmack des Glühweins prägen, um dann darauf zu verweisen, dass eben diese Temperaturen nun dazu führen, dass er auf den Weihnachtsmärkten kaum verkauft wird. Brillant.« Sandy neigte sich vor. »Wie hast du gestern noch die Winzerin ans Telefon bekommen?«

»Beim Weinfest vor zwei Jahren habe ich ihr unsere Verlegerin vorgestellt. Seitdem bestellt Christa wohl regelmäßig einige Kisten bei ihr und beschenkt damit ihre Geschäftspartner und Kollegen.«

Sandys Blick huschte kurz zu ihrem Garderobenschrank.

Zoe lächelte, weil sie wusste, dass sich darin auch einige der Flaschen befanden. »Als wir uns bei einem weiteren Termin mal sahen, gab sie mir ihre private Handynummer.«

Sandy warf noch mal einen Blick auf den Bildschirm. »Es ist gut, etwas über die verschiedenen Meinungen der Glühweinverkäufer zu lesen und wie sie versuchen, die Verluste aufzufangen. Die Idee des einen, Glühweintrinken bei den warmen Temperaturen als gesunde Schwitzkur zu verkaufen, ist zwar ein wenig schräg, aber es scheint ja zu funktionieren. Du musst gestern Abend noch lange unterwegs gewesen sein, um die vier Märkte abzuklappern.«

Zoe winkte ab. »Abends ist die Stimmung doch viel schöner.«

»Sollte dich etwa der Geist der Weihnacht gepackt haben?«

Zoe ignorierte die Bemerkung. »Kann der Artikel morgen so rausgehen?«

Sandy nickte. »Wir lassen ihn in der Länge. Falls du gerade noch Artikel oder Meldungen in Bearbeitung hast, wäre es gut, wenn du diese gleich fertigstellst oder überlegst, ob du sie jemandem übergibst. Christa will dich, Robert und Daniel in einer Stunde im Konferenzraum sprechen. Es geht um einen größeren Auftrag über die Feiertage. Ich habe die Besprechung schon im Teamkalender eingetragen.«

Schlagartig wurden ihre Hände kalt. Zoe überlegte. Als Verlegerin vergab Christa selten Aufträge direkt an die Journalisten. Meistens geschah das nur über die Chefredakteure und -redakteurinnen der Haupt- und Lokalredaktionen, wie Sandy. »Weißt du, worum es geht?«

Sandy lächelte kaum merklich. »Ja, aber ich kann erst mal nur sagen, dass dieser Auftrag eine gute Chance für dich wäre. Du weißt ja …«

Zoe nickte und bedeutete Sandy somit, dass sie nicht weitersprechen musste.

Schlagartig erinnerte sie sich an ihr Gespräch vor einem halben Jahr. Im Laufe des kommenden Jahres sollten die Stadtteilredaktionen zusammengelegt und Stellen abgebaut werden.

Zoe war zwar seit zehn Jahren dabei, aber sie war nicht verheiratet, hatte keine Kinder, momentan noch nicht mal eine Freundin, und stand somit ganz oben auf der Liste.

Mit ernster Miene sah Sandy sie an. »Kommst du nach dem Termin vorbei und sagst mir, wie es gelaufen ist?«

»Ja, natürlich.«

Zoe stand auf und verabschiedete sich. Während sie zurück in das Hauptbüro lief, durchforstete sie gedanklich ihre To-do-Liste. Es gab nur noch ein paar Meldungen, die sie beenden musste.

Die Nervosität hatte nun ganz von ihr Besitz ergriffen und ihr Herz schien schneller zu schlagen. Im Büro blieb sie stehen und atmete tief ein und wieder aus.

Es duftete nach Zimt und Kaffee.

Ob Robert auch nervös war?

Sie ließ ihren Blick durch den Raum schweifen. Für einen Moment verweilte er auf den beiden Plätzchentellern, die bereits wieder fast leer waren. Manchmal dachte sie, es arbeiteten nicht fünfzehn Leute in diesem Büro, sondern als käme jeder der hundertzehn Mitarbeiter der Hauptredaktion ständig an diesen Tellern vorbei.

Zucker wäre jetzt allerdings nicht verkehrt.

Sie ging auf die Plätzchenreste zu und schaute zu den gegenüberliegenden Tischen. Nur zwei waren besetzt. Robert war nicht an seinem Platz. Sie griff nach einem Spekulatius und ging an ihren Schreibtisch. Auch ihre Bürohälfte war gerade fast verwaist.

Zoe mochte die Vorweihnachtszeit nicht, denn es war zwar sehr viel zu tun, aber im Großraumbüro herrschte trotzdem eine trügerische Ruhe, da immer mindestens ein bis zwei Kollegen krank waren, sich bereits im Weihnachtsurlaub befanden, oder eine der zahlreichen Veranstaltungen besuchten. Am Ende des Jahres gaben viele Unternehmen noch mal Pressekonferenzen, um über ihre Bilanzen und die Pläne für das neue Jahr zu sprechen. Auch wenn sie das laute Grundrauschen aus Telefonklingeln, Tippen und Stimmengewirr auch jetzt wieder sehr vermisste, war es ihr doch ganz recht, dass die Chance dadurch geringer war, auf den bevorstehenden Termin angesprochen werden zu können.

An ihrem PC öffnete Zoe die wenigen Dokumente, die sie noch bearbeiten musste, feilte an den Formulierungen und ergänzte einige Angaben.

Zehn Minuten vor der Videokonferenz ging Zoe in den Besprechungsraum. Sie öffnete ein Fenster, schaltete den Beamer ein, fuhr den Laptop hoch, klickte auf den Link im Kalendereintrag und legte ihren Notizblock vor sich ab.

Nach einigen Augenblicken erschien Daniels kantiges Gesicht in dem Fenster rechts unten in der Ecke. »Hi. Kannst du mich gut hören und sehen?«

Zoe hob die Hand. »Hey, ja, alles gut, du mich auch?«

Er hob den ausgestreckten Daumen in die Höhe.

»Wie ist die Stimmung im Westen der Stadt?«, fragte Zoe aus Höflichkeit.

»Das übliche Weihnachtschaos. Dank des kleinen Politik-Skandälchens hatte ich aber genug zu tun und konnte mich vor ein paar allzu festlichen Terminen drücken.«

»Ich habe deinen Artikel gelesen. Klasse Sache.«

Daniel grinste und zeigte dabei seine perfekten weißen Zähne, von denen Zoe sicher war, dass er sie bleichen ließ.

Zoe hatte Daniels Artikel nicht gelesen.

Ihm war vor einer Woche eine besondere Sensation gelungen, weil er die Verwicklungen eines Bezirksbürgermeisters in einen Umweltskandal aufgedeckt hatte.

Es war eine Minute vor zwölf. Robert kam herein und warf sich auf den Stuhl. »Tach! Hatte noch ein Telefonat.«

Christas Bild erschien in der Mitte des Bildschirms.

Sie begrüßten sich.

»Es geht um eine Reportage über eine norwegische Firma. Sagt euch der Name Georg Amundsen etwas?«

Amundsen. Der Name kam Zoe bekannt vor. Erinnerungen stoben durcheinander, bis sich zwei klar herauskristallisierten. »Eine Straße in Bockenheim ist nach ihm benannt. Und gab es nicht vor ein paar Wochen einen Nachruf in unserem Lokalteil auf ihn?«

Christa hob ihren Zeigefinger. »Genau. Er ist vor drei Monaten im Alter von zweiundsechzig Jahren sehr plötzlich verstorben. Unser Korrespondent in Oslo kümmerte sich um den Nachruf. Er hatte dafür Kontakt mit einer Pressesprecherin des Unternehmens. Nun wird seine Tochter die Firma übernehmen. Uns erreichte eine Mail von ihr. Da sie das Unternehmen zukünftig auf dem deutschen Markt wieder stärker positionieren möchte, fragte sie nach einer möglichen Berichterstattung unsererseits. Sie fände es eine gute Idee, zunächst in ihrer ehemaligen deutschen Heimatstadt wieder auf die Firma aufmerksam zu machen.«

Christa trank einen Schluck, bevor sie weitersprach. »Die Chefredaktion ist auf mich zugekommen, denn meine Familie war damals mit den Amundsens eng befreundet. Georg Amundsen und seine Frau kamen in den Siebzigerjahren nach Deutschland und bauten hier einen Zweig des norwegischen Familienunternehmens auf. Indem er andere Geschäftsleute überredete, sich ebenfalls in der damals noch recht unbekannten Einkaufsstraße anzusiedeln, wurde der Stadtteil Bockenheim innerhalb weniger Jahre in der ganzen Stadt sehr beliebt.«

Christas Gesichtsausdruck wurde weicher. »Er baute Spielzeugfiguren aus Holz. Es waren ganz besondere Stücke und bereits nach einigen Jahren waren es begehrte Sammlerobjekte. Ich habe meinen Kindern damals auch welche geschenkt.« Sie räusperte sich. »Ende der Achtziger brachen er und seine Frau mit ihrer Tochter hier plötzlich alle Zelte ab und gingen zurück nach Norwegen. Sie blockten danach jeden Kontaktversuch ab, selbst von guten Freunden. Ich habe mir den Nachruf auf Georg Amundsen angesehen und mich daraufhin mit unserem Korrespondenten unterhalten, denn diesen Teil der Vergangenheit hat er in seiner Story nur knapp ausgeführt.«

Christa blickte auf ihre Notizen. »Er erzählte mir, dass sein Interview mit der Pressesprecherin sehr zäh gewesen wäre. Sie wollte kaum etwas über Amundsens Zeit in Deutschland erzählen, sondern versorgte ihn nur mit Eckdaten. Er hat daraufhin noch ein Telefonat mit Amundsens jahrelangem Stellvertreter geführt. Dieser habe nicht sehr glücklich über Helen als seine neue Firmenchefin gewirkt, sei aber auf detaillierte Fragen ebenfalls kaum eingegangen. Unser Kollege äußerte mir gegenüber Bedenken, umfangreich über die Firma zu berichten, ohne genau nachzuforschen, was damals passiert sei und ohne die aktuelle Stimmungslage vor Ort einzufangen. Aufgrund des damaligen Verhaltens von Amundsen teile ich seine Einschätzung. Mit der Chefredaktion habe ich deswegen vereinbart, dass die Story in unserer Reihe *Persönlichkeiten der Region* platziert werden könnte, jedoch ist der Inhalt noch sehr offen. Helen Amundsen geht davon aus, dass wir ein Firmenportrait schreiben werden, wir wollen aber, dass jemand von euch vor Ort recherchiert, wie es um die Firma steht und was es mit der Vergangenheit der Familie auf sich hat. Jemand mit starker Verbindung zu der Region und zu der ehemaligen Heimat der Amundsens wird das Vertrauen zu der Familie schneller aufbauen können als einer unserer Korrespondenten.«

Christa teilte ihren Bildschirm und öffnete den elektronischen Kalender. »Wir stehen unter Zeitdruck. Die offizielle Firmenübergabe ist jetzt am Freitag. Dann kommen die Feiertage. Wie ihr wisst, erscheint die Reihe jeden Freitag. Da wir wegen der offiziellen Übergabe noch den Bezug zu diesem Jahr brauchen, wird der Artikel also am 27. Dezember erscheinen. Insgesamt sind es acht ganze Tage vor Ort, am neunten geht es zurück. Das klingt erst mal viel, aber über die Feiertage und am Wochenende wird es sicherlich schwierig sein, Leute zu Interviews zu bewegen. Deswegen ist morgen Vormittag schon der Hinflug, damit noch Zeit für die ersten Recherchen ist. Am 26. kann der Artikel dann noch hier vor Ort besprochen werden.«

Zoe setzte an, etwas zu sagen, da entfuhr Robert ein lautes *puh*. Er rieb sich mit seinen ausgetreckten Fingern über die Stirn und war damit so theatralisch wie immer. »Interessante Sache, Christa. Aber, es tut mir leid, ich bekomme das beim besten Willen nicht hin. Ich habe den ganzen Freundeskreis in diesem Jahr zu mir eingeladen. Das kann ich nicht so kurzfristig absagen.«

Zoe schob ihren Oberkörper vor. »Ich kann das machen.«

»Ich habe auch Zeit«, sagte Daniel. Seine Augen hatten sich verengt. Er schaute Zoe genau ins Gesicht.

»Sorry, Daniel, aber ich denke, dass die Story gut zu meinem Schwerpunkt passt. Du bist Profi, wenn es um die Lokalpolitik geht. Ich war in meinen ersten fünf Jahren in der Redaktion im Zentrum für die dortigen Stadtteile eingesetzt und habe mir mein Netzwerk unter den Geschäftsleuten aufgebaut. Heute berichte ich auch noch oft von den Geschehnissen in Bockenheim. Ich denke, wenn jemand eine Firma und ihre Geschichten aus dem Stadtteil porträtieren soll, dann bringe ich dafür einiges mehr an Erfahrung mit als du.«

Daniel zog hörbar Luft ein. »Nun ja, das mag vielleicht stimmen. Aber ich habe bisher viel mehr Reportagen und Portraits geschrieben als du. Das wird dem Stil des Textes deutlich zugutekommen und die Leser erwarten bei dieser Reihe auch ein bestimmtes Niveau.«

Zoe schluckte, blickte dann aber genau in die Kamera. »Christa, ich denke, ich bin die bessere Wahl dafür. Ich kann zu Amundsens Tochter sicher schneller ein Vertrauensverhältnis aufbauen, weil ich viel über den Stadtteil weiß, in dem das Geschäft ihrer Familie damals war.«

Daniel schwieg.

Christa machte sich eine Notiz, dann blickte sie wieder in die Kamera. »Daniel, ich denke durch ihren Bezug zu dem Stadtteil ist Zoe dem ganzen Thema wirklich näher. Ich danke euch beiden trotzdem für das Gespräch und wünsche euch schöne Feiertage. Lasst Zoe und mich für die weiteren Details bitte allein.«

Daniel riss sich etwas zu abrupt seine Kopfhörer von den Ohren. Sein Bildausschnitt wurde schwarz und verschwand dann ganz.

Robert verabschiedete sich und verließ den Raum.

Zoe ließ ihre Hände unter den Tischen sinken und ballte sie einige Male zu Fäusten, damit das Blut wieder besser zirkulierte.

Christa lächelte. »Schön, dass es klappt, Zoe. Hattest du schon mal eine Story in der Reihe?«

Sie schüttelte den Kopf.

»Na, umso besser. Sie ist bei den Lesern sehr beliebt.«

Und deswegen auch bei euch in der Chefetage.

»Ich freue mich sehr über diese Möglichkeit.«

»Das könnte eine große Story werden, wenn du herausfindest, was damals wirklich vorgefallen ist. Und wenn sich die

Vermutungen des Kollegen bestätigen, dass die Übergabe an Helen bei einigen nicht auf Gegenliebe stößt, verbirgt sich dahinter vielleicht noch mehr zur Situation der Firma. Ich habe heute Vormittag mit Helen Amundsen telefoniert. Sie freut sich sehr, dass wir jemanden aus ihrer alten Heimatstadt vorbeischicken. Da sie auch ein persönliches Interesse an dem Artikel hat, ist sie hoffentlich redefreudiger als ihre Pressesprecherin.«

»Wieso war Amundsens Rückkehr nach Norwegen so ungewöhnlich?«

»Es geschah ganz plötzlich. Er hatte vorher nie davon gesprochen. Er schien sich in Deutschland sehr wohlzufühlen. Mir liegt persönlich etwas an der Sache. Mein Bruder und er waren gut befreundet. Für uns alle war das damals nicht nachvollziehbar, denn die Familie war bei allen sehr beliebt. Mein Bruder und auch etliche der Geschäftsfreunde von Amundsen haben versucht, noch mal Kontakt zu ihm aufzunehmen, aber er hat nicht mehr darauf reagiert.«

»Verstehe. Dürfte ich dich deswegen vielleicht noch mal anrufen, wenn es nötig sein sollte?«

»Natürlich. Wenn du Sandy zwischendurch deine Ergebnisse schickst, setz mich bitte in *cc*. Ich habe die Reisestelle schon per Mail über die anstehenden Buchungen informiert. Melde dich dort bitte schnell wegen deiner persönlichen Daten.«

»Das mache ich.«

»God Jul«, sagte Christa auf Norwegisch.

»Frohe Weihnachten.«

Christas Gesicht verschwand von der Bildfläche.

Eilig erledigte Zoe die nötigen Handgriffe, damit sie den Raum verlassen konnte, und klopfte danach an Sandys Tür. Sie berichtete ihr von dem Ergebnis des Gesprächs. Sie wünschten sich schöne Feiertage und Zoe hastete zu ihrem Telefon, um mit der Reisestelle zu reden.

Erst im Gespräch, in dem ihr mitgeteilt wurde, dass der Flug nach Oslo um zwölf Uhr gehen würde, wurde ihr bewusst, was gerade passierte. Sie flog morgen nach Norwegen.

Und nicht nur das, sie bekam die Chance, einen Artikel abzuliefern, an dem nicht nur die Verlegerin ein persönliches Interesse hatte, sondern der sie auf der Liste mit den Kanditen für die Kündigungen hoffentlich einige Positionen nach unten rutschen ließ.

~ ~ ~

»Es tut mir wirklich leid, aber das ist eine tolle Gelegenheit für mich. Vor allem im Hinblick auf den Stellenabbau im kommenden Jahr.«

Zoe fiel es nicht leicht, in ihrer Stimme einen Grundton des Bedauerns mitschwingen zu lassen, während ihre Mundwinkel zu einem Lächeln verzogen waren. Letztendlich war sie froh, dem Kaffeetrinken und Abendessen am 24. Dezember im Kreis ihrer Familie zu entkommen, auch wenn sie das vor ihrer Mutter natürlich nie zugeben würde.

Diese zog nun scharf die Luft ein. Das Geräusch drang unangenehm durch den Lautsprecher des Handys. »Hast du dich in den letzten Jahren nicht schon genug bewiesen? Du nimmst ständig Abend- und Wochenendtermine wahr, über die du dann noch nicht mal schreibst.«

Zoe knibbelte an der Palme auf dem Küchenfensterbrett. Sie hatte es aufgebeben, ihren Eltern zu erklären, wie wichtig das Networking für sie war und dass sie dafür nun mal Zeit investieren musste. Das Verlangen nach einer Zigarette keimte in ihr auf. Die ersten drei Monate, die angeblich am schwersten waren, dauerten bei ihr nun schon zehn.

Ihr Vater brummte im Hintergrund »Lass das Kind«.

Wenn es um ernste Themen ging, schaltete ihre Mutter immer den Lautsprecher an und störte Paps damit bei seinen abendlichen Nachrichtensendungen. An seinem Ton konnte sie erkennen, dass er auch diesmal nicht sehr erfreut darüber war.

»Du kannst uns doch über die Feiertage nicht mit Albert allein lassen. Du bist die Einzige, die ihm die Stirn bieten kann.«

Das war also die größte Sorge ihrer Mutter? *Na toll.*

Alberts breites Gesicht mit dem Hippster-Bart erschien vor ihrem inneren Auge und seine laute Stimme ertönte in ihren Ohren.

Der Freund ihrer Schwester gehörte nun schon seit drei Jahren zur Familie. Er war ein netter Typ, aber er redete viel und da alle in ihrer Familie eher schweigsam waren, war er bei jedem Treffen fast immer der Alleinunterhalter.

Zoe tat das, was sie gut konnte und weswegen sie Journalistin geworden war: Sie fragte viel und hörte dann zu. Vielleicht erweckte das bei ihrer Mutter den Anschein, sie führe mit ihm ein wirkliches Gespräch. Eigentlich war sie es schon seit langem leid, sich bei jedem Treffen über mehrere Stunden auf Albert zu konzentrieren, damit er sich in die Familie integriert fühlte, während alle anderen unter fadenscheinigen Begründungen regelmäßig erst den Tisch und dann sogar den Raum verließen, wenn er in einen seiner Monologe verfiel. Und gerade an Weihnachten würde es ihr reichen, in die Lichter des Tannenbaumes zu starren und zu schweigen.

»Bist du noch dran?«

Zoe schreckte auf und riss dabei ein Blatt der Palme ab. »Ach Mutti, Albert vergöttert euch. Singt einfach ein paar Lieder mehr, dann unterbrecht ihr ihn zwischendurch.«

»Weihnachten in einem fremden Land. Macht dir das denn gar nichts aus?«

»Es ist doch nur dieses eine Mal. Wir holen das nach.«

»Weihnachten kann man nicht nachholen. Hast du es Katharina schon gesagt?«

»Ich schreibe ihr eine E-Mail.«

»Ihr immer mit euren E-Mails. Ruf sie an.«

»Ich schreib ihr jetzt eine E-Mail und rufe sie an, wenn ich angekommen bin.«

»Soll ich dir was vom Kuchen einfrieren?«

»Nein, mach dir keine Umstände. Ich melde mich. Hab euch lieb.«

»Wir haben dich lieb«, sagten ihre Mutter und ihr Vater im Chor.

Sie drückte den roten Knopf auf ihrem Handy und atmete laut aus.

Geschafft.

Zoe gab der Palme einen großen Schluck Wasser und öffnete anschließend ihren E-Mail-Account, in der Hoffnung, dass Frau Amundsen auf Zoes Frage geantwortet hatte. Sie hatte wissen wollen, ob sie bereits morgen am späten Nachmittag bei ihr in der Firma vorbeischauen könnte. Noch nicht mal ganze neun Tage, inklusive eines Wochenendes und eines Feiertages waren wenig Zeit. Sie musste jede Stunde nutzen.

Ja, sehr gut!

Sie öffnete die Antwort in ihrem Postfach.

Guten Tag Frau Halberg,

kommen Sie gern vorbei, nachdem Sie gelandet sind. Die Adresse lautet:

Tindeveg 12b, Drammen

Mit freundlichen Grüßen
Helen Amundsen

Hoffentlich sprach sie mehr, als sie schrieb, sonst würden das sehr zähe Tage werden.

Zoe druckte die Seite aus und begann ihren Koffer zu packen.

Kapitel 2

Zoe betrachtete die dicken bauschigen Wolken vor dem Flugzeugfenster und riss sich gleich wieder von dem schönen Anblick los. Sie durfte keine Zeit verlieren. Der Flug nach Oslo würde zwei Stunden und fünfzehn Minuten dauern, dann musste sie noch mal knapp dreißig Minuten mit dem Zug bis nach Drammen fahren.

Sie klappte den Laptop auf und hoffte, dass sie im Internet brauchbares Material über die Firma finden würde. Lieber hätte sie vorher noch das Zeitungsarchiv durchforstet, denn das war der erste Ort, an dem sie meistens mit ihren Recherchen begann, wenn es um ältere Informationen ging. Aber dafür hatte sie gestern nun wirklich keine Zeit mehr gehabt.

Sie konnte Helen Amundsen jedoch unmöglich unvorbereitet gegenübertreten. Also begann sie, die Suchmaschine mit den wenigen Schlagwörtern zu füttern, die sie zur Verfügung hatte.

Als erstes tauchte die Internetseite des Spielzeugfigurenmachers auf. Zoe stellte diese auf Deutsch um. Der Header war mit einer Holzmaserung unterlegt und in Lindgrün war zu lesen:

Amundsen – Holzfiguren für Jedermann
Holen Sie sich einen Glücksgefährten nach Hause

Die Startseite war minimalistisch und in hellen Farben gestaltet. Es gab wenige Fotos.

Zoe klickte auf »Über uns« und begann zu lesen.

~ ~ ~

Als der Flieger zum Landeanflug in Oslo ansetzte, hatte Zoe gerade mal eine Seite mit Notizen gefüllt. Viel war das nicht.

Das Flugzeug tauchte unter die Wolken ab. Regen lief an der Scheibe entlang. Unter ihr verschwammen das tiefdunkle Grün der Wälder und die weißen Spitzen der Bergketten mehr und mehr mit dem Licht der Regenmasse und dem graumilchigen Schein des Himmels. Nun kamen die Lichtpunkte der Stadt und des Flughafens in ihr Blickfeld.

Zoe sah auf die Uhr. Es war kurz vor zwölf.

Als sie beim Ausstieg über die Landebahn auf den Flughafen zulief, spürte sie die eisige und klare Luft in ihren Lungen.

Während sie im Gebäude auf ihr Gepäck wartete, schaute sie durch die großen Fenster über ihrem Kopf erneut in den Himmel. Diese Farbe erinnerte sie an das Zwielicht an manchen Herbsttagen in Deutschland, kurz bevor die Nacht hereinbrach. Dass die Sonne hier den ganzen Tag nicht zu sehen sein sollte, beunruhigte sie. Ihr Kaffeekonsum war bereits jetzt viel zu hoch.

Sie lief durch die Eingangshalle, tauschte an einem der Wechselautomaten Euro in Kronen und folgte dann den Schildern zum unterirdischen Bahnsteig. Das Ticket hatte sie gestern Abend schon online buchen können.

Als der Zug einfuhr, betrachtete Zoe ihn ausgiebig. Das Design gefiel ihr. Alles war abgerundet und bunt und erinnerte sie an das Aussehen der Autos in dem Film *Cars*.

Die Sitze waren dicker als in Deutschland. Sie verstaute ihr Gepäck und ließ sich in das weiche Material sinken.

Bald geschafft.

Der Zug fuhr los und aus dem Gebäude hinaus. Erneut prasselte Regen gegen die Scheibe und Zoe konnte kaum etwas von der Umgebung erkennen.

Für einen Moment war sie versucht, die Augen zu schließen, doch sie musste sich weiter vorbereiten.

Erneut klappte sie ihren Laptop auf und setzte ihre Recherchen fort.

Als sie in Drammen ankam, hatte der Regen nachgelassen. Auf dem Bahnsteig überprüfte sie den Ausdruck mit den

Reisedaten und nahm dabei den Duft des Windes wahr. Er roch nach Kiefernnadeln und die feinen Regentropfen hinterließen auf ihrer Kleidung einen Dufthauch von Schnee.

Zoe schaute in den Himmel.

Dicke graue Wolken zogen über sie hinweg. Ob es bald schneien würde?

Sie lief durch das Gebäude zu den Bussteigen und drehte sich um. Das Bahnhofsgebäude war in einem satten Gelb gestrichen.

Was für eine schöne Farbe für einen Empfang von Gästen.

Sie wandte sich den Bussteigen zu und ging weiter. Der Bus mit der Nummer vierzehn hielt soeben an.

Zoe stieg ein.

»*God dag.*« Auf Englisch fragte sie, ob das die richtige Buslinie sei und hielt dem Fahrer den Zettel mit der Adresse der Pension hin. Er nickte ihr zu und sagte in gebrochenem Englisch, dass die Haltestelle genauso wie die Straße hieß. Er nannte ihr den Preis von sechsunddreißig Kronen.

Zoe bezahlte, suchte sich einen Sitz vor dem auch noch genügend Platz für ihren Koffer war, setzte sich und atmete laut aus.

Ihr Körper kribbelte angenehm. Vorfreude und Nervosität vermengten sich zu einem belebenden Gefühl.

Der Bus startete und Zoe erlaubte es sich nun, die Umgebung zu betrachten.

Die Straßenzüge gaben kein einheitliches Bild ab. Holzhäuser in Blau und Rot, mit weißen Giebeln in einem altmodischen und gemütlichen Stil, wechselten sich mit kastenförmigen grauen Betonblöcken ab, deren Wände Graffiti zierte. Immer wieder tauchten dazwischen futuristisch angehauchte Gebäudekomplexe mit gold-schwarz glänzenden Türen und langen rechteckigen Fenstern auf.

Der Bus fuhr aus der Innenstadt hinaus und bog nach knapp zehn Minuten auf schmalere Straßen ab. Ihre Haltestelle befand sich in einer Straße mit alten Bäumen.

Zoe stieg aus und orientierte sich an der ersten Hausnummer, die sie sah. Sie würde noch ein paar Schritte gehen müssen.

Beim Laufen las sie sich auf ihrem Handy einige Fakten zu der Stadt durch. Sie hatte über achtzigtausend Einwohner und galt als schnellst anwachsende Stadt der Region. Mitten hindurch zog sich der Fluss Drammenselva, während an den äußeren Rändern dichte Bergwälder begannen.

Zoe blickte auf und bemerkte, dass sie an der Pension angekommen war. Sie blieb davor stehen und ließ das hellgrün gestrichene, schmale Gebäude für einen Moment auf sich wirken. Grelle, kleine Lampen zierten die Eingangstür. Zwei mit roten Schleifen geschmückte Tannenbäume in Kübeln bogen sich im Wind.

Sie drückte die Tür auf und betrat den Eingangsbereich, der mit einem dicken, dunkelgrünen Teppich ausgelegt war. Es roch nach frischer Farbe und Zitronenputzmittel. Es schien kürzlich renoviert worden zu sein. Der Teppich zeigte kaum Abnutzungsspuren. Geradeaus ging es direkt auf den unbesetzten Empfang zu, auf dem eine Vase mit Tannengrün stand.

»*Hello*?«

Auf dem Tresen lag ein Umschlag. Zoe neigte sich darüber und sah, dass ihr Name darauf stand. Sie öffnete ihn und fand einen Schlüssel und einen Brief. In krakeliger Handschrift stand dort ein Willkommensgruß, ihre Zimmernummer, die Frühstückszeiten und dass man sich morgen sehen würde. Die Besitzerin, Mary Nielsen, war bei einem Termin.

Während Zoe zu ihrem Zimmer lief, betrachtete sie die Bilder im Flur. Polarlichter und schneebedeckten Wälder waren darauf zu sehen. Sie öffnete ihr Zimmer mit der Nummer fünf und trat in den viereckigen Raum.

Es gab einen breiten, samtigen Sessel, einen rechteckigen, altmodischen Tisch und einen Flachbildfernseher an der Wand.

Zoe stellte den Koffer ab und zog ihre Wechselklamotten sowie den Waschbeutel daraus hervor. Sie würde später auspacken, jetzt wollte sie sich schnell frisch machen, ihre Kameraausrüstung checken und ein Taxi bestellen. Je eher sie wusste, mit wem sie es in den kommenden Tagen zu tun haben würde, desto besser würde sie die ganzen Eindrücke zulassen können.

~ ~ ~

Zoe blickte aus dem Taxifenster hinaus nach oben. Seit zehn Minuten fuhren sie nun weiter stadtauswärts. Hier und da konnte sie zwischen den Häusern einen Blick auf die Hänge der Berge mit ihren Wäldern erhaschen.

Sie fuhren durch zwei Straßen, in denen die Häuser nun sehr weit auseinanderstanden und sehr individuell gestaltet waren. Zoe sah welche mit sonnenblumengelben Fensterläden und eines mit blauen Dachziegeln.

Das Taxi hielt vor einer massiven, hellbraunen Holzhütte, aus deren Schornstein feine Rauchschwaden in den Himmel stiegen. Kein weiteres und vor allem größeres Gebäude war in der Nähe zu sehen. Hatte Helen Amundsen ihr nicht die Adresse des Betriebes gemailt?

»Sind wir schon da?«

»Sie wollten doch zum Tindeveg, oder?«

Erneut prüfte sie die Angaben auf der ausgedruckten E-Mail, nickte, bezahlte und stieg aus.

Das Pfeifen des Windes und das Jaulen von Hunden waren zu hören.

Sie schaute dem Fahrer hinterher, bis er um die Kurve gebogen war.

Eine starke Windböe traf auf Zoes wetterempfindliche Haut. Hastig nestelte sie an ihrem Schal und zog ihn bis über das Kinn, dann schaute sie um sich. Neben dem Haus standen knorrige Bäume und wildgewachsene Büsche. Dahinter war ein umzäuntes Gelände zu erkennen, ein Garten oder Hof.

Das orange-gelbe Licht der Straßenlaternen schimmerte auf dem regennassen Asphalt. Das nächste Haus erkannte sie bloß als kleinen, leuchtenden Fleck in der Ferne. Der Gehweg zum Haus war nicht durch einen klassischen Bürgersteig abgetrennt. Man konnte direkt auf die Stufen des Hauses zugehen. Vielleicht hätte sie den Taxifahrer bitten sollen zu warten, bis sie die Tür erreicht hatte. Wer wusste schon, was sie dahinter erwartete.

Das Gejaule wurde lauter.

Zoe zuckte zusammen, dann lachte sie auf.

Meine Güte, was bin ich nur für ein Großstadt-Pflänzchen.

In den Büschen hingen Lichterketten, die feine Lichtpunkte auf das helle, gemaserte Holz der Veranda und auf die Hausfassade warfen.

Zoe ging vier Stufen empor. An der Tür hing ein Tannenzweig mit silberner Schleife, auf die das Wort *Welcome* gestickt war. Auf dem Schild über der Klingel stand der Name *Amundsen.*

Also gut.

Gerade wollte sie auf den glänzenden Klingelknopf drücken, als die Tür aufgezogen wurde.

Vor ihr erschien eine Frau, die sie fast um einen Kopf überragte. Zoe blickte ihr in das rundliche Gesicht, welches von rotbraunen, kinnlangen, gelockten Haaren umrahmt wurde. Sie musste ein paar Jahre älter sein als Zoe, vielleicht Anfang vierzig?

»Hallo, Sie müssen Frau Halberg sein. Die Hunde haben Ihre Ankunft verraten. Ich bin Helen, kommen Sie doch bitte rein.«

»Danke.« Zoe trat über die Schwelle und schloss die Tür hinter sich.

Der große Raum war in warmes, helles Licht getaucht. Auf den Fensterbänken waren zahlreiche Kerzen in geschwungenen Holzständern verteilt, dazwischen standen ein paar rote Weihnachtssterne. An der ihr gegenüberliegenden Wand gab es einen offenen Kamin, in dem ein Feuer loderte, davor stand eine Couch. Links befand sich eine offene Küchenzeile mit einem Tisch und zwei Stühlen.

Die Geräusche der Hunde waren nun dumpfer, aber immer noch zu hören. Es duftete nach Kerzenwachs und Kaminfeuer.

Innerhalb weniger Augenblicke wurden ihre Schultern ganz leicht und die Strapazen der letzten Stunden schienen von ihr abzufallen.

Helen streckte ihr die Hand entgegen. »Wäre es in Ordnung, wenn wir uns duzen? Ich habe in den letzten Jahren wenig Deutsch gesprochen und mein *Sie* wird dadurch sowieso oft aus Versehen zum *Du*.«

Zoe griff nach Helens Hand. »Ja, natürlich. Ich bin Zoe.«

Feine Schwielen schmiegten sich an ihre weiche Handfläche. Helens Händedruck war stark und dennoch sanft.

Sie mochte es, wenn jemand sich auf den Händedruck konzentrierte und ihn nicht als etwas beiläufiges abtat.

Zwei Menschen berührten sich für einen Moment.

Zoe kam es so vor, als schien Helen ihre Hand einige Augenblicke länger, als es normalerweise üblich war, festzuhalten. Dabei musterte sie Zoes Gesicht.

Zoe war das nicht unangenehm, sie nutzte den gewonnenen Moment und sah Helen in die dunkelbraunen Augen. Neugierde und Freundlichkeit lagen darin, wenngleich die feinen Ränder darunter von einer stressigen Zeit erzählten.

Helen löste ihre Finger und strich dabei kurz mit ihren Fingerkuppen über Zoes Handinnenfläche.

Ihre Haut kribbelte angenehm.

Sie musste sich wieder fangen. »Ich möchte dir noch mein Beileid aussprechen.«

»Vielen Dank.« Für einen Moment verdunkelten sich Helens Augen, dann streckte sie ihren Arm aus. »Gib mir bitte deine Jacke, ich hänge sie auf.«

Zoe stellte die Kameratasche ab, legte ihren Notizblock und den Stift darauf und zog ihre Jacke aus.

Helen nahm diese entgegen und lief einmal quer durch den Raum. Links neben dem Kamin befand sich eine weitere Tür, die vermutlich zu dem dahinterliegenden Hof führte, daneben hingen Garderobenhaken.

Zoe betrachtete Helen. Sie hatte ein dunkelrotes T-Shirt an, welches gut zu ihrer Haut passte. Zahlreiche feine Sommersprossen zierten ihre Hände und die Arme. Ihr ganzer Körper hatte rundliche Formen. Sie trug eine enge Jeans, die ihren Po besonders zur Geltung brachte.

Du meine Güte.

Sie sollte ihr nicht auf den Hintern schauen, sie hatte hier schließlich einen geschäftlichen Termin.

Zoe drückte ihren Rücken durch, um ihre Körperspannung und damit auch ihren Fokus wieder zu mobilisieren, was in dieser gemütlichen Atmosphäre eine wirkliche Herausforderung war.

Helen hängte die Jacke auf und kam wieder zu ihr.

Zoe griff nach dem Notizblock und dem Stift. »Ich muss gestehen, ich bin ein wenig irritiert. Ich dachte, wir treffen uns an deinem Arbeitsplatz.«

Helen fuhr sich über den Nacken. »Du kommst doch gerade erst aus dem Flieger, deshalb dachte ich mir, es wäre ganz gut, dich erstmal hierher zu bitten. Indirekt ist es auch mein zweites Büro.«

Sie drehte sich um und zeigte in die rechte Ecke des Raumes. Dort stand ein Schreibtisch, auf dem viele Notizbücher und kleinere Werkzeuge lagen. Ein abgewetzter Lederstuhl verdeckte einen Teil der Sicht. Ein Regal mit Ordnern reichte fast bis zur Decke und das freie Stück Wand war übersät mit Bleistiftskizzen auf kleinen Zetteln.

Zoe kniff die Augen zusammen, doch sie konnte nicht genau erkennen, was sie zeigten, dafür war die Ecke zu schwach beleuchtet.

»Es ist auch mein kleines privates Firmenarchiv. Ich hänge an vielen Erinnerungen. Im Betrieb wären sie sicher schon der Zensur unserer Archivarin zum Opfer gefallen.«

Plötzlich wurde das Jaulen der Hunde lauter.

»Meine Hunde sind sehr neugierig auf Gäste. Sie werden wohl so lange keine Ruhe geben, bis sie wissen, wer hier im Haus ist.«

»Du kannst sie ruhig reinlassen.«

»Das würde sehr helfen. Sie sind zu jedem sehr freundlich. Glaub mir, ich habe mal einen Fremden auf dem Grundstück erwischt, dem sie ihre Stöckchen brachten.«

Zoe schmunzelte.

Helen war zur Tür gelaufen, drehte sich noch mal zu ihr und sah sie fragend an.

»Es ist wirklich in Ordnung für mich.«

»Alle auf einmal?«

Zoe nickte. Plötzlich überkam sie doch ein mulmiges Gefühl. »Wie viele Hunde sind es denn?«, rief sie Helen nach.

»Vier.«

Vier. Das ist okay.

»Also, vier Große und fünf Welpen.«

Neun?

Mehrere Hunde drängten sich gleichzeitig durch den gerade geöffneten Spalt und stießen die Tür dann mit voller Wucht ganz auf.

Huskys!

Zoe legte ihre Utensilien wieder weg und streckte die Handflächen aus. »Wow! Hey, alles klar?«

Die Huskys schnüffelten und stupsten Zoes Hände an, schmiegten sich an ihre Beine und bellten.

Zoe ging in die Hocke und wuschelte über ihre Köpfe. Im Raum roch es nun nach Regen und Erde. Ein Husky schob seine Schnauze unter ihren Arm. Zoe kippte zur Seite und konnte sich gerade noch abfangen. »Langsam, ich bin ein Mädchen aus der Stadt und nicht ganz standfest.«

Helen lachte.

Zoe mochte diesen Klang. Helen war sicher eine Frau, mit der man über vieles lachen konnte.

»Das ist Armas. Sein Bruder Jarle, das ist der mit den beiden braunen Ohren, ist der Anführer des Rudels. Armas versucht, dieses Defizit mit Charme wettzumachen.«

Armas gab einen Ton von sich, der eine Mischung aus Jaulen und Bellen war. Er stupste sie mit dem Kopf an.

»Das gelingt ihm gut.« Behutsam kraulte Zoe seinen Nacken.

»Armas, *gi lab*!«, sagte Helen.

Armas hob seine Pfote.

Zoe nahm sie vorsichtig in ihre Hand und streichelte kurz darüber.

Durch das Gewusel aus Fell drang leises Fiepen hervor. Fünf Welpen waren zwischen den langen starken Beinen der erwachsenen Hunde zu erkennen.

»Wie alt sind sie?«

Helen antwortete nicht.

Zoe sah aus den Augenwinkeln, wie Helen sie betrachtete.

Sie wandte sich ganz zu ihr.

Täuschte sie sich, oder hatte Helen ihren Körper gemustert?

Helen sah sie überrascht an. »Ich ... entschuldige ... ich war in Gedanken. Was hast du gefragt?«

»Wie alt sind die Welpen?«

»Etwas über sieben Monate.«

Zoe gab sich Mühe, trotz ihrer Begeisterung noch einen professionellen Eindruck zu machen, und riss sich von den süßen Vierbeinern los. »War nett, euch kennenzulernen.«

Sie stand auf. Armas stupste sie in die Kniekehle. Zoe verkniff sich ein Lachen. »Dürfte ich deine Toilette benutzen?«

»Natürlich. Sie befindet sich dort, zwischen Küche und Schlafzimmer.« Helen zeigte neben die Küchenzeile. »Ich lasse die Bande in der Zeit wieder nach draußen. Sie wissen ja jetzt wer hier ist.«

Zoe schnappte sich ihre Handtasche, ging auf die ihr genannte Tür zu und hörte, wie Helen die Hunde durch Pfiffe und Rufe nach draußen lotste. Dann schloss sie die Tür hinter sich.

In dem weiß gefliesten und gestrichenen Raum hingen zwei Teelichthalter von der Decke. Die Kerzen darin warfen warmes

Licht auf das Waschbecken. Zoe stützte sich auf die Keramik und betrachtete ihr Spiegelbild.

Ihre Wangen waren ganz rosig und ein Lächeln umspielte ihre Lippen. Es war eine seltsame, aber zugleich auch schöne Situation. Anstatt mit Helen durch ihre Firma zu gehen, stand sie nun in dem privaten Badezimmer dieser Frau, die eine sehr charmante Art an den Tag legte und obendrein noch sehr attraktiv war.

Stopp!

Wo kam dieser Gedanke her? Zoe schüttelte sich, als könne sie ihn damit loswerden. Dann atmete sie einige Male tief ein und aus, drehte den Wasserhahn auf und ließ sich kaltes Wasser über die Hände und Arme laufen. Es war vielleicht gar nicht schlecht, wenn sie den persönlichen Teil heute hinter sich brachten und somit morgen nahtlos zu den Fakten übergehen konnten.

Zoe prüfte ihr Spiegelbild. Flink zog sie die tönende Creme aus ihrer Tasche, tupfte ein wenig davon auf die Kuppen ihrer Zeigefinger und verrieb diese auf ihren Wangen. Sie benutzte nur bei geschäftlichen Terminen etwas Make-Up, da sich ihre Wangen immer röteten, wenn sie sich unsicher fühlte oder aufgeregt war. Abschließend strich sie den langen Zopf glatt, dann ging sie zurück in den großen Wohnraum.

Helen kam soeben herein.

Zoe blickte ihr entgegen. Ein kalter Luftstrom wirbelte in das Zimmer und ließ sie erschaudern.

Helen schloss die Tür, zog die Jacke aus, hängte sie auf und betrachtete Zoe von oben bis unten. »Ich hoffe, du hast noch eine dickere Hose mitgebracht.«

Zoe schaute auf ihre Jeans. »Ich trage eine lange Unterhose darunter.«

Wieso erzähle ich Helen von meiner Unterwäsche?

»Die Jeans hält den Wind nicht ab und Regen und Schnee erst recht nicht. Du wirst ständig frieren.«

In Helens Stimme lag Fürsorge.

Zoe winkte ab. »Das wird schon gehen.«

Helen schmunzelte. »Hast du schon gegessen?«

»Ich hatte in der Pension einen kleinen Happen, nachdem ich eingecheckt habe.«

Helen zog eine Augenbraue hoch. »Aber den hast du doch nicht von Mary bekommen, oder?«

»Nein, ich hatte noch genügend Proviant mit. Aber wäre es denn so abwegig, wenn die Pensionsbesitzerin einem besonderen Gast aus Deutschland einen Willkommensgruß zubereitet?«

»Nun ja, da du schon eingecheckt hast, kann ich es dir ja sagen. Mary ist Geschäftsfrau durch und durch. Sie besaß vorher eine Autowerkstatt und wollte sich dann einer Aufgabe zuwenden, bei der sie auch ihre kulinarische Ader ausleben kann. Allerdings ist sie den Gästen an sich nicht besonders wohlgesonnen. Ich glaube, sie hat unterschätzt, wie viel sie in dem Beruf mit Menschen zu tun hat.«

Zoe lachte. »Das klingt nach einer interessanten Geschäftsidee, eine Pension ohne Gastfreundschaft. *Hier werden Sie im wahrsten Sinne des Wortes Ihre Ruhe haben!*«

Helen lachte ebenfalls.

»Mein Schlüssel lag in einem Umschlag. Ich habe sie noch nicht kennengelernt. Sie wird doch nicht zu streng mit mir sein, oder? Ich könnte mein Zimmer selbst putzen. Und beim Frühstück muss auch niemand mit mir reden. Auch wenn ich morgens eigentlich sehr gut gelaunt bin, könnte ich so tun, als sei ich ein Morgenmuffel.«

»Gib ihr einfach immer Trinkgeld, dann wird das schon klappen mit euch beiden.«

»In Deutschland gibt man Trinkgeld, wenn jemand nett war, aber ich bin natürlich bereit, mich den kulturellen Gegebenheiten anzupassen.«

»Sehr löblich. Dann darfst du meine Einladung zum Abendessen auch nicht ausschlagen.«

Erneut stieg Hitze in Zoes Wangen. Helen gab sich viel Mühe, damit Zoe sich wohlfühlte. »Vielen Dank für dein Angebot. Ich habe tatsächlich noch Hunger.«

»Gewöhn dich lieber daran. Durch die Kälte und die frühe Dunkelheit wird dein Körper ständig Energienachschub verlangen.«

Zoe zupfte an dem Teil des Pullovers, der über dem Bauch hing. »Na prima, ich hatte gehofft, zu den Lebkuchenringen würde nichts mehr dazu kommen.«

»Du hast doch eine tolle Figur.« Helens Blick glitt über ihren Bauch und zu ihren Beinen, dann wandte sie sich ab.

Täuschte Zoe sich, oder wurde Helen rot?

»Also … Abendessen … Ich fange dann mal an.« Sie schritt an ihr vorbei und betrat die Küchenzeile. »Du kannst dich vor den Kamin setzen, bis ich fertig bin. Möchtest du einen Kaffee?«

»Sehr gern.«

Zoe setzte sich auf das Stoffsofa vor den Kamin und betrachtete die Flammen. Ihr Körper wurde schwerer. Wie gern hätte sie sich zurückgelehnt und diese besondere Intensität des Feuers genossen, doch das erlaubte sie sich nicht. Sie war schließlich im Dienst. Also zwang sie sich zu einer geraden Haltung und fixierte die Kante des Kaminsimses. Unwillkürlich rutschte sie doch tiefer in das weiche Polster.

Ich muss mich ablenken. Ich kann mich hier nicht einkuscheln, als sei ich im Urlaub.

Sie ließ ihren Blick nun über den Kaminsims wandern. Darauf standen ein paar Holzfiguren und einige Schneekugeln. In einer erkannte sie die Londoner Tower Bridge, in der zweiten den Kölner Dom und in der größten war eine Weihnachtsszene zu sehen. Auf einem festlich geschmückten Dorfplatz bauten Kinder einen Schneemann.

»Du kannst sie dir ruhig aus der Nähe anschauen.«

Zoe zuckte zusammen.

Helen stand neben ihr und blickte ebenfalls auf die Schneekugeln. »Interessant, dass du diese kleine Ansammlung sofort gesehen hast. Dabei habe ich direkt daneben meine besten Fachbücher über das Schnitzen aufgereiht. Ich dachte, wenn es nicht gut läuft, würdest du die vielleicht entdecken und wir könnten darüber ins Gespräch kommen.«

Zoe betrachtete die akkurat aufgestellten Bücher. »Gute Idee. Aber die Titel sind alle auf Norwegisch.«

Helen kniff die Augen zusammen. »O Mann, das war ja sehr geschickt von mir.« Sie reichte ihr die Kaffeetasse.

Zoe nahm ihr diese ab und schaute hinein.

»Milch, aber keinen Zucker«, sagte Helen.

»Wie kommst du darauf?«

»Du bist ein Milch-, aber kein Zucker-Typ.«

»Ach ja? Woran erkennt man denn sowas?«

»Du trägst im tiefsten Norwegen eine lange Unterhose, aber darüber eine Jeans. Milch, aber keinen Zucker.« Helen zwinkerte.

Zoe schaute beschämt auf die Lehne des Sofas. »Die Reise kam sehr plötzlich für mich. Ich hatte keine Zeit, mich auf die Wetterlage vorzubereiten.«

Helen beugte sich ein Stückchen nach unten. »So ernst war das gar nicht gemeint. Die Sache mit dem Kaffee rate ich immer. Meistens liege ich daneben. Aber wenn es klappt, ist es umso beeindruckender, oder?«

Helen lächelte und strich sich eine unbändige Haarsträhne aus der Stirn. Sie griff nach der Schneekugel, drehte sie auf den Kopf und wartete, bis der Schnee sich gesammelt hatte. Dann reichte sie die Kugel an Zoe weiter.

Vorsichtig nahm Zoe sie entgegen. Die Flocken wirbelten umher und sanken sanft auf die Szenerie. »Ich vergesse immer, wie schön ich solche Kugeln finde. Ich wollte mir längst mal ein paar davon zulegen.«

»Es ist, als könne man einen besonderen Moment darin lebendig halten.«

Behutsam strich Zoe mit einem Finger über das Glas. »Ja, das stimmt.«

»Ich habe auch mal welche gebaut. Es ist gar nicht leicht, die Gegenstände und Figuren im Inneren so zu gestalten, dass sie durch das Glas und die Flüssigkeit darin gut zu erkennen sind. Dafür eignet sich Plastik am besten, aber ich arbeite lieber mit Holz.«

Zoe stand auf und stellte die Kugel wieder auf den Sims. Sie nahm die Holzfigur, die danebenstand, ließ sich wieder auf das Sofa sinken und betrachtete das Spielzeug näher. Es war ein Mädchen, auf deren Wangen kleine Sommersprossen gezeichnet waren. Die langen Haare über den Schultern waren mit vielen feinen Einkerbungen aus dem Holz herausgearbeitet worden. Das Mädchen lachte. Sogar eine Zahnlücke war zu erkennen. »Die ist wunderschön. Die Details wirken sehr echt.«

»Es war die erste Figur, die mein Vater geschnitzt hat.«

Zoe erschrak. Sie wollte sich erheben, um sie zurückzustellen. »Es tut mir leid.«

Sanft drückte Helen sie an der Schulter zurück in den weichen Stoff der Couch. »Nein, bitte. Er hätte sich gefreut, wenn sie diese Aufmerksamkeit bekommt. Ich habe eher selten Besuch.«

Zoe sah zu ihr hoch. Helens Offenheit überraschte sie. »Natürlich hast du das nicht. Das weiß man doch aus Filmen. In einer norwegischen Stadt, wo es im Winter immer dunkel ist, hängen in der Freizeit alle zusammen in der Bar ab. Das ganze Leben findet nur am Tresen statt.«

Helen lachte. »Verdammt richtig. Ich hoffe, es stört dich nicht, wenn wir zum Essen trotzdem hierbleiben. Es dauert noch ein paar Minuten.« Damit ging sie wieder zurück zur Küchenzeile.

Zoe trank einen Schluck Kaffee und wandte sich dem Schreibtisch zu. Darauf herrschte kreatives Chaos. Etliche Spannhefter stapelten sich übereinander. Zwischen Bleistiften und Radiergummis lagen kleine Werkzeuge und bearbeitete Holzstücke.

Das wäre ein schönes Motiv.

Sie musste unbedingt genügend Fotos machen in den nächsten Tagen. Darin war sie nicht besonders geübt und immer froh, wenn bei den üblichen Terminen ein Fotograf der Zeitung mit dabei war. Doch, wieso sollte Helen sie noch mal in ihr Haus einladen? Abrupt stand Zoe auf. Sie musste sich heute Abend dringend Argumente für ihren Fotowunsch zurechtlegen. Sie wusste, dass es vielen Menschen unangenehm war, wenn sie selbst oder privates aus ihrem Umfeld fotografiert wurden.

Zoe ging auf den Tisch zu, der mit einem halben Meter Abstand vor der Küchenzeile stand. Helen hatte verschiedene Schälchen darauf verteilt.

Sie hatte ihr den Rücken zugewandt und holte eine Karaffe aus dem Schrank. Ihre Arme waren mit goldblonden Härchen übersät, getönt von vielen Sommern. Auf ihren Handrücken entdeckte sie viele kleine Narben; blass durchzogen sie das sonst gleichmäßige Braun ihrer Haut.

Helen drehte sich um.

Zoe fühlte sich ertappt und schaute schnell wieder auf den Tisch.

»Setz dich doch bitte.«

Zoe zog den Stuhl vor und Helen ließ sich ihr gegenüber nieder.

In einem Korb befand sich hartgebackenes Fladenbrot. In einer kleinen Schüssel dampften Kartoffeln und daneben gedünstete Möhren sowie Fleischklößchen mit dunkler Soße. Es roch nach verschiedenen Kräutern.

»Die heißen hier *Kjøttkaker*. Ich hoffe, du magst Fleisch. Ich hätte wohl besser vorher fragen sollen.«

»Nein, das ist in Ordnung. Vielen Dank. Es sieht sehr lecker aus.«

Bedacht nahm Zoe sich von allem ein wenig und Helen goss ihnen Wasser ein.

Langsam kaute Zoe die einzelnen Stücke. Das Fleisch war weich und zart und mild gewürzt. »Wird das hier viel gegessen? Es schmeckt sehr gut.«

Helen lächelte. »Es ist ein sehr beliebtes Gericht. Warst du schon mal in Norwegen?«

Zoe sah an sich herunter. »Nein, wie du ja auch schon an meiner Klamottenauswahl feststellen konntest. Ich bereite mich sonst intensiv auf Reisen vor. Meine Ex-Freundinnen hat diese Recherchesucht immer wahnsinnig gemacht.«

Helen legte die Stirn in Falten.

Verdammt.

Zoe biss sich auf die Unterlippe. Nun war sie es, die Privates von sich erzählte. Sie trank einen Schluck Wasser. Ihr Hals war auf einmal ganz trocken. Sie konnte nicht leugnen, dass sie sich in Helens Gegenwart sehr wohlfühlte. Das Knistern des Kamins und das gedämpfte Licht taten ihr übriges. Ihr Körper fühlte sich trotz der Reisestrapazen leicht an. Außerdem redete sie bei neuen Begegnungen sonst wenig über sich.

Helen trank ebenfalls einen Schluck Wasser. »Also ich finde es gut, dass du dich sonst sehr intensiv vorbereitest, es zeigt, dass dir die Dinge wichtig sind. Es tut mir sehr leid, dass wir uns vor deiner Abreise nicht persönlich austauschen konnten. Du bist sonst sicherlich andere Terminvorbereitungen gewöhnt, so mit Presseinformationen und ähnlichem, oder?«

»Ja, stimmt schon, gewöhnlich erwarten wir von der Presse einen Sektempfang mit Informationsmappen und Werbegeschenken, aber das hier ist auch nicht schlecht.« Sie grinste.

Helen fuhr sich über die Stirn. »Da bin ich aber froh.«

»Zeigst du mir morgen deine Firma?«

Helen nickte, stand auf, holte Stift und Zettel, schrieb eine Adresse darauf und schob Zoe das Stück Papier rüber. »Kannst du das gut lesen? Manche finden meine Handschrift zu klein und verschnörkelt.«

Zoe betrachtete die tanzenden Buchstaben. »Da müsstest du meine mal sehen. Danke, ich kann alles gut lesen.«

»Zehn Uhr? Dann kannst du ein wenig länger schlafen.«

Zoe wollte protestieren, aber dass Helen sich anscheinend Gedanken um sie machte, bremste diesen Impuls. »In Ordnung.«

Helen setzte sich wieder. »In welchem Stadtteil wohnst du in Frankfurt?«

»In Griesheim.«

Helens Augen weiteten sich. »Den Stadtteil kenne ich. Da wohnte eine Tante von mir und wir haben sie oft besucht. Sie lebte in der Fabriciusstraße in einem sehr alten, denkmalgeschützten Haus. Es hatte grüne Fensterläden.«

Zoe lächelte. »Ich weiß, welches du meinst. Ich wohne in der Jungmannstraße, sie läuft parallel zu der S-Bahn-Strecke und ich kann auf die Haltestelle sehen, die ist ganz in der Nähe der Fabriciusstraße. Habt ihr in Bockenheim gewohnt, wo euer Geschäft war?«

Helen nickte. »Zwar am Rande der Innenstadt, aber noch in dem Stadtteil.«

»Wann genau seid ihr aus Deutschland weggezogen?«

»Im November 1989.« Ihr Blick ging nun in die Ferne.

Sie aßen eine Zeit lang schweigend weiter.

Zoe richtete ihren Blick zum Fenster neben der Haustür, durch dessen Scheibe man bloß das tiefdunkle Blau sehen konnte.

»Wird es hier wirklich den ganzen Tag nicht richtig hell?«

»Die Sonne steht sehr tief und schafft es nur für ungefähr sechs Stunden über einige der Bergspitzen. Das Licht verändert sich somit stetig. Ab ungefähr halb drei gibt es Anzeichen einer Dämmerung. Ich mag diese Zeit. Man weiß jedes Licht zu schätzen, dass jemand vor sein Haus oder ins Fenster stellt. Jetzt zur Adventszeit sind die Leute besonders kreativ und es kommen viele Farben hinzu. Wenn Schnee fällt, reflektiert er das Licht und alles wirkt noch freundlicher.«

»Man kann damit zurechtkommen?«

»Du klingst besorgt.«

»Ein wenig. Ich mag die Helligkeit des Tages.«

»Für mich war der erste Winter auch sehr schwer, aber man gewöhnt sich daran.« Helen lächelte und feine Fältchen bildeten sich unter ihren Augen.

Zoe versank für einige Momente in Helens neckischem Blick. Abrupt rutschte sie mit dem Stuhl nach hinten. Sie sollte jetzt gehen, sich gedanklich sammeln und auf morgen vorbereiten. »Vielen Dank für das Essen. Ich mache mich dann mal auf den Weg in die Pension, die Reise war doch etwas anstrengend.«

»Soll ich dir ein Taxi rufen?«

»Das mache ich gleich draußen. Ich habe die Nummer. Vorher will ich noch ein paar Schritte gehen.« Sie hatte auf einmal das Bedürfnis nach frischer Luft.

Helen stand ebenfalls auf und brachte ihr die Jacke.

Zoe nickte ihr zu und ging zur Tür.

»Warte noch einen Moment.«

Helen lief zu einer Kommode neben ihrem Schreibtisch, die mit vielen Schubladen bestückt war. Sie zog eine heraus, nahm etwas daraus hervor, kam zu Zoe zurück und drückte ihr einen runden Gegenstand in die Hand.

Es war eine Schneekugel, doch anstelle von Schneeflocken, schwebten goldene, glitzernde Punkte über einer freundlich lächelnden Sonne.

»Das war einer meiner ersten Versuche. Vielleicht schenkt sie dir ein wenig Licht.«

»Die kann ich nicht annehmen.«

»Brauchst du auch nicht. Es ist eine Leihgabe. Wenn du abreist, kannst du mir die Kugel wiedergeben.«

»Vielen Dank. Sie ist sehr schön. Bis morgen.«

Zoe drehte sich um, griff nach ihrer Tasche, öffnete die Tür und trat nach draußen.

Helen folgte ihr bis zu Türschwelle und blickte nach oben. »Das Wetter wird heute Nacht umschlagen, es soll Schnee geben.

Norwegen hat dich mit den Regengüssen nicht sehr freundlich empfangen.«

Zoe sah sie an. *Aber du.* »Hab noch einen guten Abend.«

»Du auch. Ich wünsche dir, dass du Mary nicht begegnest.«

Zoe lächelte, dann drehte sie sich um, betrat die Straße und entfernte sich vom Haus.

Das Foto! Sie hatte ganz vergessen, ein Bild von dem Schreibtisch zu machen.

Sie blickte zurück und dann auf die Schneekugel in ihrer Hand. Der kalte Wind traf auf ihre erhitzten Wangen. Es würde sicher unprofessionell wirken, wenn sie jetzt noch mal zurückging. Andererseits war nun schon ihr erstes Treffen vergangen, ohne dass sie brauchbares Material für den Artikel zusammenbekommen hatte.

Dafür hatte ich einen schönen Nachmittag.

Zoe lächelte. Als sie die Nummer des Taxiunternehmens aus ihrer Hosentasche zog, bemerkte sie, dass ihre Finger leicht zitterten. Das war das Adrenalin. Die Auswirkungen spürte sie meistens nach einem Termin. Die Anspannung fiel von ihr ab, dabei hatte sie sich die ganze Zeit gar nicht so gefühlt. War es die Begegnung mit Helen gewesen?

Sie blickte erneut zurück zu dem Haus. Täuschte sie sich, oder stand Helen am Fenster? Da war gerade noch ein Schatten gewesen. Sie drehte sich wieder um und wählte die Nummer. Dabei begann sie, sich von dem Haus zu entfernen. Schritt um Schritt. Doch das Zittern ihrer Hände ebbte nicht ab.

Kapitel 3

Zoe erwachte vom Klingeln des Weckers. Was war das für ein Tisch, auf dem er stand? Sie bemühte sich, die schweren Augen richtig zu öffnen. Wo war sie? Ihr Blick fiel auf den fremden, roten Sessel ihr gegenüber.

Gestern Morgen war sie noch in Deutschland wach geworden. Sie richtete sich auf und schaute im Zimmer umher. Nach und nach kamen die Erinnerungen an den vergangenen Tag zurück. Sie hatte es am Abend gerade noch geschafft, den Koffer auszupacken, sich abzuduschen und den Wecker zu stellen.

Helens Gesicht tauchte vor ihrem inneren Auge auf und sie schien direkt wieder in die freundlichen, braunen Augen mit den Lachfalten rundherum zu blicken. Es war ein sehr schöner Nachmittag gewesen. Doch heute musste sie sich darauf konzentrieren, so viel wie möglich über Helen, ihren Vater und ihre Firma zu erfahren.

Ihr Magen grummelte.

Helens Vermutung stimmte also. Zoe hatte hier deutlich mehr Hunger. Zu Hause trank sie morgens immer nur einen Kaffee, während sie sich fertigmachte. Ihr erstes Frühstück aß sie gegen zehn Uhr in der Redaktion.

Sie sprang auf und eilte unter die Dusche, umso schnell wie möglich in den Frühstücksraum zu kommen.

~ ~ ~

Während sie den Flur entlanglief, zog Zoe ein paar Grimassen, um ihre Gesichtsmuskulatur auf ein besonders freundliches Lächeln vorzubereiten. Sie wollte bei der Pensionsbesitzerin gut ankommen und damit vermeiden, dass sie ihr wirklich noch das warme Wasser abdrehte oder ähnliches. Zeitgleich zupfte sie ihren Hosenanzug glatt. Zum Glück war er aus dickem Stoff. Ein paar Meter über die Straße würde sie darin hoffentlich überstehen.

Schwungvoll öffnete sie die Tür zum Frühstücksraum.

Ihr Blick fiel durch eines der Fenster auf die Szenerie draußen. Zoe blieb stehen.

Es schneite. Dicke Flocken wirbelten umher.

Sie riss sich von dem Anblick los und sah sich in dem Raum um. Ein Ehepaar und eine junge Frau saßen an einem der kleinen Tische, die mit grün-weiß gestreiften Tischdecken verziert waren.

»Guten Morgen.«

Alle drei antworteten fröhlich. Rechts von ihr war ein Buffet aufgebaut. Gerade wollte sie nähertreten, als eine Frau aus der Küche kam. Die grau-weißen Haare hatte sie zu einem Dutt hochgesteckt, darüber war ein Tuch geknotet. Sie trug eine dunkelbraune Weste und darunter eine karierte Bluse, deren Ärmel nach oben gekrempelt waren. Sie blieb vor ihr stehen und musterte sie.

»Guten Morgen.« Zoes Englisch klang plötzlich holzig. Ob sie sich wohl als würdig erweisen würde, in Marys Pension bleiben zu dürfen?

Mary streckte die Hand aus. »Miss Halberg?«

Sie zog die Vokale in die Länge und sprach betont langsam.

Zoe schüttelte die knochige Hand. »Ja, genau. Zoe Halberg aus Deutschland. Vielen Dank für Ihren Brief. Es hat alles wunderbar geklappt.«

Mary zog eine Augenbraue hoch. »Kaffee steht in Kannen auf den Tischen. Ich wünsche Ihnen einen schönen Aufenthalt in unserer Stadt.«

»Vielen Dank.«

Mary schritt an ihr vorbei und Zoe entfuhr ein lautes *puh*.

Der Duft von warmem Brot und frisch gepresstem Orangensaft stieg ihr in die Nase. Sie wandte sich dem Buffet zu. Das was Mary an Worten einsparte, wog sie mit ihren Kochkünsten wieder auf.

Auf dem schmalen, langen Tisch waren Schälchen und Schüsseln mit duftendem Fladenbrot, warmem Haferbrei und eingelegtem Obst zu sehen. Zoe füllte ihren Teller bis zum Rand und setzte sich an eines der Fenster. Während sie aß, beobachtete sie das Schneegestöber. Diese besondere Stille, die nur der Schnee hervorzaubern konnte, beruhigte sie. Sie genoss dieses Gefühl und das leckere Essen. Vielleicht sollte sie sich Zu Hause doch mal Zeit zum Frühstücken nehmen.

~ ~ ~

Das Taxi hielt vor einem Geschäft. In dem Schaufenster waren Winterkleidung und Skibedarf ausgestellt. Zoe prüfte die Hausnummer erneut, doch Helen hatte ihr genau diese genannt.

Zoe stieg aus, zahlte und blickte dann die Straße hinunter. Weitere Geschäfte und ein Café waren zu sehen. Wieder war kein Gebäude zu entdecken, das einer Firma glich. Oder war Helens Betrieb so klein, dass er sich hinter einem dieser Gebäude verbarg? Das konnte allerdings nicht sein, denn sie hatte etwas von über fünfhundert Mitarbeitern gelesen.

Zoe stapfte von einem Bein auf das andere und das nicht nur vor Ungeduld. Die Schneeflocken drangen durch den Stoff ihrer Hose. Sie stellte sich unter eines der Vordächer.

»Guten Morgen.« Helen stand plötzlich neben ihr.

»Guten Morgen. Aus welcher Richtung bist du gekommen?« Zoe versuchte, einen Überblick über die Stadt zu gewinnen.

Helen zeigte in eine schmale Gasse, die zwischen zwei Läden kaum zu sehen war. »Ich bin heute mit dem Schlitten da. Die Hunde befinden sich einige Straßen entfernt, auf einem Hundeschlittenparkplatz.«

Zoe hätte Helen gern ein paar Fragen dazu gestellt, doch sie durfte sich nicht schon wieder ablenken lassen.

Sie blickte zu dem Laden. »Das hier ist doch nicht der geheime Eingang zu deinem Betrieb, oder?«

»Nein, aber mein Geheimtipp in der Stadt, für Winterkleidung. Der Besitzer und ich sind befreundet.«

»Wir wollten uns doch deine Firma ansehen.«

»Ich fahre oder gehe mit dir nirgendwo hin, bevor du nicht etwas Vernünftiges zum Anziehen hast. Nachher verklagt mich deine Zeitung noch auf Schadensersatz, weil ich es zugelassen habe, dass sich ihre Mitarbeiterin eine Erkältung eingefangen hat.«

»Aber ...«

»Keine Widerrede. Ich bin hier diejenige mit den Schlittenhunden. Du solltest dich nicht mit mir streiten. Was wäre, wenn ich dich einfach zurücklasse?«

»Du hast wohl vergessen, dass *Joeys Taxiunternehmen* mich bereits gestern zweimal durch die Gegend gefahren hat und heute Morgen schon wieder. Ich bin sozusagen schon stadtbekannt.«

Helen lächelte sanft. »Tu mir bitte den Gefallen. Ich will mir in den kommenden Tagen nicht ständig Sorgen um dich machen müssen.«

Charmant konnte sie ja sein. Leider hatte das eine angenehme Wirkung auf Zoe.

»Schon gut. Wir gehen da rein und ich kaufe mir etwas Passendes. Natürlich gefüttert, wind- und wasserabweisend und dann hörst du bitte auf, mich an der Nase herumzuführen. Ich habe schließlich einen Artikel zu schreiben. Einen langen.«

Sie stapfte zur Tür und drückte sie auf. Eine Ladenklingel ertönte.

Um diese Uhrzeit war noch nichts los.

Ein Mann mittleren Alters kam aus dem Hinterzimmer. »Helen, welch seltener Anblick. Sind deine Schuhe aus dem Jahr 2007 etwa schon kaputt?«

»Hallo Sondre. Ich bestelle online, damit ich dich nicht so oft sehen muss. Ich habe einen Gast aus Deutschland, der sich unserer Klimazone anpassen muss.«

Zoe streckte ihm die Hand entgegen. »Helen übertreibt, ich brauche lediglich was zum Überziehen für draußen. Wir haben in Deutschland schließlich auch Winter.«

Sondre musterte ihren Hosenanzug und dann ihre Schuhe. »Ich sehe schon, einmal Generalüberholung, von Kopf bis Fuß.«

»Ich stimme dem zu«, sagte Helen.

Zoe stemmte übertrieben empört die Hände in die Hüften.

Helen lächelte. »Ich meine aber nur die Klamotten.«

Zoe wollte grummelig sein, stattdessen versank sie für einen Moment in Helens liebevollem Blick.

»Beeil dich bitte, Sondre, wir haben nicht viel Zeit«, sagte Helen mit Nachdruck und nickte Zoe zu.

Sondre lief vor ihr her und griff nach einigen Kleidungsstücken.

Zoe neigte sich zu ihm und flüsterte. »Könntest du im unteren Preissegment bleiben? Ich habe nicht viel Geld auf dem Konto.«

»Klar, und ich gebe dir Rabatt, es kommt eh bald die Frühjahrsmode rein.«

Die Kleidungsstücke, die er ihr gab, waren fast alle in dunkelblau oder schwarz. Während er lief, reichte er ihr die Sachen nach hinten. In Windeseile türmten sie sich auf Zoes ausgestreckten Armen.

»Könnte ich mal selbst schauen? ... Hast du die noch in einer anderen Größe? ... Sind wir hier in der Männer- oder Frauenabteilung?«

Nachdem Sondre sie fünf Minuten lang ignoriert hatte, drehte er sich um. »Jetzt müsstest du alles haben. Da hinten ist die Kabine.«

Zoe entfuhr ein *hmpf*. Sie wankte zu der Umkleide, quetschte sich hinein und ließ die Klamotten auf einen kleinen Hocker fallen. Er knarzte und sie warf ihm dafür einen bösen Blick zu.

Zoe ließ die Kameratasche von der Schulter rutschen und zog sich aus. Als Erstes schlüpfte sie in eine lange Unterhose, zog das Thermounterhemd über, das Langarmshirt, zwängte sich in eine wasserabweisende, gefütterte Hose und in eine Jacke, die aus vier Schichten zu bestehen schien. Als sie die Mütze aufsetzte und sie zuzog, waren nur noch ihre Augen und ihre Nase zu sehen. Sie band die Stiefel zu, die bis unter die Waden reichten und stelzte aus der Kabine.

Helen und Sondre sahen sie an.

Sondre streckte beide Daumen in die Luft. »Prima! So wird es gehen.«

Helen wandte sich Sondre zu. »Ich denke, sie nimmt die Sachen.«

»Halt!« Zoe zerrte die Schnüre und den Reißverschluss auf. »Hast du die Jacke nicht vielleicht in einer anderen Farbe? Blau macht mich blass.«

»Gerade nicht, aber ich könnte sie bestellen. Sie wäre ungefähr in vier Tagen da.«

Zoe ließ die Schultern sinken. »Dann bin ich schon fast wieder weg. Lass es gut sein.«

Helen sah an sich hinunter. »Du könntest gegen meine Jacke tauschen, sie ist dunkelgrün. Die Ärmel könntest du umkrempeln.«

»Sehr witzig.«

Zoe schaute zu Sondre. »Ich lasse die Sachen gleich an. Hast du eine Schere für die Schilder? Ich bringe sie dir dann zum einbongen. Und ich brauche bitte eine Tüte für meine anderen Sachen.«

Sondre ging um den Kassentisch, holte die gewünschten Dinge und brachte sie ihr.

»Danke.« Zoe ging zurück in die Umkleide, entfernte alle Preisschilder, faltete ihre Sachen und steckte sie wehmütig in die Tüte. Ohne ihren Hosenanzug fühlte sie sich auf einmal nicht mehr so souverän und sicher.

Zurück im Verkaufsraum bezahlte sie und Sondre wünschte ihr zum Abschied einen schönen Aufenthalt.

Zoe folgte Helen ein Stück den Bürgersteig entlang. Sie hatte das Gefühl, von einem Fuß auf den anderen zu kippen. »Die Klamotten werde ich selbst im tiefsten Winter in Deutschland nicht tragen können.«

»Vielleicht kommst du ja noch mal her?«

Eigentlich wollte Zoe die Schmollende spielen, doch nun musste sie lachen. Sie ließ ihre beiden Taschen theatralisch zu

Boden sinken und hob die Arme in die Luft. »Ich kann kaum laufen.«

Helen betrachtete sie von der Seite. »Ja, man bewegt sich am Anfang wie ein Astronaut. Aber du machst das sehr gut. Ich gebe dir als Haltungsnote eine Drei. Bemüht, aber eindeutig ausbaufähig.«

Zoe streckte Helen die Zunge raus. »Fahren wir nun zu deinem Betrieb?«

»Wir haben heute geschlossen.«

»Wie bitte?«

»Es ist Ruhetag, dafür arbeiten wir samstags. Die Belegschaft hatte sich vor einiger Zeit dafür entschieden.«

»Warum hast du mir das gestern nicht gesagt?«

»Ich hätte dich doch sonst nicht in den Klamottenladen bekommen, oder?«

Zoe fühlte einen Stich in ihrem Magen. Sie war hier, um einen Artikel zu schreiben. Wollte Helen sie veräppeln?

Helen studierte ihr Gesicht. »Hör zu. Es tut mir leid. Morgen früh treffen wir uns in der Firma. Ich komme im Blazer und mit Aktentasche unter dem Arm, führe dich ausgiebig herum und sage dir alles, was du wissen möchtest. In Ordnung? Ich könnte dir heute bis zum Mittag die Stadt zeigen.«

Nein. Wenn sie erst morgen die Infos über den Betrieb bekam, musste sie heute an anderer Stelle mit der Recherche anfangen. Und sie hatte auch schon eine Idee. Sie würde zurück in die Pension fahren und herausfinden, ob es in der Stadt ein Kommunalarchiv gab.

Sie sah Helen an. »Vielen Dank, aber ich muss noch ein paar Sachen erledigen. Wie lautet die Adresse deiner Firma?«

Helen sah sie verdutzt an. »Dalweg fünf.«

»Gut, sagen wir morgen früh um halb zehn?«

»In Ordnung. Aber ich fahre dich noch zur Pension. Joey mag vielleicht ein paar gute Fahrer unter seinen Fittichen haben, aber seine Preise sind nicht ganz fair und so kannst du die Spesen für deine Zeitung geringer halten.«

Zoe zog eine Augenbraue hoch. »Wir nehmen den Schlitten?«

»Komm! Armas wird sich freuen, dich zu sehen.«

Sie bogen in die schmale Gasse ab, liefen durch zwei weitere und kamen an einem großen, umzäunten Platz an. Mehrere Huskys spielten dort miteinander.

Helen öffnete das Tor mit einem Chip. »Man zahlt einen monatlichen Betrag für diesen Chip, oder zieht beim Reinfahren ein Ticket. Mit beidem lässt sich dann das Tor öffnen. Das Ganze ist videoüberwacht.«

Ausführlich betrachtete Zoe die Szenerie. Es gab Hütten, in denen die Hunde vor Regen und Wind geschützt waren und unter einem Dach an der Seite standen die Schlitten. Mit Schlössern waren sie an einer langen Stange befestigt.

»Das ist ein tolles System. Wieso gibt es hier so viele Schlittenhunde? Wir sind doch mitten in der Stadt.«

»Drammen wuchs in den letzten Jahrzehnten unheimlich schnell. Es ist kaum dreißig Jahre her, da waren die meisten Straßen noch unbefestigt und konnten im Winter nur mit dem Schlitten oder speziellen Fahrzeugen befahren werden. Die Winterzeit war damals auch noch deutlich rauer.«

Sie erreichten den Schlitten und Helen sah zu den Huskys hinüber. »Sehr viele Menschen halten sich die Hunde aber immer noch gern. Deswegen hat die Stadt eine Strecke bestehen lassen, auf der man mit den Schlitten quer durch die Stadt fahren kann. Für die Schlittenparkplätze gab es sogar einen Innovativpreis.«

»Ich möchte ein Foto davon machen.«

Helen trat zur Seite. »Bitte.«

»Ich hätte dich gern mit drauf. In dem Artikel wird es schließlich auch um deine Stadt gehen.«

Helen schob ihre Mütze gerade. »Ich werde mich an diese Sachen wohl gewöhnen müssen, also, mehr in der Öffentlichkeit zu stehen, Fotos machen zu lassen, sowas eben.«

»Bin ich deine Erste?«

Helen legte den Kopf schief und grinste. »Erste was?«

»Journalistin, mit der du zutun hast?«

»Zumindest ohne die Hilfe meines Vaters, ja.«

»Ich fühle mich geehrt und werde meine Zunft würdig vertreten.«

Zoe stellte die Tüte ab und wollte sich lässig unter einem Arm den Handschuh abstreifen, doch es gelang ihr nicht. Sie biss hinein, zerrte daran und versuchte gleichzeitig, mit der anderen Hand die Kameratasche zu öffnen.

»Bisher gelingt es dir ganz gut.«

Zoe betrachtete ihre dicken Handschuhe. »Du bist eine charmante Lügnerin. Die Sache mit den spontanen Schnappschüssen kann ich mir mit diesen Teilen jedenfalls abschminken.«

»Bleib einfach ein paar Wochen hier, dann haben sich deine Hände an die Kälte gewöhnt und du brauchst die Handschuhe nicht mehr.«

Für einen kurzen Moment blitzte die Vorstellung auf, wie es wäre, hier länger zu sein, in dieser Stadt und in der Nähe von Helen. Dieser Gedanke hinterließ ein angenehmes, sanftes Gefühl in ihr.

Helen lachte, trat auf sie zu und zog ihr die Handschuhe von den Händen. Der Stoff glitt über ihre Haut.

Helen stand nur dreißig Zentimeter von ihr entfernt. Sie zog sich die Mütze vom Kopf. Einige ihrer Locken lagen kreuz und quer. »Bin ich vorzeigbar?«

Zoe hob eine Hand. »Darf ich?«

Helen nickte.

Zoe fuhr sachte mit dem Zeigefinger unter zwei der Strähnen und platzierte sie auf der anderen Seite.

Helens Haare waren ganz weich.

Die feinen Dampfschwaden ihres Atems vermischten sich.

Zoe trat einen Schritt zurück und blickte auf die Kamera zwischen ihren Händen. »Ich … wollte ein Bild machen.«

Helen reichte ihr die Handschuhe und Zoe steckte sie in die Jackentaschen.

Ungeschickt holte Zoe die Kamera aus der Tasche. Die Fingerspitzen, mit denen sie Helens Haar berührt hatte, schienen immer noch auf den weichen Locken zu verweilen.

Sie fokussierte die Szenerie hinter Helen. »Wenn du dich neben deinen Schlitten stellen könntest, wäre das toll. Dreh dich aber bitte seitlich, damit ich im Hintergrund die Schranke noch mit draufbekomme.«

Zum Glück hatte einer der Fotografen ihr die Einstellung an der Kamera verraten, mit der die Bilder in dieser dunklen Umgebung gut gelangen. Sie setzte den Blitz auf. »Okay. Lächeln bitte.«

Helen lachte.

Zoe drehte am Objektiv, so dass Helens Gesicht scharf gestellt und die Umrisse der Szenerie im Hintergrund noch gut zu erkennen waren und drückte mehrmals auf den Auslöser.

Sie neigte sich über das Display der Kamera und betrachtete die Bilder.

Helen hatte so ein schönes Lachen. In Zoes Magen kribbelte es sanft. Für einen Moment spürte sie diesem Gefühl nach. Wo kam das plötzlich her?

»Ist ein passendes dabei?«

Zoe erschrak. »Entschuldige, ich war so fasziniert von dem Schnee. Ja, danke. Es hat gut geklappt.« Sie stellte die Tasche auf einem der breiten Pfosten des Zaunes ab und packte die Kamera hinein.

Helen stellte sich neben sie. »Du hast sicher lange keinen Schnee mehr gesehen, oder?«

»Im letzten Winter hat es in Frankfurt gar nicht geschneit.«

»Dann hast du das hier bestimmt vermisst!«

Helen trat einen Schritt zurück, bückte sich und bevor Zoe diese Aktion richtig einordnen konnte, flog ein Schneeball auf sie zu und prallte gegen ihre Jacke.

»He, die Klamotten sind ganz neu.«

Helen grinste. »Und vor allem wasserfest. Pass mal auf.«

Sie griff nach ihrem Arm und ehe Zoe reagieren konnte, war sie in einem der aufgetürmten Schneehaufen gelandet.

Helen ließ sich neben sie fallen, rappelte sich eilig wieder auf und klopfte ihre Klamotten ab.

»Guck mal! Alles noch ganz trocken.«

»Du bist doch verrückt!« Zoe versuchte sich aufzustützen, doch sie sackte ein und kam nicht mehr hoch.

»Warte! Ich helfe dir.« Helen streckte ihr die Hand entgegen.

Anstatt sich hochziehen zu lassen, zog Zoe kräftig und Helen fiel erneut seitlich neben ihr in den Schnee.

Zoe grinste. »Unentschieden!«

»Ach ja?« Helen formte einen Schneeball und warf ihn erneut gegen ihre Jacke.

Zoe versuchte es ihr nachzumachen, doch sie hatte ihre Handschuhe noch nicht wieder angezogen. »Kalt, kalt, kalt.«

Helen betrachtete sie. »Tja, Heimvorteil.«

»Tja? Was für eine unverschämte Bemerkung. Dann halt so.« Zoe begann mit den Armen zu rudern und schleuderte Schneemassen zur Seite.

Hastig versuchte Helen aufzustehen, doch Zoe packte sie am Arm. »Hiergeblieben, du hast schließlich angefangen.«

Zoe hielt Helen fest, doch diese versuchte gleichzeitig, mit Schwung aufzustehen.

Sie rutschte aus und kippte über sie. Gerade noch rechtzeitig fing sie sich mit den Händen ab.

Sie lag über ihr.

Zoe spürte Helens Beine auf ihren. Es war ein schönes Gefühl.

Himmel.

»In Ordnung, du hast bewiesen, dass du mich in den richtigen Laden geführt hast. Einen Punkt für dich. Aber für die Schneeballschlacht will ich einen Gleichstand.«

Helen sah sie an. »In Ordnung«, sagte sie leise. Sie stemmte sich hoch, griff nach Zoes Händen und zog sie nach oben.

Für einen Moment standen sie voreinander, mit den Händen ineinander verschlungen.

Helen wirkte plötzlich nachdenklich. Ihr Gesichtsausdruck war ernst geworden. Abrupt zog sie ihre Hände weg, wandte sich ab und pfiff.

Zoe schluckte. Sie hatte sich zu sehr gehen lassen und Helen ebenfalls. Ob ihr das gerade auch bewusst geworden war?

»Du bist vermutlich noch nicht mit einem Hundeschlitten gefahren?« Helens Ton war nun sachlich.

Zoe schüttelte den Kopf.

»Es ist am Anfang ein wenig gewöhnungsbedürftig.«

Zoe winkte ab. »Ich hing für meine Reportagen schon kopfüber unter dem Dach eines Zirkuszeltes und war zusammen mit einem Krokodil in einem Becken.«

»Es ähnelt beidem.« Nun lächelte sie wieder.

Sie gingen zu dem Schlitten und Helen öffnete das Schloss. Die Hunde tummelten sich zwischen ihnen.

»Deine Sachen kannst du hier vorn in die Tasche packen.«

Zoe verstaute die Tüte und die Kamera in der stabilen Tasche, während Helen die Geschirre der Hunde überprüfte.

»Am besten ist es, wenn du dich hinter mich stellst, daneben geht aber auch.«

Hinter Helen? Dann würde Zoe sich an ihrer Taille festhalten müssen. Ihr wurde schlagartig heiß.

Das muss aufhören.

Sie fühlte sich eindeutig zu Helen hingezogen. Sie durfte diesem Gefühl keine Nahrung mehr geben und das würde nicht funktionieren, wenn sie sich wieder so nah kommen würden.

Sie stellte sich neben sie, umschloss fest die Haltestange und nickte ihr zu.

Helen rief: »*kvitt, kvitt!*«

Der Schlitten zog an und der Ruck ließ Zoe fast von der Stehfläche rutschen. Jetzt war sie dankbar für ihre neuen Schuhe mit den griffigen Sohlen.

Sie fuhren quer über den Platz. Ein paar der anderen Huskys jaulten. Helen hielt ihren Chip vor den Sensor und die

Gitterschranke öffnete sich. Sie sah nach rechts und links, lenkte die Hunde auf die Fahrstrecke und rief noch mal »*kvitt*«.

Erneut zog der Schlitten mit einem gewaltigen Ruck an. Zoes Schultern verkrampften sich. Das kleine Gefährt schlingerte und sie schloss die Augen. Nach etlichen donnernden Herzschlägen gegen ihren Brustkorb schien sich der Schlitten endlich zu stabilisieren. Die Hunde hatten nun wohl ihren Rhythmus gefunden.

Der Fahrtwind pfiff ihr um den Kopf und vorsichtig öffnete Zoe die Augen. Wenn sie herunterfiel, was würde Helen dann von ihr denken? Bis zur Pension waren es mindestens fünfzehn Minuten und sie hatte noch nicht mal die erste überstanden. An einer Kreuzung kamen sie zum Stehen.

Helen sah sie an. »Geht es?«

»Ich würde doch lieber wechseln.« Zoe kletterte hinter Helen und legte ihre Hände vorsichtig auf ihre Hüfte.

Helen griff nach ihren Händen und zog sie nach vorn, hin zu ihrem Bauch. »Achtung, es geht los.«

Zoe packte fest zu, um von dem glatten Stoff der Jacke nicht abzurutschen. Zum Glück hatte sie erneut vergessen, ihre Handschuhe anzuziehen.

Der Schwung des Schlittens ließ sie nach hinten kippen. Sie musste noch näher an Helen heran, um ihre Arme ganz um ihren Körper zu legen.

Die Rundungen ihres Pos drückten sanft an Zoes Bauch.

Zu viel Sympathie für Helen würde ihrem Urteilsvermögen nicht guttun. Aber damit würde sie sich wieder beschäftigen, wenn sie von diesem Gefährt herunter war.

»Scharfe Kurve!«

Der Ausruf riss sie aus ihren Gedanken.

Helen schob die Zügel unter eine Hand und hielt sich bloß mit dieser an der Stange fest. Dann legte sie die andere Hand über Zoes überkreuzte Arme und drückte sie fest an sich.

Der Schlitten neigte sich für wenige Sekunden leicht zur Seite und eine Kufe hob vom Boden ab.

Zoe gab Helens Druck nach und presste ihre Arme an ihren Bauch. Sie drückte sich noch näher an ihren Rücken und ließ die Stirn auf Helens Schulter sinken, um nichts mehr sehen zu müssen.

Der raue Stoff roch nach Eiskristallen, Schneeflocken und Kaminfeuer.

Zoe blinzelte.

Helens Nacken lag ein Stück frei und die Spitzen ihrer Locken ragten unter dem Saum der Mütze hervor.

Sie nahm einen Hauch Kirschshampoo wahr. Zoe sog den Geruch dieser Duftmischung tief ein und Erinnerungen an Helens Haus kamen zurück. An das gedämpfte Licht und die durchdringende Wärme.

Ein Gefühl der Zufriedenheit hatte sie dort sofort eingenommen, wie sie es aus ihrer schlicht eingerichteten Wohnung nicht kannte. Sie hatte immer gedacht, sie mache sich nichts aus Farben und Licht. Doch hier, unter dem dunkelblauen Himmel Norwegens, wurde ihr gewahr, was sie in ihrem Zuhause wohl zu sehr vernachlässigte.

Wenn sie jede Unebenheit auf der Straße soeben noch verflucht hatte, nutzte sie nun die Gelegenheit, erneut ein Stück näher an Helen zu rutschen, um ihren Duft wahrnehmen zu dürfen. Jedes Mal, wenn sie wieder in eine Kurve gingen, nahm Helen die Zügel in eine Hand und drückte mit der anderen Zoes Arme fest an ihren Bauch.

Als sie hielten, war Zoe schwindelig.

»Du musst da drüben in die Straße abbiegen und dann kommst zur Pension.«

Helen zeigte zu einer schmalen Seitengasse.

Mit wackligen Beinen stieg Zoe von dem Schlitten und zwang sich zu einem Lächeln. »Ich bevorzuge wohl generell die U-Bahn, aber vielen Dank, dass du ...« sie wollte sagen, *dass du mich festgehalten hast,* »... danke, dass du so umsichtig gefahren bist. Die Hunde mussten sich sicher zurückhalten.«

Helen grinste. »Sagen wir mal so, zum Glück war gerade kein Berufsverkehr. Wir haben somit keinen Stau verursacht.«

Zoe beugte sich zu Armas und strich ihm über den Kopf. »Dir also auch vielen Dank, mein Freund.«

Er stupste mit der Nase gegen ihre Hand.

Zoe nahm ihre Sachen aus der Tasche und sah Helen an. »Bis morgen.«

»Warte kurz.« Helen stieg von dem Schlitten. Sie griff nach Zoes Handgelenk, schob die Jacke ein Stück hoch und ließ ihre Fingerspitzen für einige Augenblicke auf der empfindlichen Stelle, wo der Puls pochte, ruhen. »Gut, deine Haut ist ganz warm. Nun muss ich keine Angst mehr haben, dass du dich erkältest.«

»Es ist sehr nett, dass du auf mich aufpasst.«

Helen zog ihre Hand sachte wieder zu sich. »Bis morgen, Zoe.« Sie stieg auf den Schlitten, gab den Startbefehl und die Hunde preschten davon. Nach wenigen Sekunden verschwanden sie um eine Kurve.

Zoe atmete tief durch und ging langsam einige Schritte.

Ihre Knie waren wackelig.

Lag das an der Fahrt, oder brachte Helen sie so durcheinander?

Sie durfte diesem Gedanken nicht nachgehen.

Ich bin wegen des Artikels hier und nichts anderes hat Platz.

Sie zwang sich zur Eile. In ihrem Zimmer begann sie mit den nötigen Recherchen.

~ ~ ~

Nach der halbstündigen Fahrt zum Osloer Hauptbahnhof und einer weiteren Strecke von zwanzig Minuten mit dem Bus, stieg Zoe an einem roten Backsteingebäude aus.

Auf dem Hof standen zwei Bänke unter alten Bäumen. Es hatte aufgehört zu schneien. Der Wind pustete den Schnee von den Dächern und Ästen. Zoe setzte sich ihre Kapuze auf und war mittlerweile froh um die dicken Klamotten.

In einem Fenster hing ein Plakat, auf dem ein tanzendes Paar abgebildet war.

Sie beugte sich über die drei Klingelschilder. Auf einem konnte sie das Wort »*Arkiv*« für *Archiv* entdecken. Zoe drückte den Knopf. Nach wenigen Sekunden hörte sie die knarzige Stimme eines älteren Herren durch die Gegensprechanlage.

»Hallo, Zoe Halberg. Wir hatten telefoniert?«

»Kommen Sie herein und halten Sie sich bitte sofort rechts. Sie finden mich in Zimmer Nummer vierzehn.«

Zoe drückte die Tür auf und gelangte in eine kleine Halle mit gefliestem Boden. Alles erinnerte stark an ein ehemaliges Schulgebäude. Nur der typische Geruch nach Butterbroten und nassen Schwämmen fehlte. Infotafeln standen kreuz und quer in der Halle verteilt. Sie waren mit bunten Plakaten vollgehängt. Ein Weihnachtsbaum, geschmückt mit silbernen und goldenen Kugeln, stand in der Mitte des Raumes.

Zoe wandte sich nach rechts und ging durch eine Schwingtür in einen langen Flur. Die Tür zu dem Zimmer mit der Nummer vierzehn stand offen.

Als sie in den Raum hineinsah und an die Tür klopfte, blickte ein Mann hinter einem Schreibtisch von seinen Unterlagen zu ihr auf, dann erhob er sich langsam und kam auf sie zu.

»Frau Halberg, willkommen.« Der gedrungene Mann war ungefähr Anfang Sechzig. Er treckte ihr die Hand entgegen und Zoe schüttelte sie. »Olve Lund.« Die Augen wurden durch seine Brillengläser stark vergrößert. »Ich führe Sie direkt in unseren Lesesaal.«

Er lief vor ihr her und driftete mehrmals ein wenig nach rechts ab, sodass Zoe ihm fast in die Hacken trat.

»Sie müssen einen Benutzungsantrag ausfüllen. Der ist auf Norwegisch, aber Frau Paulsen wird sich darum kümmern.«

Aus den meisten Büros drangen Stimmen.

Wie Zoe durch ihre Recherchen erfahren hatte, gab es nicht in jeder Stadt ein Kommunalarchiv, weswegen die Archivalien aus Drammen in Oslo lagerten.

»Ihr Team ist ganz schön groß.«

»Hmm?« Er blieb stehen.

Zoe zeigte auf die vielen Zimmer. »In Ihrem Archiv arbeiten sehr viele Leute.«

»Ach so, nein, nein. Wir sitzen hier ganz gemischt. In diesem Gebäude befindet sich noch die Volkshochschule und eine Stadtteilbibliothek. Die alte Grundschule musste schließlich hinreichend genutzt werden.« Er fing wieder an zu laufen.

»In Deutschland ist es nicht anders. Für die Verwaltung ist immer zu wenig Platz.«

Er ging nicht darauf ein. Er schien ihr Englisch nicht besonders gut zu verstehen. Vielleicht war es ihm auch unangenehm, eine Journalistin im Haus zu haben.

»Unser Lesesaal ist da hinten, gleich durch die Tür. Bitte nehmen Sie nur etwas zum Schreiben mit hinein. Hier draußen sind Schließfächer. Wie angekündigt, wird Ihnen eine Praktikantin bei der Übersetzung helfen. Auf Wiedersehen.«

Zoe verabschiedete sich. Sie packte ihre Tasche und die Jacke in das Fach, schloss ab und betrat den Saal.

Eine Frau und ein Mann saßen über Akten gebeugt. Alle anderen Tische waren noch frei.

Zoe ging auf die Dame im Blazer zu, die an der Informationstheke saß und ihr über eine schmale Brille hinweg entgegensah.

Zoe flüsterte. »Guten Tag, ich bin Zoe Halberg. Herr Lund hat mich angekündigt. Ich bin wegen der Recherchen in den Zeitungen hier.«

Die Dame sprang auf. Sie war deutlich energischer als ihr Kollege. »Guten Tag, kommen Sie. Ich habe das Mikrofiche-Gerät schon eingeschaltet und hinter unsere Handbibliothek geschoben, damit Sie die anderen Nutzer nicht stören. Ich rufe die junge Dame gleich an, die Ihnen bei der Übersetzung helfen wird. Sie ist Praktikantin in der Verwaltung und momentan für einige Wochen hier im Haus. Das sind Ihre Baumwollhandschuhe für die Benutzung. Kennen Sie sich mit den Lesegeräten aus?«

»Ja, ein wenig.« Zoe hatte sie im Studium mal genutzt. Die Geräte würden hier hoffentlich ähnlich funktionieren.

Sie traten hinter ein langes Buchregal und dann vor den großen Kasten, der ein leises Summen von sich gab.

»Wenn Sie Ausdrucke benötigen, betätigen Sie diesen Knopf. Ich würde das hinterher abrechnen. Ein Ausdruck kostet vier Kronen.«

Frau Paulsen agierte vor dem Gerät wie eine Stewardess und deutete nacheinander auf die beschriebenen Teile. »Mit diesem Rad können Sie den Text vergrößern. Die Mikrofiches müssen Sie auf diese Platte legen.« Sie zog an einem Einschubfach und eine massive Glasplatte kam zum Vorschein. »Dort an der Wand befinden sich unsere verfilmten Zeitungen, sortiert nach Jahrgängen. Für Sie dürfte *die Kristiania* interessant sein. Es ist eine alte regionale Zeitung, die nach dem ehemaligen Namen von Oslo benannt wurde und sie beinhaltet Lokalteile aus den umliegenden Städten. Wenn Sie den Fiche nicht mehr benötigen, legen Sie ihn bitte in das Kästchen oben auf. Schreiben Sie mir bitte noch Ihre Kontaktdaten und den Recherchegrund auf. Ich fülle dann den Benutzungsantrag für Sie aus. Sie haben Glück, heute ist unser langer Öffnungstag, wir sind bis neunzehn Uhr hier. Ich gehe dann eben telefonieren.«

»In Ordnung. Vielen Dank.«

Zoe riss ein Blatt aus ihrem Block, schrieb die gewünschten Daten auf und legte den Zettel auf die Theke der Information. Dann wandte sie sich den Schubladen zu. Ihre Hände waren kalt vor Aufregung, da kamen die Baumwollhandschuhe gerade recht. Sie zog diese über und öffnete langsam die Schublade, die mit dem Jahr 1989 beschriftet war.

Sie hatte sich vorgenommen, sich rückwärts durch die Lokalteile zu arbeiten. Bisher hatte ihr dieser erste Rechercheansatz oft geholfen. Die Familie Amundsen war im November nach Norwegen zurückgekehrt. Vielleicht hatte es in Georg Amundsens Heimatstadt irgendwelche Vorkommnisse gegeben, die sie dazu bewogen hatten?

Eine junge Frau kam auf sie zu. »Frau Halberg?«

»Ja. Hi. Zoe. Wir können uns duzen.«

»Ich bin Ella.«

Ella hatte große Hände, breite Schultern und ein kantiges Kinn. Die braunen Haare hatte sie zu einem hohen Zopf gebunden. Hinter der Brille mit den schwarzen, dicken Rändern blickte Zoe ein neugieriges Augenpaar entgegen. Sie musste um die achtzehn Jahre alt sein.

»Es ist klasse, dass du mir hilfst.«

Ella winkte ab. »Ich bin ganz froh über die Abwechslung.«

Sie setzten sich.

»Du machst hier ein Praktikum, oder? Gehst du noch zur Schule?«, fragte Zoe.

»Nein. Ich habe im Sommer Abi gemacht. Weiß noch nicht so recht weiter. Meine Eltern meinten deshalb, es würde mir guttun, mich umzusehen.« Ella zog eine Grimasse und um ihre Mundwinkel tanzten zwei verschmitzte Grübchen.

Zoe legte den Kopf etwas schief. »Und, tut es dir gut?«

Ella zuckte mit den Schultern. »Ich weiß nun zumindest, was ich nicht will.« Ihre Stimme wurde leiser und sie beugte sich zu ihr. »Den ganzen Tag am Computer hocken und Akten wälzen ist …« Sie verdrehte die Augen.

»Es kommt vielleicht darauf an, für wen und was man hinter dem Computer sitzt.«

»Am liebsten würde ich den ganzen Tag Basketball spielen.«

»Du könntest Trainerin werden.«

Ella grinste. »Ich komme wohl nicht um ein Studium oder eine Ausbildung herum, oder?«

»Ich befürchte nicht.«

»Woher kommst du aus Deutschland?«

»Aus Frankfurt.«

»Ich war auch mal in Europa, in Holland und in Spanien. Gefiel mir gut. Aber irgendwie sind die Menschen hier mehr mit der Natur verbunden. Das würde mir fehlen.«

»Das kann ich verstehen.«

»Wobei kann ich dir helfen?«

»Ich sitze an einer Story über eine Unternehmerfamilie aus Drammen, die Amundsens. Sie stellen Figuren aus Holz her.«

Zoe machte eine kurze Pause, aber Ella ließ nicht erkennen, dass sie von ihnen gehört hatte.

»Ich vermute, dass es ein Ereignis rund um das Unternehmen oder die Stadt gegeben haben könnte, was von historischer Bedeutung ist. Leider habe ich kein genaues Datum, nur einen groben Zeitraum. Wir müssten uns also rückwärts durch die Lokalteile arbeiten. Ich werde auch so gut es geht auf den Namen achten. Falls wir was finden, wäre es klasse, wenn du mir dann mit der Übersetzung helfen könntest.«

»Gern.« Ella zog sich einen Stuhl heran.

Zoe setzte sich neben sie und schob ihren Notizblock näher. »Ich bediene den Schieber, er ist ein wenig unhandlich. Wenn es mal zu schnell geht, sag bitte Bescheid.«

Ella nickte.

Die Zeitungsseiten erschienen auf dem Bildschirm und Zoe ließ ihre Augen über die Worte wandern.

Nach einer halben Stunde schmerzte Zoes Hand und sie schüttelte sie ein paar Mal.

Plötzlich rief Ella: »Da steht etwas von Aufräumarbeiten nach einem Unglück in Drammen.« Ella kniff die Augen zusammen. »Das scheint aber ein Nachbericht oder sowas zu sein. Das Unglück war am 24. Oktober.«

Zoes Herz begann schneller zu schlagen. Sie schob den Fiche bis zur Lokalseite vom 25. Oktober und blickte auf das Foto. Eine Lawine hatte Straßenzüge und Häuser bedeckt.

Ella las einen momentan lang stumm, dann begann sie zu übersetzen und Zoe folgte den Zeilen zwischendurch ebenfalls mit den Augen, um sich besser auf ihre Worte konzentrieren zu können.

»Erdrutsch begräbt mehrere Häuser. Schaden in Millionenhöhe. Stadt unter Schock.«

Zoe umklammerte den Schiebegriff fester. Mit der anderen Hand drückte sie den Stift auf das Papier, um sich Notizen zu machen.

»Zwanzig Minuten lang knallt es über Drammen, als würde ein Gewitter niedergehen, doch an einem der schrecklichsten Tage der Stadtgeschichte scheint die Sonne. Es ist kurz nach vierzehn Uhr, als sich eine Geräuschwelle über die Stadt legt, die mit einem Grummeln beginnt und sich zu einem ohrenbetäubenden Donnern steigert. Die Menschen rennen aus ihren Häusern, während im Westen braune Staubwolken in die Luft steigen. Als das Telefon bei der Feuerwehr klingelt, sitzt Förster Soeren Dahl längst in seinem Jeep. Seine schreckliche Ahnung wird sich eine Minute später bestätigen, als er auf die Hauptstraße abbiegt und sieht, wie sich eine Lawine aus Erde, Geröll und Holz auf die Stadt zuschiebt. Ein Erdrutsch hat sich am oberen Hang gelöst und begräbt Häuser, Autos und Menschen unter sich.«

Ella atmete kurz durch.

»Schäden in Millionenhöhe, zwei Vermisste, etliche Verletzte und eine ganze Stadt unter Schock. Das ist die Bilanz eines verheerenden Unglücks, deren Ursache es jetzt so schnell wie möglich aufzuklären gilt.

Fortsetzung auf Seite drei.«

Vorsichtig bewegte Zoe den Schieber, bis sie zur dritten Seite gelangte. Ein weiteres Foto ist zu sehen: Männer mit Schippen und Schäferhunde auf einem riesigen Berg Geröll.

Ella fuhr mit leiser Stimme fort.

»Der Holzfäller Vilho Pahula tritt gerade zu seiner Mittagsschicht an, als das Unglück seinen Lauf nimmt. ›Es ging alles viel zu schnell. Wir nahmen zunächst ein Vibrieren wahr und ich dachte, es sei ein Erdbeben. Kurz darauf ertönte der Alarm. Wir hatten das ja oft geprobt. Der Ton bedeutete, den Wald so schnell wie möglich zu verlassen. Wir rannten los und dann gab es auch schon dieses ohrenbetäubende Geräusch‹, beschreibt Pahula die ersten Minuten der Katastrophe. Später

erfährt er, dass der erste große Riss im Boden nur einen halben Kilometer von ihm entfernt gewesen war.

Wurzeln brechen auf und Baumstämme bersten. Fünfzigtausend Kubikmeter des Hanges in Form von Erde, Geröll und Wurzelwerk lösen sich ab. Der Schwall rutscht in die Tiefe und reißt alles auf diesem Weg mit sich. Der gewaltige Strom bewegt sich auf Drammen zu.

›In der Ferne erklangen die Signaltöne vom Berg. Ich lief mit den Kindern auf die Straße, da erhob sich die riesige Rauchwolke hinter der Stadt. Wir nahmen uns an den Händen und rannten Richtung Ortsmitte. Zwei Autos hielten neben uns und Männer riefen, wir sollten einsteigen. Ich verlor die Hälfte meiner Gruppe aus den Augen. Fünf Minuten saß ich in dem Wagen, der mit Vollgas davonraste, in völliger Ungewissheit, ob alle Kinder mitgekommen waren.‹ Kristine Gehrke kann ihre Tränen nicht verbergen. Alles ist gut gegangen, sie und ihre acht Kinder, die sie in der Tagespflege betreute, waren dank der herbeieilenden Hilfe schnell in Sicherheit. Doch zwei Menschen werden noch vermisst. Einer der Waldarbeiter und ein Angestellter der Stadt, die es vermutlich nicht rechtzeitig aus der Gefahrenzone geschafft haben.

Die Feuerwehr erhält Unterstützung vom Militär. Suchtrupps mit Hunden durchkämen das verwüstete Waldgebiet. An die fünfzig Soldaten legen mit Schaufeln und bloßen Händen das Verwaltungsgebäude in der Stadtmitte frei.

›Die Solidarität der umliegenden Städte hilft uns, diese Katastrophe zu verarbeiten‹, so Bürgermeister Ulf Wallat. Innerhalb kürzester Zeit kamen Hilfsangebote aus nah und fern. Doch vor allem halten die Einwohner der Stadt zusammen. ›Jeder tut was er kann. Die einen kochen Tee und versorgen die Helfer und jeder, der stark genug ist, hilft, die Erdmassen zu beseitigen.‹

Einer, der ebenfalls schüppt, ist Ignaz Amundsen. Der Schweiß rinnt ihm von der mit Falten durchzogenen Stirn, doch ständig wird er unterbrochen. ›Was ist da passiert?‹ Seine Mitarbeiter umringen ihn, Bürgerinnen und Bürger blicken immer wieder ratlos und voller

Entsetzen hoch zum Hang. ›Das ist doch dein Gelände, wie konnte das geschehen?‹ Amundsen sagt wenig. Ein Gutachter sei bestellt. Sie würden alles dafür tun, um die Geschehnisse aufzuklären. Bis dahin wolle er nicht weiter darüber reden und auch nicht über die Zukunft seiner Firma. Jetzt müsse man erstmal aufräumen und für die beiden Vermissten beten.«

Ella ließ sich in ihren Stuhl zurücksinken und Zoe legte den Stift beiseite. Ihre Hand schmerzte von den vielen Notizen, die sie sich gemacht hatte.

Am Ende des vollgeschriebenen Blattes stand dick eingekringelt der Name *Ignaz Amundsen*. Sie kannte den Namen aus der Firmenhistorie. Er war Helens Großvater.

Ella blickte sie an. »Das ist eine heftige Geschichte. Es muss ein solcher Schock für die Bewohner gewesen sein.«

Zoe starrte weiterhin auf die Zeilen. Die Buchstaben begannen vor ihren Augen zu tanzen und sich mit den Bildern zu vermengen, die der Artikel in ihr hervorgerufen hatte.

»Magst du auch einen Kaffee?«

»Gern.«

Sie standen auf. Zoe ging nach vorn und gab Bescheid, dass sie gleich wiederkommen würden.

»Im nächsten Stockwerk gibt es einen guten Kaffeeautomaten.«

»In Ordnung.«

Sie liefen eine Treppe hoch und durchquerten eilig den leeren Raum.

»Schwarz oder mit Milch?«, fragte Zoe.

»Schwarz.«

Zoe befüllte zwei große Becher und reichte Ella einen. »Können wir eine Runde um das Gebäude gehen? Ich brauche frische Luft.«

Ella nickte. »Holen wir eben unsere Jacken und treffen uns unten?«

»Gern.«

Wenige Minuten später liefen sie gemeinsam über den Hof.

Zoe nippte an ihrem Kaffee. Der Geruch der starken Bohnen und die kalte, klare Luft belebten ihre Sinne.

»Hast du von diesem Vorfall gewusst?«

Zoe schüttelte den Kopf.

»Hat er eine Bedeutung für deine Story?«

»Ich weiß es noch nicht. Ich würde gern die Nachberichte durchgehen. Ich muss wissen, wie sich die Sachen entwickelt hat. Kannst du mir noch helfen? Hast du Zeit?«

»Klar. Ich gebe dann gleich meiner Chefin Bescheid. Wirklich vermissen wird sie mich eh nicht.«

Zoe beugte sich seitlich und stieß Ella sanft gegen die Schulter. »Mach dich mal nicht so klein. Ich zum Beispiel, freue mich immer über Praktikanten in der Redaktion. Neue Leute bringen frischen Wind. Vielleicht bewirkst du mehr, als du denkst.«

»Nett, dass du das sagst.«

»Gibst du mir gleich deine E-Mail-Adresse? Ich würde gern von dir erfahren, wofür du dich nach deinem Praktikum entschieden hast.«

Ella grinste. »Willst du mich etwa unter Druck setzen? Den Trick durchschaue ich.«

»Umso besser. Also?«

»Nur gegen einen Kaffee irgendwann mal in Deutschland.«

»Abgemacht.« Zoe lächelte und blickte zu dem Gebäude.

Was sie wohl noch herausfinden würden?

Sie bogen um die vorderste Ecke und gingen langsam wieder auf den Eingang zu. Sie hoffte, dass die weiteren Nachrichten positiver ausfielen.

~ ~ ~

Auf dem Rückweg hatte Zoe eine Pinnwand und Stecknadeln gekauft. Nun saß sie auf dem Bett in der Pension und beugte sich über ihre Notizen. Neben ihr lag eine Packung Kekse. Die Müdigkeit machte es ihr schwer, sich zu konzentrieren. Dabei war es erst neunzehn Uhr. Sie blickte nach draußen in die pechschwarze Dunkelheit. Heute Abend gab es kaum Nuancen am Himmel.

Sie musste unbedingt ihre ganzen Notizen ordnen, solange die Erinnerungen daran noch frisch waren.

Sie blätterte ihren Notizblock durch, riss eine unbeschriebene Seite heraus, faltete diese und teilte sie in sechs Stücke. Auf eines davon schrieb sie den Namen von Helens Großvater und auf ein weiteres das Datum des Unglücks. Die Schnipsel pinnte sie auf die Mitte der Wand.

Zoe studierte ihre Notizen zum weiteren Verlauf der Geschehnisse.

In der Nacht des Unglücks konnte der Holzfäller gerettet werden. Er war schwer verletzt aufgefunden worden, doch er überlebte. Den zweiten Vermissten fand man am nächsten Tag. Nach zehn Tagen im Krankenhaus war er außer Lebensgefahr. Knapp vier Wochen später wurde das Gutachten vorgelegt. Der Erdrutsch war durch eine Verkettung von heftigen Wetterereignissen ausgelöst worden. Ein langer, trockener Sommer hatte die Wurzeln der Büsche und kleinen Bäume vertrocknen lassen. Die starken Regenfälle hatten im Herbst dazu geführt, dass ein Teil des Wurzelwerks die Wassermassen nicht mehr aufnehmen konnte. Es kam gleichzeitig zu Rutschungen an mehreren Stellen, die zu der Lawine führten.

Das Land trug einen Großteil des Schadens und die Versicherung der Firma *Amundsen* übernahm den Rest. Die Familie spendete das, was sie entbehren konnte, an die Stadt für die Aufbauarbeiten.

War Helens Vater mit seiner Familie damals zurückgekehrt, um seinen Vater und seine Mutter zu unterstützen?

Zoe schrieb auf einen weiteren Zettel: *Helens Kenntnisse über damals?*

Nach und nach füllte Zoe die weiteren Zettel mit Fragen und einzelnen Wörtern, bis ihre Augen zu brennen begannen und ihr Rücken schmerzte. Für heute hatte sie genug gegrübelt.

Sie würde Helen am nächsten Tag darauf ansprechen.

Zoe zog ihren Laptop zu sich und schrieb Sandy eine E-Mail. Sie berichtete, dass sie auf ein historisches Ereignis in der Vergangenheit gestoßen und die Firma darin involviert gewesen war und sie dem nachgehen wolle. Zudem schrieb sie, dass sie bereits ein Foto von Helen gemacht hatte.

Viel war das noch nicht, dafür, dass sie schon eineinhalb Tage hier war. Sie musste Sandy beim nächsten Mal dringend mehr liefern.

Zoe räumte das Bett frei, wusch sich und zog eilig ihre Schlafsachen an. Sie schlüpfte unter die Decke und genoss es, ihren Rücken endlich entlasten zu können. Sie berührte die Stränge ihrer Schultern und massierte sie einige Minuten, dabei ließ den Tag noch mal Revue passieren.

Zunächst ging sie noch mal ihre Rechercheergebnisse durch, doch die Bilder vom Vormittag schoben sich davor.

Es war sehr schön gewesen, mit Helen herumzualbern. Sie mochte ihr Lachen so sehr. Doch morgen war es ihre Aufgabe, sie auf die damaligen Ereignisse anzusprechen und so viel wie möglich an Eindrücken aus der Firma mitzunehmen. Sie durfte sich nicht mehr auf solche Ablenkungen einlassen. Allerdings wollte sie auch nicht unfreundlich rüberkommen, wenn Helen ihre charmante und witzige Seite zeigte.

Zoe kuschelte sich in das Kissen. Sie verstanden sich gut und auch wenn sich die nächsten Gespräche nur um ihren Artikel drehten, würde das hoffentlich so bleiben.

Kapitel 4

Als das Taxi aus dem Stadtkern herausfuhr, hoffte Zoe, dass es sie heute wirklich zu Helens Betrieb bringen würde. Dichte Wälder zogen an ihr vorbei und ließen die Umgebung zu einer dunkelgrünen Masse mit weißem Glitzer verschwimmen.

Nach fünfzehn Minuten bogen sie auf einen asphaltierten Zufahrtsweg. Am Straßenrand war auf einem großen Holzschild *»Amundsen – Herzlich Willkommen«* zu lesen. Der Weg teilte sich nach kurzer Zeit. Links war ein Schild mit dem Motiv eines Lasters und einem Pfeil zu erkennen, rechts gab es eine schmalere Straße, an deren Ende ein sehr breites Gebäude auftauchte. Das Taxi hielt vor dem Haupteingang.

Zoe bezahlte und griff nach der Umhängetasche, in der sich ihr Notizblock, ein paar Stifte und die Kamera befanden.

Für einen Moment betrachtete sie das graue Gebäude mit den hohen Fenstern, dann entfernte sie sich einige Schritte davon und machte ein paar Fotos.

Gerade, als sie auf die Drehtür zuging, erkannte sie Helens Silhouette darin. Doch sie sah ganz verändert aus. Zoe blieb stehen und wartete, bis Helen bei ihr angekommen war.

Sie trug einen dunkelgrünen Hosenanzug und unter dem Blazer eine gletscherblaue, seidene Bluse. Ihre Haare hatte sie mit einem dicken, hellgrünen Haarband nach hinten gebunden. Sie blieb einen Meter vor ihr stehen. »Ein herzliches Willkommen!«

Zoe lächelte. »Ich freue mich, hier zu sein. Es war ein langer Weg von zwei Tagen.«

Helen grinste. »Bitte, nach dir.«

Durch die Drehtür betraten sie die Eingangshalle. Es roch nach Holzspänen und Tannengrün. Über dem Empfang hing eine

Anzeigentafel, auf der einige Worte in Norwegisch standen und Pfeile nach rechts und links wiesen.

Helen zeigte auf eine Tür hinter dem Empfang. »Ich werde dir erst die Produktionshallen zeigen. Sie bilden den hinteren Teil des Gebäudes. Danach können wir in meinem Büro einen Kaffee trinken. Ist das für dich in Ordnung?«

»Ja, sehr gern.«

Helen nickte dem Mann am Empfang zu. »Deine Jacke kannst du hier an der Besuchergarderobe abgeben. Einmal im Monat machen wir Führungen mit Schulklassen, Auszubildenden, Studenten und anderen Interessenten durch den Betrieb.« Helen zeigte auf eine Doppeltür links von ihnen. »In dem Teil des Gebäudes wird morgen die Feier zur Übergabe der Firma an mich und auch die traditionelle Weihnachtsfeier im Anschluss stattfinden. Könntest du vielleicht schon gegen dreizehn Uhr dreißig da sein? Ich möchte dir in Ruhe die Unterlagen geben. Danach werde ich die meiste Zeit sicher sehr eingespannt sein.«

Zoe nickte. Sie drehte sich zu der Garderobe um, gab ihre Jacke ab und wandte sich der Tür hinter dem Empfang zu.

Helen hielt eine Karte vor einen Sensor. Dieser leuchtete grün und Helen hielt ihr die Tür auf. Als Zoe an ihr vorbeiging, nahm sie den Duft von Baumharz und regennassem Moos wahr, als habe Helen den ganzen Morgen draußen verbracht.

Sie machte einen großen Schritt. Sie musste sich jetzt konzentrieren.

Zoe ließ Helen vorgehen und diese öffnete eine weitere Tür. Durch ein Treppenhaus gingen sie vier Stockwerke höher.

»Bist du auch wirklich schwindelfrei? Auch wenn du schon mal unter dem Dach eines Zirkuszeltes gehangen hast, möchte ich nicht, dass du gleich trotzdem wegsackst, ich dich über die Schulter werfen und die ganzen Stockwerke wieder runterbringen muss.«

»Könntest du das denn?«

»Ich hacke mein Holz selbst, und zwar für den ganzen Winter.«

»Und die Winter sind hier sehr lang.«

»Richtig.«

»Schwindelfrei zu sein, gehört zu den grundlegenden Eigenschaften einer Reporterin.«

»Prima.«

Helen drückte eine schwere Stahltür auf und das Geräusch von Sägemaschinen drang zu Zoe. Zum Glück verlor der kreischende Ton in der Höhe an Schärfe.

Sie betraten eine Metallbrücke, die unter der Decke der Werkshalle entlangführte. Zoe erkannte acht verschiedene Maschinenblöcke, zum Teil in separaten Plexiglaskammern mit Absaugvorrichtungen, deren glänzende Rohre in abgedichtete Container führten.

Sie gingen bis zur Mitte der Brücke und Helen lehnte sich auf das Geländer. »Der Betrieb ist in drei große Hallen unterteilt.«

Zoe schlug ihren Block auf und schrieb mit.

»In der ersten, die du hier unten siehst, wird das angelieferte Holz aus unseren Waldgebieten in Blöcke zum Schnitzen geteilt. Dieser Prozess durchläuft mehrere Stufen.«

Helen unterstrich ihre Erklärungen mit Handbewegungen.

Für einen Moment war Zoe versucht, der Bewegung ihrer Finger zu folgen, doch dann würde sie in diesem Anblick von Helens schönen Händen versinken. Sie riss sich davon los und beobachtete stattdessen das Geschehen in der Halle.

»Jeder Block wird kontrolliert und auf Maserungen und Löcher im Holz untersucht. Das hat den Vorteil, dass wir die ausgesonderten Stücke gleich in den passenden Größen und in geprüfter Qualität an Möbelhersteller in der Umgebung weiterverkaufen können. Nichts von dem Holz geht dadurch verloren. Selbst die Späne fangen wir auf und verkaufen diese weiter. Dieser Produktionszweig macht dreißig Prozent des Umsatzes für den Betrieb aus.«

»Gab es dieses Konzept von Anfang an?«

»Ja. Die Männer in meiner Familie waren seit Generationen Holzfäller. Mein Vater war sehr stolz darauf und erzählte mir jeden

Abend Geschichten über sie. Mein Großvater Ignaz Amundsen war ein kreativer Kopf. Er liebte es zu zeichnen und zu schnitzen. Er wurde 1933 geboren und wuchs zu der Zeit des zweiten Weltkrieges auf. Norwegen verhielt sich zwar neutral, wurde aus strategischen Gründen jedoch von den Deutschen besetzt, was viel Unruhe in das Land brachte.« Helens Blick ging nun in die Ferne. »Mein Opa beendete seine Ausbildung mit sechzehn Jahren, da war der Krieg seit vier Jahren vorüber. Er sprach nicht viel über diese Zeit. Ich weiß nur, dass er endlich seine Kreativität zum Ausdruck bringen wollte. Nur Holzfäller zu sein, reichte ihm nicht.«

Fetzen des Zeitungsartikels drangen in Zoes Bewusstsein und das Bild, wie Ignaz Amundsen nach dem Unglück stoisch die Straßen seiner Heimat von Geröll und Erde befreit hatte.

Sie musste Helen heute darauf ansprechen.

Helen blickte wieder zu ihr. »Die ersten Jahre nach der Lehre arbeitete mein Großvater weiterhin als Holzfäller, doch parallel begann er, sich mit der Herstellung von Spielzeugen zu befassen. In jeder freien Minute, zeichnete und schnitzte er an seinen Figuren.«

Ihre Stimme war nun ganz weich geworden. Es lag viel Liebe in ihren Worten. Zoe erwischte sich dabei, wie sie sich ganz auf diesen Klang einließ und den weiteren Inhalt fast nicht mitbekam.

»In dieser Zeit lernte er meine Oma kennen. Sie unterstützte seine Leidenschaft, nähte die Kleidung für die Figuren und überredete ihn, sie auf dem Markt zu verkaufen. Er hatte Angst vor dem, was die Leute über ihn sagen würden. Doch die Menschen liebten die Figuren vom ersten Moment an.« Helen strich sich eine Locke hinter das Ohr. »Auf dem Markt kam er mit Vielen ins Gespräch und erzählte von seiner Vision, die Holzverarbeitung mit der Herstellung der Figuren zu verbinden und schloss sich mit Schreinern, Händlern und Schneidern aus der Umgebung zusammen.«

»Wie viele Beteiligte waren es am Anfang und wie viele Mitarbeiter habt ihr jetzt?«

»Sie begannen mit vierzehn Leuten. Heute umfasst der gesamte Betrieb, inklusive der Holzfäller und LKW-Fahrer, fünfhundertzwanzig Mitarbeiterinnen und Mitarbeiter.«

»Ich habe gestern etwas über das Unglück in Drammen im Oktober 1989 gelesen. Das muss eine schlimme Zeit für deinen Opa gewesen sein. Seid ihr deswegen aus Deutschland weggezogen?«

Helens Gesichtszüge versteinerten sich. »Ich war damals zehn. Mir wurde gesagt, es sei besser für mich, wenn ich in Norwegen leben würde. Meinen Eltern fehlte in Deutschland vor allem die Verbundenheit zur Natur.«

»Aber dein Vater kam auch hierher zurück, um deinem Opa beizustehen?«

»Ich und meine Mutter erfuhren nicht viel über das Geschäftliche, nachdem wir wieder in Norwegen waren. Mein Opa wollte das so. Mir wurde immer gesagt, mein Vater hätte schon seit einiger Zeit wieder zurückgewollt. Vielleicht war das nur der letzte Anstoß gewesen.«

Helens Stimme war dumpf geworden.

Zoe wollte sie nicht verärgern. »Das muss schwer für dich gewesen sein, oder?«

Helen sah Zoe direkt an. »Es ist lieb, dass du nachfragst, aber für den Artikel sind meine damaligen Gefühle sicherlich nicht relevant.«

Mehr sagte sie nicht.

Helen ging wieder los. »Gehen wir eine Halle weiter, da ist es ruhiger.«

Sie liefen über die Brücke und Helen öffnete die Tür.

Wusste Helen wirklich so wenig über die Geschehnisse von damals? Sie kannte ihre eigene Familiengeschichte ja sonst sehr gut. Zoe konnte sich kaum vorstellen, dass sie zu Hause nicht über das Unglück gesprochen hatten.

Zoe würde Helen nun ein wenig Zeit geben, sich zu fangen und sie später noch mal darauf ansprechen.

Schabende Geräusche in unterschiedlicher Intensität drangen zu ihr sowie sanftes Pfeifen und Zischen. Die zweite Halle war mittig mit einer Wand durchzogen.

»In dieser Halle werden die Einzelteile der Figur geschnitzt und zusammengebaut. Die Halle ist in zwei Bereiche unterteilt. Wir nennen sie Raum der Stille und Raum des Klanges. Zu unserer Linken siehst du den ruhigeren Bereich.«

Helen war zu ihrem sanften Erzählton zurückgekehrt. »Jeder Figurenmacher braucht für seine Tätigkeit eine andere Umgebung. Manche unterhalten sich gern oder hören Musik. Doch einige mögen es eben auch sehr ruhig. Meine Kolleginnen und Kollegen können die Arbeitsplätze so oft wechseln, wie sie möchten. Wir gehen gleich noch runter.«

Zoe machte ein paar Bilder, um sich später besser an die Räume erinnern zu können.

»In der letzten Halle wird geschneidert. Auch dort gibt es zwei Bereiche. Als mein Opa die Figuren entwickelte, zog er ihnen ganz klassische Kleidung über, die das Geschlecht der jeweiligen Figur unterstrichen. Doch wie mein Opa, hatte mein Vater ganz eigene Vorstellungen davon, sich kreativ auszudrücken.« Helens Stimme wurde leiser. »Als er den Betrieb übernahm, wollte er dieses Klischee durchbrechen und machte zunächst den Schneiderinnen und Schneidern Mut, sich auch mal von dem typischen Design der Kleidung zu lösen. Er hatte bereits in Deutschland damit angefangen und wollte das nun fortsetzen.«

Helen verstummte.

Zoe sah von ihrem Block hoch.

Helen drehte sich zur Seite und wischte sich über die Augen.

Zoe fühlte einen Stich im Magen. Sie trat näher neben Helen, erst bremste sie ihren Impuls, doch dann legte sie eine Hand auf ihren Unterarm. »Sollen wir eine Pause machen? Es ist bestimmt sehr anstrengend für dich, so viel über ihn zu reden.«

Helen sah sie an, fuhr mit der Hand über Zoes und drückte sie. »Nein, es ist sehr schön, dir von ihm zu erzählen. Es tut mir leid ... es geht gleich wieder. Das ist echt unprofessionell.«

Helen drehte sich erneut weg, doch Zoe trat einen weiteren Schritt auf sie zu. »Hey, das ist völlig in Ordnung. Lass uns für ein paar Minuten vergessen, warum wir hier sind.« Zoe atmete bewusst ein und wieder aus. »Was würde dir gerade helfen?«

Helen sah sie mit geröteten Augen an. Sie schüttelte sachte den Kopf.

»Sag es mir, bitte.«

»Könntest du mich kurz festhalten?« Helens Stimme war kaum zu hören.

Zoe steckte ihren Block und Stift weg und schloss die Lücke zwischen ihnen. Sie schob sachte ihre Hände unter Helens Arme und zog sie an sich.

Helen ließ ihre Stirn auf Zoes Schulter sinken und legte eine Hand auf ihren Rücken. Ihr Atem ging unruhig.

»Du darfst traurig sein.«

»Ich verliere dann allen Halt.«

»Das ist auch okay.«

Für einige Augenblicke standen sie so da und Zoe strich Helen vorsichtig über den Rücken.

Helen hob den Kopf und blickte Zoe an. »Meine Mama weint nie. Warum ist das so?«

»Vielleicht tut sie das nur nicht vor dir. Jeder trauert anders.«

Helen löste sich von Zoe und strich sich die Tränen von den Wangen. »Mein Vater war ganz anders. Man wusste immer, wie es ihm ging. Er sprudelte vor Emotionen.«

Zoe trat einen kleinen Schritt zurück.

Helen lachte auf. »Als mein Vater die Idee hatte, alle bekannten männlichen und weiblichen Formen und Farben aufzulösen, dachten sie im Betrieb, er sei verrückt geworden. Er sagte Dinge wie: *schneidere eine Hose, ohne dass es nach einer Hose aussieht. Mach sie doch oben ganz breit und unten ganz dünn, an den Saum ein paar Troddeln und zu den Füßen hin könnte sie ausfranzen.*«

Zoe schenkte Helen ein Lächeln. Sie war froh, dass es ihr wieder besser ging. »Das war sehr mutig von ihm.«

»Es war eine tolle Zeit. Er brachte ständig neue Rollen mit leuchtenden und glänzenden Stoffen in den buntesten Farben herbei und hängte die Stoffbahnen über Stühle und Tische. Er hatte Kontakte bis nach Indien und ließ sich sogar von Modedesignern beraten. Doch das war noch nicht alles.«

Helen beugte sich näher zu Zoe, als würde sie ihr nun etwas ganz Besonderes verraten. »Eines Tages lud er alle Figurenmacher zum Tee und bat sie, sich von einem Fotografen ablichten zu lassen. Das Team dachte sich nichts dabei. Er behauptete, er brauche die Bilder für eine interne Maßnahme. Eine Woche später gab es eine Betriebsversammlung. Ich saß in der vordersten Reihe und war total gespannt, weil er die Zeit davor ganz geheimnisvoll getan hatte.« Helen drückte den Rücken durch. »Mein Vater warf das Bild einer Nase an die Wand und rief einem Kollegen zu: *Sag mir, ist das die Nase eines Mannes oder einer Frau?* Dann fragte er: *Warum glaubst du, ist das die Nase einer Frau?* Der Kollege war nicht verlegen um eine Antwort und sagte, weil die Nasenflügel zierlich seien. Mein Vater rief nach Thorben. Er möge bitte aufstehen. Thorben war ein Hüne, über zwei Meter groß, mit Rauschebart. Dann bat er die Kollegin neben ihm, ob sie freundlicherweise seine Nase betrachten könne. Sie setzte ihre Lesebrille auf, musterte Thorben, schaute nach vorn auf das Bild und fing an zu kichern. *Ich denke, es ist seine Nase,* rief sie laut. Thorben schielte auf seine Nasenspitze. *Ich glaube, dass ich zierliche Nasenflügel habe, hat mir noch niemand gesagt, aber ich nehme das Kompliment an,* dröhnte er.«

Zoe lachte. Helen konnte wirklich gut die Stimmen von anderen imitieren.

»Dieses Spiel wiederholte sich an die dreißig Mal. Er zeigte Bilder von Händen, Augen und Frisuren und es gab nur wenige richtige Treffer. Dann stellte mein Vater sich mit verschränkten Armen vor das Team und fragte: *Was wollen wir mit unseren Figuren? Wollen wir dem Geschlecht eines Menschen Ausdruck verleihen, oder seinem wahren Inneren? Wollen wir sie in Formen und Farben zwängen, die mit Assoziationen verknüpft sind? Oder wollen wir ihnen einen bestimmten Ausdruck verleihen, eine Aura für sie schaffen und sie mit Gefühlen umweben?«*

Helen lächelte.

Zoe hatte vergessen sich Notizen zu machen, so sehr war sie in Helens Erzählung versunken gewesen. »Das Ganze muss einigen sehr merkwürdig vorgekommen sein.«

Helen nickte. »Viele verstanden erst nicht, was er bezwecken wollte. Jahrelang hatten sie ihre Schnitzarbeiten perfektioniert und sich auf bestimmte männliche oder weibliche Merkmale der Figuren festgelegt.« Helens Blick ging in die Ferne. »Er schloss die Sitzung mit dem Satz: *Ich möchte, dass ihr gleich an euren Arbeitsplatz zurückgeht und überlegt, was ihr mit euren Figuren jemand anderem mitgeben möchtet. Zum Beispiel Liebe, Stärke, Kraft, Mut oder ein anderes Gefühl und dann schaut, was die Figur dafür braucht. Lasst euch davon leiten und von nichts anderem.«*

Helen atmete laut aus. »Jemand sagte, niemand wird die Figuren mehr haben wollen, wenn nicht erkennbar ist, ob sie weiblich oder männlich sind. Und mein Vater antwortete, derjenige müsse bloß das in der Figur finden, was er suche, der Rest sei Fantasie.«

»Wie ist es in der Zeit danach gelaufen?«

»Die meisten widmeten sich zunächst zögerlich der neuen Aufgabe, doch vor allem die Jüngeren trauten sich, Neues auszuprobieren. Die Nachfrage stieg rapide an, denn plötzlich wurden die Figuren nicht mehr nur an die Kinder verschenkt, sondern Erwachsene kauften sie auch für sich selbst. Es kamen die unterschiedlichsten Rückmeldungen. Viele sahen die Figuren als Glücksbringer oder Gefährten für den Alltag. Künstler nutzten sie als Inspirationsquelle. Manch einer bezeichnete seine Figur als neuen guten Geist des Hauses. Dieser Erfolg spülte auch bei den anderen Mitarbeitern die Zweifel fort.«

»Also ist jede Figur ein Unikat?«

»Ja, sie wird komplett von einer Person gestaltet und zusammengebaut. Danach findet eine Besprechung mit den Schneiderinnen und Schneidern statt und sie entwickeln die Kleidung gemeinsam. Du kannst dir eben noch die letzte Halle von oben anschauen, dann gehen wir runter.«

Helen führte sie durch die nächste Tür und das gleichmäßige Rattern von Nähmaschinen erfüllte den Raum. Zoe beugte sich über das Geländer. Ein Farbenmeer ergoss sich unter ihr. Über all hingen Stoffbahnen in kräftigen und leuchtenden Farben. Sie waren auf Tischen und Stühlen sowie in schmalen, hohen Regalen ausgebreitet.

Zoe zog die Kamera hervor und knipste einige Male, dann folgte sie Helen durch die letzte Tür zurück ins Treppenhaus und ins Erdgeschoss, wo sie die Halle betraten. Ein paar Leute blickten in ihre Richtung.

Helen hob die Hand und grüßte. Sie beugte sich zu Zoe. »Ich habe dich heute Morgen per Lautsprecher angekündigt, sie wissen also, wer du bist.«

Zoe lächelte. Ihr Blick fiel auf ein langes Regal ihr gegenüber. Darin standen und saßen an die fünfzig Figuren.

»Darf ich sie mir ansehen?«

»Natürlich.«

Gemeinsam schritten sie auf das Regal zu.

Zoe nahm eine der Figuren in die Hand. Sie trug ein langes Gewand in Rot, Grün und Gelb, an dem zu allen Seiten zackige Fransen abstanden. Ihr langes Haar war durch viele fein geschnitzte Wellen sichtbar gemacht worden und um die großen Augen, zeigten sich Lachfältchen.

»Sie schaut aus, als wolle sie ein Abenteuer beginnen.«

»Wer weiß, vielleicht wird sie das.« Helen glitt mit der Hand über Zoes Finger und drückte sie sanft gegen die Armbeuge der Figur. »Jedes Gelenk ist beweglich.« Sie schob einen Finger unter Zoes und sie hoben mit dieser Bewegung den Arm der Figur etwas in die Höhe. »Sie sollen alles können, ob sitzen, liegen oder tanzen. Es ist wichtig für die Menschen, die sie um sich haben, damit sie ihnen den Ausdruck geben können, der ihnen gerade am passendsten erscheint.«

Helen fuhr mit ihrem Daumen unter den zweiten Arm der Figur. Es sah nun aus, als wolle sie gleich mit dem Wind losfliegen, der unter ihrem wilden Gewand hindurchzustreichen schien.

Helen war ihr so nah. Wenn Zoe sich nur ein wenig bewegte, würden sich ihre Körper berühren. Vielleicht würde Zoe gleich einfach mit der Figur davonfliegen.

»Ich ... würde gern ein Bild von ihr machen.«

Helen sah sie noch einen Moment lang an, dann trat sie einen Schritt zur Seite und stellte dabei die Figur zurück in das Regal.

Zoes Hände zitterten leicht. Helens sanfte Berührung floss nun durch ihren ganzen Körper. Fest umklammerte sie das kalte Gehäuse der Kamera, um sich wieder zu beruhigen. Sie schoss mehrere Bilder und prüfte diese im Display.

»Brauchst du noch mehr Aufnahmen aus den Hallen?«

»Ob sich wohl einer der Figurenmacher von mir fotografieren lassen würde?«

Helen nickte. »Ich weiß, wen wir fragen.«

Sie gingen in die mittlere Halle und Helen steuerte auf einen älteren Herrn zu.

»Tedje, das ist Zoe Halberg, die Journalistin aus Deutschland.«

Sie begrüßten sich.

»Darf sie ein Foto von dir machen und dir ein paar Frage stellen?«

Er rieb sich über den Nacken. »Ich bin nicht sehr fotogen.«

»Sie können sich unter Ihrem wunderbaren Hut verstecken.«

Seine ganze Erscheinung erinnerte Zoe an eine Zeichnung von Janosch. Tedje hatte ein stoppeliges Kinn und dunkle Augen. Unter seinem Schlapphut ragte rabenschwarzes Haar hervor und seine Haut war wettergegerbt.

Er lachte und schielte nach oben. »Ja, ja, ich friere leicht.«

»Woran arbeitest du gerade?«, fragte Helen.

Er zeigte auf ein winziges Stück Holz in einem kleinen Schraubstock, der am Tisch befestigt war. »An langen, schlanken Händen mit spitzen Fingernägeln. Das Feilen ist mühsam. Um die Proportionen hinzubekommen, braucht es viele Stunden. Alles an der neuen Figur ist irgendwie elfenhaft.« Er rieb sich über das Kinn. »Liegt vielleicht an Weihnachten, dass sie mir so in den Sinn gekommen ist.«

»Wie lange sind Sie schon hier im Betrieb?«

»War erst woanders Handwerker, aber immer für alle anderen Vorgesetzten zu langsam, weil ich mich in Details verlor. Ich war ganz verzweifelt, weil ich wohl das Falsche gelernt hatte. Ein Kumpel erzählte mir von dem Betrieb der Amundsens. Sie nahmen mich auf, da war ich Mitte zwanzig. Ich schreinerte und erlernte nebenbei das Schnitzen. Das mache ich nun seit zweiunddreißig Jahren.«

»Könnten Sie weiter an dem Stück Holz feilen? Ich würde davon gern ein Bild machen.«

Er nickte und beugte sich über die Werkbank.

Zoe streckte sich nach vorn, um einen anderen Blickwinkel zu bekommen. Sie wechselte einige Male die Seiten, um Tedjes Gesicht, aber auch seine Hände gut sichtbar einzufangen. Sie prüfte das Ergebnis und zeigte ihm ein Bild auf dem Display. »Dieses würde ich wahrscheinlich verwenden.«

»In Ordnung. Der Hut sitzt.«

Zoe lachte. »Ich brauche bitte noch Ihren Nachnamen.«

»Frederikson.«

»Vielen Dank.«

Helen zeigte auf das Holz. »Wenn die Figur fertig ist, würde ich sie gern sehen. Ich könnte etwas Weihnachtsspirit gut gebrauchen.«

Tedje hob seinen Hut und begab sich wieder an die Arbeit.

»Brauchst du noch ein Foto aus der Schreinerei oder können wir in mein Büro wechseln?«

»Ich habe hier genug Fotos gemacht, danke.« Zoe fiel es schwer, die folgende Bitte auszusprechen. »Es tut mir leid, dass ich dich das fragen muss, aber ich bräuchte für den Artikel noch ein Foto von deinem Vater und deinem Opa. Vielleicht gibt es eins, auf dem sie zusammen drauf zu sehen sind. Und ich bräuchte noch die Geburtsdaten von den beiden und von dir.«

Helens Gesichtszüge wurden für einen Moment wieder ernst. »Ich suche dir bald ein Foto raus und maile es dir mit den anderen Angaben, ja?«

»Ich danke dir.«

Helen rief einen Abschiedsgruß in die Halle und sie gingen zurück zum Empfang.

Gerade als sie den Flur zu den Büros betreten wollten, rief jemand nach Helen. Zoe drehte sich zeitgleich mit ihr um.

Eine große, schlanke Frau in einem enganliegenden, sehr kurzen schwarzen Kleid, mit schwarzer Strumpfhose und in hochhackigen, roten Schuhen kam auf Helen zugeeilt. Ihre langen, dunklen Haare wogten ihr über die Schultern.

»Meine Liebe, gut, dass ich dich direkt erwische.«

»Miranda!«

Zoe wich unwillkürlich einen kleinen Schritt zurück.

Die beiden begrüßten sich mit Wangenküssen.

Die Unbekannte strich Helen über beide Arme, hielt ihre Hände fest und betrachtete sie.

Ein Stich durchfuhr Zoes Magen.

Jetzt beugte die Fremde sich nah zu Helen, flüsterte ihr etwas ins Ohr und lachte. Anscheinend hatte sie ihr Outfit kommentiert, denn nun strich sie mit dem Zeigefinger über Helens Blazer. Erst über den Kragen und dann hin zu ihrem Schlüsselbein.

Zoes Kehle schnürte sich zu. Konnte es sein, dass die Frau mit Helen flirtete? Die Fremde schien jedenfalls sehr angetan von Helen zu sein. Als sie sich beide Zoe zuwandten, blieb Miranda so nah neben Helen stehen, dass sich fast ihre Schultern berührten.

»Zoe, das ist Miranda Lindström. Sie hat mir mit der Internetseite geholfen. Es musste ja einiges aktualisiert werden. Sie unterstützt seit kurzem unsere Öffentlichkeitsarbeit als PR-Beraterin.«

Das musste dann wohl die Frau sein, die ihrem Kollegen so wenig über die Vergangenheit der Firma erzählen wollte.

»Und du bist die Journalistin aus Deutschland? Wie aufregend!« Miranda streckte ihr die Hand entgegen.

Zoe mochte ihre näselnde Stimmlage nicht. Und sie wollte dieser Frau weder die Hand geben, noch wollte sie, dass sie so nah neben Helen stand und ihr Treffen unterbrach. Ihr Händedruck fiel dementsprechend flüchtig aus.

»Wir sind gerade dabei, uns den Betrieb anzusehen«, sagte Zoe mit Nachdruck.

»Helen erzählte mir, dass du noch länger in der Stadt bist. Ihr werdet sicher noch einige Gelegenheiten wie diese haben. Helen und ich müssen etwas Dringendes besprechen.« Sie fuhr Helen mit der Spitze ihres Zeigefingers über den Oberarm. »Ich konnte meine Termine spontan umlegen. Du wirst dich doch losreißen können, oder? Ich habe mich mit der Ausarbeitung der nächsten Marketing-Schritte extra beeilt und wir wollten uns doch noch mal die Rede für morgen sehen.«

Helen trat einen Schritt auf Zoe zu. »Entschuldige, Mirandas Terminplan ist eng gestrickt. Sie kommt extra aus Oslo.«

Miranda legte eine Hand auf Helens Schulter. »Das versteht sie. Wir kommen schließlich fast aus der gleichen Branche.« Sie zwinkerte Zoe zu.

Zoe reagierte nicht darauf.

»Das Wichtigste vom Betrieb hast du bereits gesehen. Wenn du noch Fragen hast, können wir die gern später am Telefon besprechen.«

Zoe würde bestimmt nicht darauf warten, bis diese Frau Helen aus ihren Krallen entließ. »Du bist ja nicht aus der Welt. Ich fange gleich an zu schreiben. Wir sehen uns dann morgen bei dem offiziellen Termin.« Sie gab Helen die Hand und lächelte ihr zu. »Vielen Dank für den interessanten Vormittag.« Dann schaute sie Miranda an. »Auf Wiedersehen.«

Zoe drehte sich um und steuerte auf die Garderobe zu. Sie konnte Mirandas Genugtuung und abfälligen Blick als unangenehmes Kribbeln im Nacken spüren. Wie sie nun da stand, ganz nah neben Helen, und wusste, dass sie die nächsten Stunden miteinander verbringen würden.

Widerwillig gab Zoe ihren Nummernchip ab und nahm ihre Jacke entgegen. Sie sollte jetzt bei Helen sein. Nicht Miranda. Das Blickfeld vor ihr verschwamm und die Geräusche um sie herum wurden dumpf. Wut wogte als unangenehme heiße Welle durch ihren Körper.

Himmel.

Wo kam der Zorn plötzlich her? Sie war wütend auf diese Fremde, weil sie das schöne Treffen mit Helen unterbrochen hatte. Zoe verstand außerdem nicht, wie Helen sich mit so jemandem abgeben konnte.

Ob die beiden etwas miteinander hatten? Mirandas Blicke und Berührungen waren eindeutig gewesen. Allerdings war Helens Körpersprache normal geblieben, fast sogar abweisend.

Zoe wandte sich der Drehtür zu, da hörte sie schnelle Schritte hinter sich.

»Zoe!«

Sie drehte sich um.

Helen kam vor ihr zum Stehen. Ganz nah. Sie beugte sich zu ihr. »Danke. Für vorhin. Ich wüsste nicht, wie es mir jetzt ginge, wenn du mich nicht aufgefangen hättest.«

Zoe lächelte. »Das hätte jeder gemacht.«

»Nein. Eben nicht.« Helen griff nach Zoes Hand und drückte sie kurz. »Bis morgen, Zoe.«

»Bis morgen.«

Helen drehte sich um und Zoe blickte ihr hinterher, wie sie auf Miranda zulief, die mit verschränkten Armen am anderen Ende der Eingangshalle auf sie wartete.

Zoes Hand kribbelte an der Stelle, wo Helen sie berührt hatte.

Eigentlich würde sie jetzt den weiteren Tag mit ihr verbringen, wenn Miranda nicht aufgekreuzt wäre.

Zoe drehte sich um und gelangte durch die Drehtür nach draußen.

Warum ging ihr das bloß so nah? War sie eifersüchtig? Es konnte ihr doch wirklich egal sein, dass die beiden nun zusammen Zeit verbrachten und auch, wie sie zueinanderstanden. Schon bald würde sie Helen nie wiedersehen.

Eilig entfernte sie sich von dem Gebäude und trat gegen ein paar herumliegende Eisklumpen.

Meine Güte, bin ich emotional.

Natürlich war sie das. Sie war seit drei Tagen in einer Stadt, in der keine Sonne schien und sie sich jeden Tag mit einer verdammt gutaussehenden Frau treffen musste, um knallharte Fakten aus ihr herauszubekommen. Prima Sache! Und nun grätschte ihr eine Hexe auf Stöckelschuhen dazwischen. Ausgerechnet heute, wo sie endlich mal einen anderen Zugang zu Helen bekommen hatte. Einen Zugang, der auch für den Artikel gut war.

Wieso auch?

Sie war nur wegen des Artikels hier und nicht, um sich mit Helen anzufreunden.

Zoe unterdrückte einen Aufschrei. Eigentlich war ihr das bewusst.

Warum war Helen bloß so nett zu ihr? Auf die Art hätte das gar nicht anfangen dürfen mit ihnen beiden. Hätte sie ihr nicht als eiskalte Geschäftsfrau gegenübertreten können? Die bloß daran interessiert war, einen guten Artikel zu Werbezwecken zu platzieren. Aber nein, sie war witzig, charmant und aufmerksam. Zoe hatte bereits am ersten Abend auf ihrer Couch gesessen und sie im T-Shirt gesehen.

Das Bild von Helens Armen mit den hellen Härchen tauchte vor ihr auf.

Nein, halt!

Das konnte doch alles nicht wahr sein.

Zoe blieb stehen. Sie atmete tief ein und langsam wieder aus.

Die Vorstellung, nun in das kleine Zimmer ihrer Pension zurückkehren zu müssen, behagte ihr gar nicht. Es war erst Mittag. Sie sollte in Ruhe etwas essen. Fast Food und Zucker würden sie bestimmt auf andere Gedanken bringen.

Als Helen sie mit dem Hundeschlitten abgesetzt hatte, war Zoe in der Straße ein Café aufgefallen. Hoffentlich hatte es auf.

~ ~ ~

Der kleine Laden schien eine Mischung aus Café und Bar zu sein. Er hatte über den Mittag drei Stunden geöffnet und dann wieder ab achtzehn Uhr.

Energisch drückte Zoe die Klinke herunter.

Sie betrat den dunklen Raum, ging zur Bar und schwang sich auf einen Hocker.

Der Mann hinter dem Tresen drehte sich zu ihr um.

»Die Speisekarte bitte und eine große Cola.«

»Wenn du auch etwas essen willst, musst du dich bitte an einen der Tische setzen.« Er schob ihr die Karte zu.

Zoe sah sich um. Am Ende der Bar saßen zwei Männer. Ansonsten war der Raum leer.

Sie rutschte von dem Hocker, nahm die Karte mit und ließ sich auf einen Stuhl fallen. Sie zog die Jacke aus und schlug die Karte auf. Es gab nur wenige Gerichte. Bei Pommes dürfte wohl nichts schiefgehen.

»Deine Cola.« Der Mann stellte ein Glas vor ihr ab.

»Danke. Einmal Pommes mit Ketchup.«

»Gab keine Kartoffeln heute Morgen. Mein Lieferant steckt auf einer völlig überfüllten Straße fest und hat mich deshalb hinten drangehängt. Ich kann dir eine Frittata machen.«

Zoe blickte zu dem Mann hoch und zog eine Schnute. »Ich brauche etwas Ungesundes, für die Seele.«

»Glaub mir, die Frittata hat einen ähnlichen Effekt. Nimmst du sie?«

Zoe nickte.

Er lächelte und ging.

Nicht mal das klappte.

Zoe trank einen großen Schluck Cola und drehte den Kopf zum Fenster. Sie ließ sich nach hinten gegen die Lehne sinken und betrachtete das Zwielicht. Ein paar Kilometer weiter saßen Helen und Miranda nun wohl zusammen beim Mittagessen.

Wie es wohl wäre, mit Helen zusammenzuarbeiten und sie oft sehen zu können? Wie würde es sich anfühlen, wenn sie immer ihren Erzählungen lauschen dürfte?

Zoe trank einen weiteren großen Schluck, als könne sie diese Gedanken damit fortspülen.

»Bitteschön.«

Der Barmann war neben ihr aufgetaucht und stellte einen großen Teller mit einer Gemüse-Frittata, einen Korb mit Brot und eine Flasche Ketchup sowie eine kleine Schale mit einem weichen Küchlein auf dem Tisch ab. »Das ist kein Nachtisch, sondern *Fiskepudding*, also Fischpudding, der geht aufs Haus.« Dann beugte er sich näher zu ihr. »Zucker ist nämlich keine Lösung.« Er zwinkerte ihr zu.

Sie lächelte matt, dann betrachtete sie den Teller. Die Frittata war mit getrockneten Tomaten, Sonnenblumenkernen und frischer Petersilie garniert. In dem Korb lag scheinbar selbstgebackenes Brot. Es duftete nach geröstetem Sesam.

Sie drehte ihren Kopf zu der Bar. »Danke, das sieht gut aus.«

»Empfehle mich weiter.«

Zoe kostete die Frittata. Sie war mit Paprika und Pfeffer abgeschmeckt und locker aufgeschlagen. Erst jetzt merkte sie, wie viel Hunger sie hatte. Sie aß einige Bissen von dem weichen Brot und kaute genüsslich.

Ihre Muskeln entspannten sich. Ihr Blick ging erneut in die Ferne.

Es war dumm von ihr gewesen, Helens Vorschlag mit dem Telefonat am Nachmittag auszuschlagen. Natürlich hatte sie noch Fragen, hunderte.

Sie würde ausnahmsweise Geld in eine Flasche Wein investieren, am Abend bei Helen vorbeigehen und sich bei ihr für den Rundgang bedanken. Vielleicht konnte sie Helen dann auch bitten, noch ein Foto von ihrem Schreibtisch machen zu dürfen. Ja, das war eine gute Idee.

Gleich würde sie ihre Notizen von heute ordnen und alles, was ihr wichtig erschien, schon mal in einem Text zusammenfassen. Diesen ersten Entwurf würde sie an Sandy schicken.

Zufrieden mit sich und ihrem Entschluss, traute sie sich nun auch, den Fischpudding zu probieren. Die Masse war weich und darin befanden sich Kräuter. Zoe nahm eine Gabel davon in den Mund und kaute vorsichtig. Die Konsistenz glich der eines Spiegeleis und ein feiner Geschmack von Fisch, Dill und geschmolzener Butter mit Zucker legte sich auf ihre Zunge. Sie war froh, diesen Laden entdeckt zu haben.

Genüsslich aß sie auf, gab dem Mann beim Bezahlen ein dickes Trinkgeld und ließ sich von ihm einen Rotwein empfehlen, den sie später bei einem der Spirituosenläden holen würde.

~ ~ ~

Als Zoe an Helens Tür klingelte, hatte sie sich vorher ein wenig zurecht gemacht. Sie trug ihre langen Haare offen, die sie mit einem Lockenstab in Form gebracht hatte.

Es dauerte einen Moment, bis Helen öffnete. Verdutzt blickte sie ihr entgegen. »Zoe?«

»Hey. Ich weiß, ich hätte mich anmelden sollen. Ich will auch nicht lange stören, aber ich wollte mich für den schönen Vormittag bedanken.« Sie streckte Helen die Flasche Wein entgegen. »Und ich wollte dich fragen, ob ich noch ein oder zwei Fotos bei dir im Haus von deinem Schreibtisch machen könnte?«

Helen griff nach dem Wein. »Grundsätzlich gern, aber momentan ist es unpassend.« Sie schaute über die Schulter.

Zoe sah an ihr vorbei und ihr Blick fiel auf die Couch. Miranda hob eine Hand und winkte ihr zu. Ihr süffisantes Lächeln prallte wie ein Faustschlag in Zoes Magen.

»Wir hatten noch einiges zu besprechen, da ist es spät geworden und ich habe ihr angeboten, hier zu übernachten.«

»Okay.« Zoe bekam kaum Luft. »Ich gehe dann mal. Wir sehen uns morgen bei der Feier.«

Wie es die Worte schafften, aus ihrem Mund zu purzeln, wusste sie nicht.

»Danke für den Wein.«

»Schönen Abend.« Zoe drehte sich um und lief los. Dunkelheit und Schnee. Alles bestand aus tiefer Dunkelheit und kaltem Schnee. Vor ihr. In ihr.

Ich habe ihr angeboten, bei mir zu übernachten.

Miranda schlief bei Helen im Haus.

Sie würden sich im Nachthemd im Bad begegnen, zufällig. Miranda würde ihr perfektes, volles Haar nach hinten werfen und dann …

Zoe begann zu rennen. Es wurde mehr ein Stolpern und Rutschen. Sie schlitterte, bis sie um die Ecke gebogen war und sie niemand mehr aus irgendwelchen Fenstern sehen konnte, dann ließ sie sich gegen eine Mauer sinken, stützte die Hände auf die Oberschenkel und starrte in den Schnee.

Sie hatte sich blamiert. Was war das für eine unprofessionelle und bescheuerte Aktion gewesen? Warum hatte sie das getan? Sie war nicht bei ihr vorbeigegangen, um mit dem Artikel weiterzukommen. Sie hatte einfach nur in Helens Nähe sein wollen.

Zoe stellte sich wieder gerade hin und ballte die Hände einige Male zu Fäusten. Das Bild von Helen und Miranda, beide leicht bekleidet, ihre Körper ganz nah beieinander, setzte sich vor ihrem inneren Auge fest, als habe sie die Szene wahrhaftig gesehen.

Zoe rannte erneut. Sie rutschte und schlingerte über die teils nicht gefegten Gehwege, bis ihre Lunge brannte. Sie hustete, zog ihre Kapuze ganz fest und die Mütze tief in die Augen.

Schritt für Schritt, immer weiter weg von Helens Haus, vielleicht könnte sie damit auch diese Bilder hinter sich lassen.

Der Barmann sah ihr entgegen. Schwer atmend und schwitzend erreichte sie den Tresen. Atemlos sagte sie: »Diesmal will ich an der Bar bleiben.«

»Scheiß Tag?«

Zoe hob die Hand zum Gruß. »Ich bin Zoe und ich würde heute Abend gern eine Weile hier sitzen.«

Er nickte. »Ich bin Adam.«

Sie zog ihre Jacke und Mütze aus, drapierte alles auf dem Hocker neben sich und atmete einige Male tief durch.

Da ließ sie sich einmal von einem spontanen Impuls leiten und dann passierte natürlich sowas.

Adam schob ihr die Dessertkarte hin und lächelte. »Zucker, richtig? Ich habe noch *Kanelsnurrer* da. Die sind sehr süß.«

»Was ist das?«

»Hefegebäck mit Zimt.«

Zoe lächelte. »Klingt prima. Und hast du heißen Kakao mit Sahne?«

»Klar, bei der dritten Tasse sage ich aber stopp.« Er lächelte.

»Vielleicht brauche ich gerade wirklich jemanden, der auf mich aufpasst. Ich baue bloß Mist.«

»Das ist okay. Wir Menschen sind keine Roboter. Wir haben Gefühle und die sind nicht immer leicht zu händeln.« Er lächelte ihr erneut zu und begann, den Kakao zuzubereiten.

Zoe vergrub ihr Gesicht in den Händen. Ihre Wangen glühten. Von der Kälte und vor Scham.

Sie hatte sich heute von ihren Gefühlen leiten lassen. Was Helen nun wohl von ihr dachte? Und diese Miranda? Ob sie Zoe etwas angemerkt hatte?

Geschirr klapperte. Zoe ließ ihre Hände sinken. Vor ihr stand der Kakao und das Gebäck.

»Danke.«

»Ich hoffe, es hilft.«

Zoe löffelte ein wenig Sahne vom Kakao und verrührte den Rest. Anschließend probierte sie die Zimtschnecke. Sie schmeckte herrlich nach Kardamom und Vanille.

Vielleicht würde sie einfach bis zum 25. Dezember hier sitzen bleiben.

Während sie aß, fixierte sie die aufgereihten Flaschen auf den Regalbrettern ihr gegenüber. Sie mochte es, wie sie funkelten und glänzten. Die Etiketten hatten malerische Schriftzüge und glitzerten in Gold, Silber, Bernsteinrot und Smaragdgrün. Hinter jedem Entwurf steckte eine Philosophie und ein Versprechen. *Trink mich an heißen Sommertagen, damit du eins wirst mit der Sonne. Trink mich in kalten Mondnächten, dann ist alles möglich.*

Zoe stellte sich vor, wie immer wieder Marketingteams auf der ganzen Welt zusammensaßen, schimmernde Flüssigkeiten in prachtvollen Gläsern schwenkten und Geschichten erfanden. Ja, alles drehte sich immer um Geschichten. Auch sie hatte eine Geschichte zu erzählen, doch dazu musste sie diese erst einmal einfangen. Sie musste näher an Helen heran, ohne sich von ihr einnehmen zu lassen.

Das hier ist ein Job!

Sie musste sich endlich wieder wie eine richtige Journalistin benehmen.

Sie würde das schaffen, aber vorher musste dieses Bild aus ihrem Kopf. Helen und Miranda, allein in einem Haus für eine Nacht.

Sie würde hier sitzen bleiben, sich mit dem Essen ablenken und gleich noch mal spazieren gehen, so dass sie hoffentlich schnell müde werden würde. Morgen Mittag musste sie fit für die Feier sein. Sie würde die Möglichkeit haben, mit vielen Mitarbeitern der Firma zu sprechen und diese Chance würde sie nutzen.

Kapitel 5

Als der Wecker um neun Uhr klingelte und Zoe die Augen öffnete, fühlte sich ihr Kopf an, als sei er in Watte gepackt.

Sie machte den Wecker aus, stand auf und ging langsam in das Bad. Dort wusch sie sich ihr Gesicht und betrachtete ihr Spiegelbild. Feine, graue Ränder zierten ihre Augen.

Sie hatte es gestern so lange wie möglich vermeiden wollen ins Bett zu gehen, um nicht die Augen schließen und Helen und Miranda vor sich sehen zu müssen.

Ihre Wut hatte sich irgendwann in Trotz gewandelt. Sie war an der Bar sitzen geblieben und hatte in Adams freien Minuten mit ihm über seinen Beruf gesprochen. Ihn hatte es wiederum fasziniert mit einer Journalistin zu sprechen und so war sie erst nach Mitternacht wieder in der Pension angekommen.

Zoe streckte sich die Zunge raus, kramte im Waschbeutel nach einer Kopfschmerztablette und spülte diese mit Wasser aus dem Hahn hinunter.

Sie dachte an die bevorstehende Feier in der Firma. Die Vorfreude und Nervosität vermischten sich zu einem ihr bekannten und willkommenen Gefühl. Das Adrenalin begann durch ihren Körper zu wogen.

Auf einmal lachte sie auf. Wie durcheinander sie gestern gewesen war.

Klar, Helen war sehr charmant und schön obendrein, aber wie hatte sie sich davon nur so stark einnehmen lassen können? Es ging hier um eine große Chance für sie und ihren weiteren Lebensweg und sie ließ sich ablenken wie eine Berufsanfängerin.

Sie würde jetzt Marys Frühstück genießen und dabei überlegen, auf wen sie wohl alles treffen würde und welche Fragen sie stellen wollte.

~ ~ ~

Um dreizehn Uhr zwanzig trat Zoe in die festlich geschmückte Eingangshalle des Betriebes. Grüne und rote Girlanden waren oberhalb der Türen befestigt worden und auf dem Empfang stand eine hohe Vase mit Tannenzweigen und glitzernden Kugeln an den Ästen. Ein Willkommensschild mit Pfeil stand davor und wies in Richtung der Büroflure. Musik und Stimmen drangen zu ihr.

Jemand hinter ihr sagte etwas auf Norwegisch. Zoe drehte sich um.

Ein Mann stellte sich neben sie und schaute sie aus freundlichen Augen an.

»Entschuldigung, ich verstehe nur Deutsch und Englisch.«

»Willst du auch zur Feier?«, sagte der Mann in klaren englischen Worten.

»Ja, Helen hat mich eingeladen.«

»Ich heiße Maximilian. Ich bin Holzfäller.«

Zoe nickte ihm zu. »Zoe, ich komme aus Deutschland. Ich bin Journalistin und porträtiere momentan die Firma. Weißt du, wo wir hinmüssen?«

»Folge mir einfach.«

Sie gingen den Flur entlang und an etlichen geschlossenen Bürotüren vorbei. Einige Leute kamen ihnen entgegen und grüßten, dann betraten sie einen hohen und breiten Raum. Neben den offenen Flügeltüren waren lange Garderobenständer aufgestellt worden. Sie hingen beide ihre Jacken auf.

Zoe drehte sich um und ließ den Raum auf sich wirken. Ihnen gegenüber gab es eine Bühne, auf der ein Mann und eine Frau hinter Mikrophonen standen. Der Mann spielte Gitarre. Neben der Frau stand ein Saxofon. Gerade sangen sie im Duett ein ruhiges Lied, das Zoe ein wenig an *Stille Nacht* erinnerte.

Links war ein Buffet aufgebaut worden und rechts gab es etliche Stehtische sowie ein paar Sitzgruppen. Dahinter war eine Glasfront, durch die man in einen verschneiten Hof mit vielen Bäumen sehen konnte.

Zoe zeigte in diese Richtung. »Das ist alles sehr schön. Was ist das hier für ein Raum?«

»Es ist sonst der Sozialraum. Hier stehen immer ein paar Kicker und sogar ein Billardtisch. Helen hat den Raum vor einiger Zeit umbauen lassen. Nur für so große Feiern wie diese wird er leergeräumt. Im Sommer gibt es viele Meetings im Freien. Ihr war das Betriebsklima schon immer sehr wichtig und sie hat sich, wann immer es ihr möglich war, für Verbesserungen eingesetzt. Sie kommt ganz nach ihrem Vater.«

»Darf ich das in meinem Artikel zitieren?«

Maximilian bekam rote Wangen. »Ja, natürlich.«

Zoe zog das Notizbuch und den Stift aus ihrer Umhängetasche. »Dann bräuchte ich bitte noch deinen Nachnamen.«

»Rissanen.«

»Wie lange bist du schon bei der Firma?«

»Sieben Jahre.«

»Vielen Dank und schöne Feiertage.«

»Danke, ebenso.« Er gesellte sich zu einer Gruppe von Leuten in ihrer Nähe.

Zoe schaute sich um, da sah sie Helen auf sich zukommen. Sie trug eine schwarze Stoffhose und eine dunkelgrüne, seidene Bluse. In einer Hand hielt sie eine Mappe. Sie blieb knapp vor ihr stehen.

»Hi«, sagte Zoe.

»Hi.« Helen beugte sich nah zu ihr und berührte mit der Hand ihren Unterarm. »Es tut mir leid, dass ich gestern keine Zeit für dich hatte. Ich habe mich sehr über deinen spontanen Besuch gefreut.«

Zoes Haut kribbelte angenehm.

Helen ließ kurz ihren Blick über Zoes Outfit schweifen. »Du siehst toll aus.«

»Das sagst du doch zu jedem Journalisten, der heute hier aufkreuzt.«

Helen schüttelte den Kopf. »Da liegst du falsch. Das Kompliment ist nur für dich.«

Zoes Wangen wurden warm.

Helen zog ein Blatt Papier aus der Mappe und reichte es ihr. »Vor der offiziellen Übergabe halte ich gleich eine Rede. Ich habe sie von meinem Sekretär für dich auf Englisch übersetzen lassen.«

»Danke.«

»Die Getränke werden hier serviert. Du kannst dich also gern an einen der freien Stehtische da vorn stellen. Von da aus hat man einen guten Blick auf die Bühne. Danke, dass du früher gekommen bist. Ich möchte dir eben meine Mutter vorstellen. Sie ist jetzt schon umringt von Leuten und das wird im Laufe des Tages sicher nicht besser.«

Helen drehte sich um und Zoe folgte ihr. Hastig fuhr sie sich durch ihr Haar.

Sie gingen auf eine kleine Menschentraube zu. Helen schritt bestimmt hindurch und grüßte herzlich zu allen Seiten.

»Mama! Entschuldige bitte die Störung.«

Eine um einen Kopf kleinere Frau als Helen blickte zu ihnen. Sie trug ihre grau-weißen Haare zu einem Dutt. Darin steckte eine breite Brosche, die mit grünen und blauen funkelnden Steinen verziert war. Ihr Gewand schimmerte in ähnlichen Farben.

Helen lächelte ihr zu. »Mama, das ist Zoe Halberg. Die Journalistin aus Deutschland.«

Ihre Augen wirkten müde, doch sie lächelte herzlich, kam Zoe entgegen und streckte die Hand aus. »Es freut mich, dich endlich kennenzulernen. Herzlich willkommen bei uns. Wie ich hörte, hast du gestern schon einiges vom Unternehmen gesehen.«

Zoe ergriff ihre Hand und lächelte. »Ihre Tochter ist eine tolle Gastgeberin.«

»Nenn mich Edda, wie die anderen.«

»Ich möchte dir noch mein herzliches Beileid aussprechen.«

Edda schob ihre zweite Hand über Zoes und drückte sie. »Danke.« Sie blickte kurz zu Helen und dann wieder zu Zoe, dabei zog sie ihre Hände zurück.

Zoe konnte diesen Blick nicht deuten. Er zeigte eine Mischung aus Freude, Neugierde und Besorgnis.

Edda wandte sich ihr wieder zu. »Genieß bitte die Feier und lass es dir gut gehen. Am Heiligen Abend kommst du zu uns und erzählst mir alles über unsere alte Heimat.«

Sie lud Zoe zu ihnen nach Hause ein?

»Danke. Ja, das mache ich.«

Sie verabschiedeten sich und Helen bugsierte sie durch die Leute hindurch an eine ruhigere Stelle. Inzwischen war es deutlich voller geworden.

»Ich muss hier morgen bis zum Mittag noch beim Aufräumen helfen, aber danach würde ich dir gern etwas zeigen, was auch für deinen Artikel spannend sein könnte. Ich hole dich um fünfzehn Uhr ab. Ist das in Ordnung?«

»Ja, das passt.«

»Ich muss nun da rauf.« Helen zeigte Richtung Bühne.

Zoe lächelte. »Viel Glück.«

»Wir sehen uns später. Wenn jemand nicht nett zu dir ist, notier dir seinen Namen.« Helen zwinkerte ihr zu und ging davon.

Komm zurück und verlasse mit mir diesen Ort, hätte sie am liebsten gesagt. Stattdessen machte sie ihre Hände zu Fäusten und streckte die Finger einige Male aus, um das Blut besser zirkulieren zu lassen, dann griff sie sich ein Glas Wasser von einem Tablett.

Zoe gesellte sich zu einem Paar an einen der Stehtische nah vor der Bühne.

Sie entdeckte einen der norwegischen Journalisten. Er hatte sich mit seiner Kamera direkt vor der Bühne platziert und sah gelangweilt auf die Uhr.

Für ihn war es nur ein Freitagnachmittag-Termin. Für Zoe war es so viel mehr.

Sie sah, dass Helen noch wartete, bis das Lied verklungen war. Anschließend gab sie dem Duo ein Zeichen und sie verließen die Bühne.

Helen griff nach einem der Mikrofone und stellte sich in die Mitte.

Im Raum wurde es ruhiger.

Sie begrüßte die Anwesenden und zeigte auf ihre Mutter, die nah vor der Bühne stand. Edda drehte sich um und hob kurz die Hand.

Es wurde geklatscht.

Neben Edda stand ein älterer Mann. Als sie sich umwandte, legte er seine Hand auf ihren Unterarm.

Zoe beugte sich zu dem Paar ihr gegenüber. »Entschuldigt bitte, kennt ihr den Mann neben Helens Mutter?«

Die beiden blickten in die Richtung und die Frau neigte sich leicht zu ihr. »Das ist einer der ältesten Mitarbeiter des Betriebs, Joseph Kandünen, ein Freund der Familie.«

»Danke.« Zoe notierte sich den Namen und versuchte, sich sein Gesicht einzuprägen. Er könnte ihr bestimmt einiges über Georg und seinen Vater erzählen.

Sie lauschte Helens Stimme und den norwegischen Lauten. Sie mochte die Betonung der einzelnen Buchstaben. Die des zackigen *Ks* und *Fs* und des tanzenden *L* und *R* gefielen ihr besonders. Wenn Helen Deutsch sprach, betonte sie die Buchstaben ähnlich.

Zoe betrachtete die Gesichter der Leute. Fast alle blickten Richtung Bühne und hörten zu. Nur einige tuschelten miteinander. Auf einmal hörte Zoe, wie Helen den Namen ihres Vaters sagte. Viele schauten nun zu Boden. Helen verstummte.

Zoe schloss die Augen.

In solchen Momenten schien auch die Welt draußen immer ganz still zu werden, als verstumme sogar der Wind in den Zweigen. Zoe gedachte Helens Vater und ihren verstorbenen Großeltern.

Helens Stimme erklang erneut. Zoe öffnete die Augen. Ihr gegenüber wischte sich die Frau eine Träne aus dem Augenwinkel. Zoe lächelte ihr zu.

Der kommissarische Geschäftsführer betrat die Bühne. Zoe erkannte ihn an seinem schwarz-grauem Bart. Sein Foto war bei der Meldung zur aktuellen Lage der Firma auf der Internetseite zu sehen gewesen.

Eilig holte Zoe ihre Kamera hervor, hob diese demonstrativ vor ihre Brust und bedeutete flüsternd einigen Leuten, dass sie ihr bitte Platz machen sollten. Sie stellte sich vor die Bühne, neben den norwegischen Kollegen, und sie nickten sich zu.

Karl Ristersson sagte einige Worte. Zoe hob die Kamera an und drehte am Objektiv, damit sie Helen und Ristersson bis zu den Hüften auf das Bild bekam. Seine Gesichtszüge blieben fast regungslos. Er lächelte auch nicht, als er sich zu Helen umdrehte und ihr die Hand gab.

Die umstehenden Leute klatschten.

Helen sagte noch ein paar Sätze, dann zeigte sie Richtung Buffett.

Zoe reihte sich bei denen ein, die sich nun zum Essen bewegten, und hielt Ausschau nach Joseph Kandünen. Er verabschiedete sich gerade von Helens Mutter.

Zoe ging auf ihn zu und stellte sich vor.

Kandünens Augen schienen tiefschwarz und sein gedrungener Körper wirkte, als trüge er eine schwere Last auf seinen Schultern.

Zoe bat ihn darum, ihr ein paar Fragen zur Firmengeschichte zu beantworten.

Er schüttelte den Kopf. »Nicht hier.«

Nicht hier?

»Darf ich Sie morgen Vormittag um zehn Uhr auf einen Kaffee in Adams Bar einladen? Kennen Sie die? Ich habe die genaue Adresse leider nicht.«

Kandünen nickte nur und verabschiedete sich.

Zoe sah ihm hinterher, dabei fielen ihr die Anstehenden am Buffet auf. Sie sollte sich auch anstellen, denn sie hatte seit dem Frühstück nichts mehr gegessen.

Während sie sich in die Reihe begab, überlegte sie, wen sie als nächstes ansprechen wollte, doch als sie auf das Essen blickte, wurden diese Gedanken von der Sorge überlagert, gleich nicht das Richtige für sich auszuwählen.

Sie schaute vorsichtig über ihre Schulter. Hinter ihr stand eine junge Frau. Zoe drehte sich ganz zu ihr um. »Entschuldige bitte? Sprichst du Englisch? Ich komme aus Deutschland und bräuchte Hilfe bei den Gerichten.«

Die Frau sah sie stirnrunzelnd an, doch dann lächelte sie. »Mein Englisch ist nicht so gut. Aber wir können es versuchen. Magst du Fisch und Fleisch?«

Zoe nickte.

»Dann wirst du nicht hungrig bleiben.« Sie zeigte auf die rechte Seite des Buffetts. »Du solltest den *Lutefisk* essen. Ich kenne das englische Wort nicht dafür. Das ist gelaugter Fisch. Ansonsten gibt es Rippchen vom Schwein, das ist die *Svinerippe* da hinten. Dazu passt das Erbsenpüree sehr gut. Den *Julekake* backt Helens Mutter selbst, den musst du unbedingt probieren.«

Zoe nickte. »Vielen Dank!« Sie nahm sich von allem ein wenig. Als sie gerade wieder zu den Stehtischen gehen wollte, sagte die Frau neben ihr: »Magst du mit zu uns kommen? Oder bist du verabredet?«

Zoe schüttelte den Kopf. »Danke, das ist sehr nett.«

Sie bahnten sich einen Weg durch die Menge. Die Frau ging auf einen Tisch zu, an dem bereits zwei Männer mit gefüllten Tellern saßen. Einer von ihnen hatte ein kleines Mädchen auf dem Schoß.

»Das ist mein Mann, Kirby, unsere Tochter Thaidra und unser Kollege Fill. Ich bin Lea.« Nun blickte Lea in die Runde. »Das ist Zoe. Sie kommt aus Deutschland.«

»Ich schreibe ein Porträt über die Firma und bin für einige Tage zu Besuch hier.« Sie setzte sich neben Fill, der für sie ein Glas mit einer roten Limo orderte.

»Das ist *Julebrus*. Hast du die schon probiert?«

Zoe schüttelte den Kopf, bedankte sich und kostete. Die herrlich süße Flüssigkeit schmeckte nach Beeren und Kräutern. »Sehr lecker.«

Sie wünschten sich einen guten Appetit und begannen zu essen.

Thaidra bekam Brause in ihren Trinkbecher gefüllt. Sie nuckelte daran und verzog bei dem ihr hingehaltenen Essen das Gesicht. Sie schaute zu Zoe. Beherzt steckte Zoe sich einen Bissen in den Mund und seufzte genüsslich. Doch Thaidra drehte sich weg.

Die Eltern schmunzelten.

»Sie ist sehr wählerisch«, sagte Lea. »Wie gefällt es dir hier?«

»Es ist kalt.«

Die drei lachten.

»Aber die Menschen sind alle sehr nett. Helen hat mich toll aufgenommen. Ich habe den Eindruck, dass sie eine sehr herzliche Chefin ist.«

Fast zeitgleich schoben die drei ihre Gabeln in den Mund. Kirby trank einen großen Schluck von seinem Bier. »Der Tod ihres Vaters war für uns alle ein Schock. Sie hat es seitdem nicht leicht. Die ganze Verantwortung … sie bemüht sich wirklich sehr.«

»Sie ist ihm sehr ähnlich, oder?«

Kirby gab einen Ton von sich, der wie ein Schnauben klang. »Nicht in allen Dingen.«

Seine Frau schob eine Hand auf seinen Arm. Meinte Zoe das bloß, oder schüttelte sie sachte den Kopf?

Kirby trank sein Bier in kleinen Schlucken aus und Fill schnitt sein Essen in unzählig kleine Stücke.

Zoe suchte den Blickkontakt zu Thaidra. »Schau, was ich kann!« Sie begann zu schielen und rümpfte die Nase.

Das Mädchen öffnete weit ihre Augen. Sie gluckste und zeigte mit dem Finger auf sie. Nun lachten ihre Eltern auch wieder.

Zoe sah sich um. »Das ist wirklich ein schönes Fest. Ich habe den Eindruck, dass in Deutschland die Freude an Firmenfeiern abnimmt.«

»Woran liegt das?«

Zoe strich sich über das Kinn. »Die Leichtigkeit bei der täglichen Arbeit geht immer mehr verloren. Leistung und Spaß scheinen bei vielen Vorgesetzten nicht mehr zusammenzupassen.«

»Aber es geht doch beides«, sagte Lea.

»Natürlich, aber es wird nicht mehr gern gesehen.«

Unweigerlich dachte sie an die Stimmung in der Redaktion. Die Atmosphäre war rauer geworden, seitdem der geplante Stellenabbau bekanntgegeben worden war. Zoe hatte ihr Team eigentlich immer sehr gemocht, denn auch wenn es jeden Tag sehr hektisch zuging, waren alle füreinander da gewesen.

Sachte pikste Zoe mit der Gabel ein Stück des Kuchens auf. Rosinen mochte sie nicht, wollte den Kuchen aber trotzdem probieren, falls Helens Mutter sie an Heiligabend darauf ansprechen sollte.

Konnte sie wirklich mit Helen, ihrer Familie und ihren Freunden Weihnachten feiern? Das war ein sehr intimes Fest und sie würde doch sicherlich nur stören.

Schnell lenkte sie sich ab und beobachtete die Menschen um sich herum. Viele waren ausgelassen, sie redeten und aßen genüsslich, doch einige schwiegen auch und auf ihren Gesichtern zeigten sich Sorgenfalten, vor allem bei den Älteren.

Zoe aß eilig auf, lächelte den Vieren zu und erhob sich. »Es hat mich sehr gefreut, euch kennenzulernen.«

Sie wünschten sich schöne Festtage.

Zoe brachte ihren Teller weg, dann schob sie die Tür nach draußen zu der Terrasse auf, die sich in einem schmalen Rechteck hinter dem Gebäude in die Weite zog.

Ein paar Leute rauchten. Zoe grüßte und ging einige Schritte weiter hinaus.

Die kühle Luft erfrischte sie angenehm. Die angespannte Stimmung am Tisch eben war merkwürdig gewesen. Was steckte wohl dahinter? War das Betriebsklima vielleicht wirklich nicht so gut, wie es auf den ersten Blick den Anschein hatte? Langsam schienen sich die Eindrücke des Korrespondenten zu bewahrheiten. Und warum war Kirby so zögerlich gewesen, als Zoe nach Helen gefragt hatte?

Sie ging einige Schritte umher und betrachtete dabei die Menschenmenge durch die Glastüren.

Zahlreiche Grüppchen hatten sich gebildet. Die Jüngeren standen nahe der Bühne und einige tanzten. Helen konnte sie gerade nicht entdecken.

Zoes Blick wanderte zu den Stehtischen, die am weitesten von der Bühne entfernt standen. Drei Männer um die Sechzig hatten halbleere Biergläser vor sich stehen und nahmen immer wieder Schlucke daraus. Das war doch eine gute Möglichkeit. Sie sollte wohl schnell für Nachschub sorgen.

Zoe straffte die Schultern, öffnete die Tür und winkte einen Kellner zu sich, dessen Tablett noch recht voll war. Sie deutete ihm an, ihr zu folgen.

Zoe trat an den Tisch heran und machte einen Fingerzeig in die Richtung des Kellners. Er schob drei volle Gläser auf den Tisch.

»Für mich bitte auch eins.«

Die Männer schauten verdutzt.

»Hallo, ich heiße Zoe Halberg. Ich spreche leider nur Englisch. Darf ich mich zu euch gesellen?«

Der erste Mann warf seinen Kollegen einen fragenden Blick zu. Sie nickten und zogen die Gläser zu sich.

»Olav.«

Die anderen beiden stellten sich als Janez und Patrik vor.

»Helen hat mich eingeladen. Ich schreibe einen Artikel für eine deutsche Zeitung und bin seit einigen Tagen in eurem Betrieb und in der Stadt unterwegs.«

»Schon von dir gehört«, sagte Olav. »Sowas verbreitet sich schnell.«

Zoe erhob ihr Glas und stieß mit ihnen an. »In Deutschland sagt man *prost*!«

»*Skål!*«, antworteten zwei der Männer. Patrik schwieg.

Zoe trank einen kleinen Schluck. »Kommt ihr alle aus Drammen?«

Die Männer nickten.

»Eine wirkliche schöne Stadt. Ich mag die Natur rundherum, vor allem die vielen Wälder. Es ist gut für das ganze Stadtbild, dass sich der Hang, an dem damals das Unglück passierte, auch wieder komplett erholt hat.«

Die drei Männer blickten sie an.

»Ich habe etwas über die Stadthistorie gelesen und so davon erfahren.«

Olav fuhr sich über den Nacken. »Die Angst war lange da, dass sowas wieder passiert. Viele Jahre lag das Gebiet wie ein Schatten über der Stadt. Auch wenn die Firma das Grundstück gut pflegt und woanders Wälder aufkaufen konnte.«

»Das Grundstück gehört der Firma immer noch?«

Olav nickte. »Zwei kümmern sich darum. Der Förster Mika und sein Azubi. Sind immer wieder da, nehmen Proben und forsten auf.«

Warum haben sie das Grundstück nicht verkauft, wenn sie so viel Ärger damit hatten?

Zoe trank einen weiteren Schluck Bier. Die Männer taten es ihr nach.

Sie trank ungern in Gesellschaft, denn sie merkte den Alkohol schnell und sie behielt in Gegenwart von anderen lieber die Kontrolle über sich. Andererseits hatte sie oft das Gefühl, dass es unhöflich schien, sich nicht den Gegebenheiten anzupassen.

Zoe griff nach einem Glas Wasser und spülte nach. »Warm hier drin«, sagte sie zur Ablenkung. »Ist denn Mika heute Abend auch hier, wisst ihr das zufällig?«

Janez schüttelte den Kopf. »Der ist gern allein. Aber abends findet man ihn fast immer in der Bar *Kompasset* auf ein Bierchen. Da braucht er dann doch den Austausch mit ein paar Leuten, ist ja nicht verheiratet ...«

»Wieso sollten sich die Leser deiner Zeitung für einen norwegischen Betrieb interessieren?« Patrik war seinem Kollegen ins Wort gefallen. Seine Aussprache war undeutlich. Er hatte anscheinend schon ein paar mehr Bier intus als seine Kollegen.

»Georg Amundsen hat lange in meiner Stadt gelebt und viele Geschäftsleute mit seinem Laden inspiriert. Zahlreiche Kinder und Erwachsene besaßen damals seine Figuren. Er gehört zu unserer Stadtgeschichte und die Menschen fühlen sich mit ihm sehr verbunden.«

»Aber die Wurzeln der Firma sind in Norwegen. Helen scheint das nicht besonders wichtig zu sein.«

»Wie kommst du darauf?«

»Es ist schon sehr komisch. Erst verschwindet sie für einige Tage nach Deutschland, wo wir sie hier gebraucht hätten, und dann will man plötzlich in Deutschland über uns schreiben.«

»Wann war Helen in Deutschland?«

»Nach der Beerdigung von Georg. Brauchte angeblich eine Auszeit.«

»Sie ist jedenfalls nicht gezielt auf unsere Zeitung zugekommen.«

»Ich verstehe nicht, was ihr mit dem Artikel bezwecken wollt.«

Zoe lächelte und versuchte, dadurch die Stimmung wieder aufzulockern. »Was ihr herstellt ist außergewöhnlich und sehr schön. Ich denke, viele Menschen würden sich freuen, mehr darüber zu erfahren und davon würde die Firma ja auch wieder profitieren.«

»Der Firma geht es gut.«

»Noch«, sagte Janez und schaute auf seine Hände, die das Glas umklammerten. »Wir brauchen keine Werbung in anderen Ländern. Helen soll sich erstmal hier beweisen.«

»Schhhht.« Olav blitzte ihn böse von der Seite an.

»Ich sage wenigstens, was viele hier im Betrieb denken.«

Er glaubte also, dass Helen nicht in der Lage war, die Firma nach den Vorstellungen ihrer Angestellten zu leiten.

Olav lächelte milde. »Bitte entschuldige, aber es sind unruhige Zeiten.«

»Ich verstehe das sehr gut. Eure Firma ist etwas sehr Besonderes und hat ihre ganz eigene Geschichte. Ich denke, dass viele das inspirieren kann, wenn sie sowas lesen. Deshalb ist mir dieser Artikel auch sehr wichtig.«

Patrik trank sein Glas aus und knallte es auf den Tisch. »Ich muss wohin.« Er drehte sich weg und bahnte sich schwankend einen Weg durch die Menge.

Olav beugte sich zu ihr. »Patrik hat es privat gerade nicht so leicht und ist deswegen manchmal ungehalten. Sag bitte Helen nichts davon.«

Zoe schüttelte den Kopf und trank das Wasser aus. »Ihr entschuldigt mich ebenfalls? Ich muss auch mal wohin und mir die Nase nachpudern. Es hat mich sehr gefreut. Schöne Feiertage.«

Zoe schlängelte sich durch die Menge und ging dann langsam Richtung Flur, auf dem sie vorhin die Toiletten entdeckt hatte. Auf dem Weg dorthin griff sie sich noch zwei Gläser mit Bier.

Sie wartete ein paar Minuten, bis Patrik wieder zurück in den Raum kam.

»Patrik!«

Er drehte sich zu ihr.

Sie hielt ihm ein Glas hin.

Er zögerte kurz, dann griff er danach und stieß mit Zoe an.

»Es ist mir sehr wichtig, in dem Artikel über alle Facetten von Helen zu schreiben. Für sie kam die Übernahme der Firma ja sehr plötzlich. Meinst du, sie kann ihrem Vater gerecht werden?«

»Wir sind hier wie eine Familie.«

»Das kann doch so bleiben, oder?«

Er sah sie aus glasigen Augen an. »Helen hat keine eigene Familie und dazu wird es sicher auch nicht kommen.«

Zoe zog eine Augenbraue hoch. »Weil sie so viel arbeitet?«

»Weil sie sich nicht mit Männern einlässt.«

Zoe schnürte es für einen Moment den Hals zu. »Sie ist also lesbisch?«

Patrik sah zu Boden und verzog das Gesicht, als würde ihm dieses Wort körperlich wehtun. »Was hat Georg sich nur dabei gedacht? Er hatte doch einen Stellvertreter.« Er lallte nun.

Zoe klopfte ihm kurz auf den Oberarm. »Geh mal wieder zu deinen Kollegen. Die vermissen dich sicher schon.«

Kurz überlegte er. »Ja, ich geh.« Patrik nuschelte noch einen Abschiedsgruß.

Zoe stellte ihr Glas bei weiteren gebrauchten auf einem Tisch ab und eilte zu den Toilettenräumen. Sie huschte in den Vorraum, blieb einige Momente vor dem Spiegel stehen und atmete tief durch.

Helen war lesbisch und einige schienen nicht nur damit ein Problem zu haben, sondern befürchteten auch, dass es zu großen Veränderungen im Unternehmen kommen könnte.

War Helen wirklich in Deutschland gewesen, um an alte Kontakte anzuknüpfen? Aber warum hätte sie das tun sollen, so kurz nachdem sie von ihrer neuen Aufgabe erfahren hatte?

Zoe nahm Mundwasser aus ihrer Tasche und spülte einige Male, um den Biergeschmack zu vertreiben.

Sie blickte in den Spiegel.

Helen ist lesbisch.

Plötzlich verspürte sie den Drang, Helen zu sehen.

Zoe ging zurück in den Saal und reckte den Hals, schob sich zwischen einigen Leuten hindurch und hielt nach Helens rötlichem Haarschopf Ausschau.

Da war sie.

Auf der Tanzfläche.

Sie tanzte mit Miranda.

Zoe blieb stehen und schluckte. Ihre Kehle war plötzlich ganz trocken.

Miranda war Helen sehr nah. Diese Nähe war für einen Standardtanz normalerweise nicht erforderlich und Zoe kannte sich aus, denn sie hatte das Tanzabzeichen in Silber.

Wenn sie die beiden weiterhin nur anstarrte, würde das ihren Tanz nicht unterbrechen. Sie musste die Frauen trennen, und zwar sofort, ehe Miranda noch stolpern und Helen komplett in die Arme sinken würde.

Ungeduldig wartete Zoe das Ende des Liedes ab, dann eilte sie auf die Tanzfläche. »Hallo ihr beiden! Entschuldigt, darf ich übernehmen?«

Helen und Miranda sahen sie beide verwundert an.

Zoe drehte sich zu Miranda und streckte die Arme leicht aus, zeitgleich blickte sie seitlich zu Helen. »Du wirst doch bestimmt schon wieder irgendwo erwartet, oder? Da dachte ich mir, ich leiste deiner Tanzpartnerin mal Gesellschaft.«

Helen hob die Schultern leicht an. »Ich müsste tatsächlich noch ein paar Gespräche führen.«

Zoe wandte sich Miranda zu. »Nimmst du auch mit mir Vorlieb?«

»Natürlich, sehr gern.« Die letzten beiden Worte betonte sie etwas zu stark.

Zoe hätte erwartet, dass sie sich nicht darauf einließ. Andererseits, was blieb ihr schon übrig? Vor Helen musste sie einigermaßen nett zu Zoe sein.

Sie lächelten Helen gleichzeitig zu, diese hob die Hand, drehte sich um und begab sich zwischen die umherstehenden Leute.

Miranda kam einen Schritt auf sie zu. »Wer führt?«

»Ich«, sagte Zoe und bemühte sich, nett zu lächeln.

Miranda biss sich neckisch auf die Unterlippe. »Mal schauen, ob ich das hinbekomme, sonst führe ich immer.« Sie kam ihr nah und legte eine Hand auf ihren Oberarm. Mit der anderen griff sie nach Zoes ausgestreckter Hand und umschloss ihre Finger.

Zoe schob ihre noch freie Hand über Mirandas Schulterblatt, über den glatten Stoff des dunklen Blazers und spürte den dünnen, sehnigen Körper darunter.

Miranda war stark geschminkt, hatte tiefschwarze Wimpern und leuchtend rote Lippen. Ein wacher und doch ernster Ausdruck lag in ihren Augen. Ihr Parfüm roch nach Rosen und Orangen. Sie hielt Zoe mit festem Griff, war dabei aber nicht verkrampft.

Zoes sah sich um, machte einen vorsichtigen ersten Schritt zur Seite und Miranda folgte ihr. Nach wenigen Augenblicken hatten sie sich beide dem Rhythmus der Musik angepasst. »Wie lange kennt ihr beide euch schon?«

»Helen und ich?«

Zoe nickte.

»Vielleicht ein Jahr. Wir haben uns auf einem Seminar für Marketing-Strategien kennengelernt.«

»Ihr wirkt sehr vertraut miteinander.« Zoe blickte ihr direkt in die Augen, die zu feinen Schlitzen verengt waren.

»Das tut ihr beide auch und ihr kennt euch noch nicht mal eine Woche.«

Ach ja? Erweckten sie diesen Eindruck? Störte Miranda das etwa?

»Ich denke, wir haben einen ganz guten Draht zueinander.«

Miranda hatte ihren Blick gesengt und Falten bildeten sich auf ihrer Stirn. Schnell hob sie wieder den Kopf und lächelte ihr zu. »Wenn ich hier bin, verbringen Helen und ich viel Zeit miteinander. Da gehen die Gespräche natürlich auch mal über das Geschäftliche hinaus.«

Zoe steigerte das Tempo ein wenig.

Miranda passte sich flink ihrem Rhythmus an. »Du tanzt sehr gut. Ich hoffe, es kommt jemand regelmäßig in den Genuss davon?«

Kluger Schachzug.

»Ich habe das bloß für meinen Job gelernt, um bei Veranstaltungen das Eis zu brechen. Wir brauchen beide unsere beruflichen Tricks, oder?«

Miranda straffte die Schultern.

»Du tanzt auch toll. Gibt es da jemanden bei dir?«, fragte Zoe.

Miranda lachte auf und warf ihr langes Haar rechts und links über die Schultern. Sie glich einer Stute, die ihre Mähne schüttelte, um ein paar lästige Fliegen loszuwerden. »Mit einer immer beschäftigten und umherreisenden PR-Tante will niemand lange zusammen sein. Unsere Branchen ähneln sich sehr. Wenn wir euch rufen, müsst ihr kommen. Deine Arbeitszeiten sind augenscheinlich auch nicht die besten. Ich meine, du bist jetzt hier, an Weihnachten. Du bist nur unter Fremden, anstatt bei deiner Familie und deinen Freunden zu sein.«

Weiter tanzen und lächeln. Ich war auch gemein zu ihr, den Seitenhieb habe ich verdient.

Miranda sah wieder zu Boden.

Nur nichts anmerken lassen.

Ob Miranda wirklich so viel über Helen wusste, wie sie behauptete?

»Helen hat mit dir bestimmt oft über die Firmengeschichte gesprochen. Du hattest ja das Glück, auch noch ihren Vater kennenzulernen.«

Miranda nickte.

»Auf der Internetseite ist über das damalige Ereignis in Drammen rund um den Erdrutsch nichts zu lesen, obwohl es für die Firma und die Familie einen großen Einschnitt bedeutet hat. Findest du nicht, dass solche Informationen einer Firmenhistorie auch veröffentlicht werden sollten?«

Miranda sah sie mit weit geöffneten Augen an. »Als ich anfing, die Firma bei der Öffentlichkeitsarbeit zu unterstützen, habe ich einen historischen Rückblick über jedes Jahrzehnt empfohlen. Georg war dagegen. Er wollte einen Schwerpunkt auf die Gründungsjahre und die aktuelle Zeit. Du weißt ja, wie das ist. Viele Geschäftsleute haben ihren eigenen Kopf, was die Außenwirkung betrifft.«

Plötzlich wurde Mirandas Griff weicher. Sie blickte zu Zoe und nutzte den nächsten Tanzschritt, um näher auf sie zuzukommen, so als wolle sie von den anderen nicht gehört werden. »Du bist an Weihnachten bei ihnen, oder?«

Zoe wusste nicht, was sie genau meinte und antwortete nicht.

»Bei Helen und ihrer Familie.«

Zoe nickte.

»Das ist wirklich nett von Helen. Sie ist immer sehr charmant, wenn sie dafür etwas zurückbekommt, was ihr von Nutzen ist.«

Zoes Griff verkrampfte sich.

Miranda blieb abrupt stehen und lächelte sie an. »Ich wünsche dir ein schönes Fest. Aber vielleicht sehen wir uns ja zwischendurch noch mal. Ich bin sehr oft bei Helen in der Firma.« Miranda wartete ihre Antwort nicht ab, sondern wandte sich um und ging.

Das Lied war noch nicht zu Ende. Ein Tanzpaar stieß Zoe an. Irritierte Blicke trafen sie. Zoe entschuldigte sich und verließ hastig die Tanzfläche.

Mitten in der Menge blieb sie stehen und fixierte zwischen all den Köpfen hindurch die Tür in der Ferne.

Mirandas gemeiner Tonfall hallte in ihr nach. Sie hätte eigentlich noch Helen suchen und sich vernünftig verabschieden müssen, aber sie wollte jetzt hier raus und allein sein.

Hastig bahnte sie sich einen Weg Richtung Garderobe. Die Luft war geschwängert von Wein- und Biergeruch. Zoe wühlte sich zu ihrer Jacke durch, zog sie an und schritt durch den Flur und die Eingangshalle nach draußen. Kalte, klare Luft strömte ihr entgegen und sie atmete tief ein.

Mirandas Worte wirbelten in ihren Gedanken durcheinander und ein ziehender Schmerz breitete sich von den Schläfen über den Rest ihres Kopfes aus.

Miranda sah sie anscheinend als Konkurrentin. Ob sie etwas zwischen Zoe und Helen wahrgenommen hatte, was sie verärgerte?

Was, wenn sie recht hatte?

Zoe griff nach ihrem Handy und wählte die Nummer der Taxizentrale, dann stapfte sie über den Parkplatz dem Zufahrtsweg entgegen.

Sie musste dieses Gefühlschaos in sich unterdrücken. Wenn sie dem nachging, würde sie das zu sehr von dem Artikel ablenken, außerdem beunruhigte sie allein die wage Ahnung ihrer Gefühle schon genug.

Sie wollte gleich noch eine Mail an Sandy schreiben und ihr eine kurze Zusammenfassung ihrer Eindrücke zu der Feier und der Übergabe geben, zudem würde sie auf den Termin mit dem Freund der Familie hinweisen. Sie hoffte, von Kandünen einiges über die damalige Situation der Amundsens zu erfahren, nachdem sie in Norwegen angekommen waren. Mit diesen Informationen ging ihre Chefin hoffentlich zufrieden ins Wochenende und Zoe würde es vielleicht helfen, die Gedanken an Helen erst mal wieder zur Seite zu schieben.

~ ~ ~

Als Zoe die Tür zu der Bar Kompasset aufdrückte, schallte ihr Musik entgegen. Es schien ein Fest stattzufinden.

Stimmengewirr und lautes Gelächter drangen zu ihr. Überwiegend waren es Männer, die am Tresen saßen oder in kleinen Grüppchen in dem Raum standen.

Zoe nickte willkürlich einigen zu, um direkt einen freundlichen Eindruck zu erwecken, und schlängelte sich zur Bar hindurch.

Die Frau dahinter spülte.

»Guten Abend. Bitte entschuldigen Sie. Ich suche den Förster Mika.«

»Mika?«

Zoe nickte.

»Er sitzt da hinten am Fenster. Letzter Tisch in der Reihe. Aber das weißt du nicht von mir.«

Die Frau drehte sich von ihr weg.

Anscheinend war Mika ein nicht sehr angenehmer Typ, wenn sie so eine Bemerkung für nötig hielt.

Zoe reckte den Hals.

Mika saß allein an einem Vierertisch und schaute aus dem Fenster.

Zoe richtete sich gerade auf und ging auf ihn zu. Erst als sie direkt am Tisch angekommen war, blickte er hoch. »Guten Abend. Ich bin Zoe Halberg. Sie sind Mika, der Förster, nicht wahr?«

»Gibt es irgendwelche Probleme?«

Zoe schüttelte den Kopf und setzte sich ihm gegenüber.

»Was wollen Sie? Ich bin sehr gern allein.«

Zoe war erstaunt, dass sein Englisch so gut war. Jedes Wort kam ihm klar und scharf über die Lippen.

»Ich schreibe gerade ein Firmenporträt über den Betrieb, für den Sie arbeiten. Ich möchte mir mit Ihnen das alte Grundstück ansehen, das Sie betreuen.«

Er lehnte sich nach hinten. Er war zwei Köpfe größer als sie. Zoe musste den Kopf neigen, um ihm in die hellblauen Augen sehen zu können.

»Wieso ist das wichtig?«

»Das Grundstück ist ein Teil der Firmengeschichte. Ich brauche einen persönlichen Eindruck davon und ein paar Informationen dazu.«

»Ich habe Feierabend, junge Dame und brauche jetzt mein Bier.«

»Aber am Montag sind Sie wieder dort?«

Er nickte kaum merklich.

»Dann treffen wir uns am Montag. Ich werde Sie begleiten.«

Er schaute sie einige Augenblicke lang an, ohne zu blinzeln.

»Halb zehn, Dalgate, Ecke Syrin-Brücke. Seien Sie pünktlich. Ich werde nicht warten.«

»In Ordnung. Ich bin um viertel nach neun da.«

Er sah erneut aus dem Fenster.

Zoe stand auf und ging langsam Richtung Tür. Falls er hinter ihr hersah, sollte er nicht den Eindruck bekommen, sie würde den Raum fluchtartig verlassen.

Draußen angekommen, zog sie ihr Handy aus der Tasche, um sich den Namen der Straße zu notieren.

Das Treffen könnte sehr ungemütlich werden. Mika liebte die Natur, hoffentlich konnte sie darüber sein Vertrauen gewinnen.

Kapitel 6

Joseph Kandünen kam eine viertel Stunde zu spät zu ihrem Treffen und entschuldigte sich nicht. Zoe begrüßte ihn dennoch freundlich, schließlich war er ein guter Freund von Helen und ihrer Mutter und sie wollte einen guten Eindruck hinterlassen. Auf seinen Wunsch hin bestellte sie eine große Tasse Kaffee.

»Vielen Dank, dass Sie sich Zeit für mich nehmen. Ich möchte mit so vielen Leuten wie möglich sprechen, die Georg und seinen Vater gut gekannt haben, denn ohne die beiden wäre die Firma heute nicht so erfolgreich.«

Er lehnte sich nach hinten und musterte sie einige Augenblicke. Sein Blick war ernst, aber nicht unfreundlich.

Zoe lächelte. »Georg war für unsere Region ein wichtiger Geschäftsmann, genauso wie sein Vater für Drammen. Seine Abreise aus Deutschland kam damals sehr überraschend. Kurz davor gab es hier das Unglück mit dem Erdrutsch. Er wollte seinen Eltern in dieser schweren Zeit sicher beistehen, oder?«

»Sie glauben, dass Georg aus Mitgefühl zurückkam?«

Zoe nickte.

»Wir waren sehr überrascht, ihn hier plötzlich wiederzusehen. Ignaz hat es ihm nie verziehen, dass er Norwegen wegen einer deutschen Frau verlassen hat. Er hatte immer sehr schlecht von seinem Sohn gesprochen.«

»Als er wieder hier war, verstanden sie sich also auf einmal gut?«

»Georg wurde zu seinem Stellvertreter und bekam in vielen Dingen freie Hand.«

Kandünen nahm den Kaffee von Adam entgegen.

»Helen erzählte mir von den Veränderungen, die er durchgesetzt hat. Er entwarf ja einen ganz neuen Stil für die Figuren.«

»Das war erstmal ungewohnt, aber es brachte Aufwind und etliche neue Kunden. Vorher ging es der Firma schlecht, sogar die Löhne blieben hin und wieder aus. Ignaz hatte zahlreiche Holzfäller auf einmal eingestellt, um aus der Region so vielen Menschen wie möglich Arbeit zu geben, hatte aber leider wenig in vernünftige Buchhaltung investiert.«

»Er wollte Gutes tun.«

Kandünen nickte.

»Haben Sie damals mitbekommen, wie es Georgs Familie ging? Ich könnte mir vorstellen, dass es für Helen und ihre Mutter nicht sehr leicht gewesen ist.«

»Edda hat sich schnell eingelebt. Helen war zwar zweisprachig aufgewachsen, aber ich denke, dass es ihr hier in den ersten Jahren nicht gut gefiel.«

»Sie vermisste Deutschland also sehr?«

Er nickte. »Ignaz nahm sie herzlich auf. Sie war immer sehr still, aber unheimlich neugierig. Er brachte ihr persönlich das Schnitzen bei.«

Zoe lächelte. »Sie hat diese Herzlichkeit übernommen. Ich finde, sie ist ein sehr freundlicher Mensch. Gestern auf der Firmenfeier hatte ich jedoch den Eindruck, dass einige glauben, Helen sei dieser neuen Situation nicht gewachsen. Es würde mich interessieren, wie Sie das sehen.«

Kandünen trank einen Schluck von seinem Kaffee. »Georg hat schon sehr lange mit seinem Stellvertreter zusammengearbeitet und doch hat er die Geschäftsführung an Helen übertragen, obwohl davon vorher niemals die Rede war. Helen wurde nicht darauf vorbereitet. Da kommen natürlich Zweifel auf.«

»Meinen Sie, Helen möchte das überhaupt?«

Kandünen runzelte die Stirn. »Ich schätze Helen sehr, aber ich sehe sie ehrlich gesagt nicht auf dieser Stelle und das hat gar nichts damit zu tun, dass sie eine Frau ist. In Norwegen gibt es sehr viele Frauen in Führungspositionen. Die Sicht auf die Rollenverteilung ist überhaupt ganz anders als zum Beispiel in

Deutschland. Wussten Sie, dass hier die Frauen auf die Männer zukommen, wenn es um den ersten Schritt geht und nicht umgekehrt? Ich habe von meinen Kumpels einen übergebraten bekommen, als ich das mal durchbrach.«

Zoe schmunzelte.

»Ich denke, Helen ist nicht die Art von Mensch für diese Position in der Firma. Sie hat dafür viele andere Stärken. Außerdem ist die Geschichte der Familie schon so lange mit dem Betrieb verwoben. Frischer Wind täte da vielleicht mal ganz gut.«

An Kandünes Körpersprache sah Zoe, dass er sich trotz seiner humorvollen und freundlichen Art nicht recht wohlzufühlen schien. Er blickte immer wieder über ihre Schulter Richtung Tür. Trotzdem war es ihm anscheinend wichtig, ihr von den Amundsens aus seiner Sicht zu erzählen.

Zoe entschied sich dennoch, das Gespräch nun zu beenden. »Ich möchte Sie nicht länger aufhalten. Sie haben mir sehr geholfen, die Geschichte der Familie besser zu verstehen. Ich danke Ihnen für das Treffen.«

~ ~ ~

Zoe wartete zu der verabredeten Zeit vor der Pension auf Helen.

Ein eisiger Wind bog die kahlen Äste der Bäume in alle Richtungen. Sie schnürte ihre Kapuze fester zu. Heute war es kaum eine Nuance heller geworden. Das schmutzige dunkle Blau des Himmels kippte bereits in ein tiefes Schwarz, obwohl es nicht mal fünfzehn Uhr war.

Zoe behagte der Gedanke an eine weitere Fahrt auf dem Schlitten gar nicht.

Plötzlich hörte sie ein Geräusch. Das Brummen eines Motors drang zu ihr. Jemand auf einem Squad näherte sich dem Gebäude.

Zoe kniff die Augen zusammen. War das Helen?

Die Person hielt vor ihr und zog den Helm ab. Helen lächelte. Die Locken tanzten um ihren Kopf. »Hallo Zoe.«

»Hi.« Sie trat näher.

»Für die heutige Fahrt habe ich mir dieses Gefährt von einem Bekannten geliehen. Ist dir das recht? Es hat immerhin vier Räder.« Helen grinste und ohne eine Antwort abzuwarten, beugte sie sich nach hinten, klappte die zweite Hälfte des Sitzes hoch und zog einen Helm für sie hervor. »Du kannst die Kamera und deine Tasche hier unten reintun.«

Zoe setzte den Helm auf und zögerte für einen Moment. Sie würde sich wieder an Helen festhalten müssen und ihr ganz nah kommen.

Helen sah sie an. »Du wolltest ja noch ein Bild von meinem Schreibtisch machen, aber ich glaube, ich habe ein besseres Motiv für dich.«

»Also fahren wir nicht zu deinem Haus?«

Helen schüttelte den Kopf und schwieg.

»Vielen Dank noch für deine Mail mit dem Bild von deinem Vater und deinem Opa. Ich hatte sie vorhin erst abgerufen. Ich war heute Vormittag noch in der Stadt unterwegs.«

Hoffentlich fragte Helen nicht weiter nach, aber sie lächelte nur und setzte sich den Helm wieder auf.

Zoe schwang sich auf den Sitz, rutschte vorsichtig näher und legte die Arme um Helens Taille.

Als Helen startete, durchfuhr das Vibrieren der Maschine Zoes ganzen Körper.

Kein schlechtes Gefühl. Sie musste unwillkürlich lächeln.

Helen gab Gas und sie fuhren über die Hauptstraße, hinaus aus der Stadt und schlängelten sich schon bald einen Berg hinauf.

Die Fahrt war angenehmer als auf dem Schlitten, trotzdem musste sich Zoe eingestehen, dass sie wohl nur allem vertraute, was eine schützende Karosserie besaß. Selbst ihr Fahrrad zu Hause verrostete im Keller.

Nach geschätzten dreißig Minuten bog Helen auf einen schmaleren Weg in den Wald ab, dem sie noch mal zehn Minuten folgten. Am Ende kam eine kleine Hütte in ihr Sichtfeld. Helen fuhr langsamer und bugsierte das Squad unter das Vordach daneben.

Sie stiegen ab und zogen zeitgleich die Helme von ihren Köpfen.

Helen hob den Sitz an, sodass Zoe die beiden Taschen herausnehmen konnte.

Die Hütte war breit, ragte aber nicht weit nach hinten.

»Wo sind wir hier?«

»Bei meiner eigenen kleinen Werkstatt und meinem Rückzugsort.«

Zoe fand es erstaunlich, dass jemand, der bereits eher abgeschieden lebte, trotzdem die pure Einsamkeit suchte.

Helen ging vor, schloss auf und sie betraten den dunklen Raum.

Es roch nach gehobeltem Holz und interessanterweise, nach geröstetem Kaffee.

Helen knipste das Licht an. Eine Schirmlampe unter der Decke erhellte den Raum ein wenig.

Zoe schloss die Tür.

Helen nahm ihr den Helm ab und legte diesen und ihren eigenen auf eine schmale Kommode neben der Tür. Dann hob sie die darauf stehende Gaslaterne hoch. Als Helen die Lampe entzündete, wurde ihr Gesicht von dem feinen Schein beleuchtet. Sie griff in ihre Jacke und reichte Zoe etwas. Sie nahm es ihr ab. Es waren eine Stirnlampe und ein Feuerzeug.

»Lass die Jacke noch an, ich mache Feuer im Ofen. In zehn Minuten dürfte es hier wärmer sein. Könntest du in der Zwischenzeit die Kerzen in den Ständern im Raum anmachen?«

Zoe nickte, dann sah sie zur Decke. »Brennt die mit Strom?«

»Mit Solarenergie, ich habe eine Platte auf dem Dach angebracht. Es reicht aber bloß dafür und ich mache sie nur im Notfall an.«

Zoe zog eine Augenbraue hoch. »In der Hütte gibt es sonst keinen Strom?«

»Beunruhigt dich das?«

»Nö.«

Helen lachte. »Wir bleiben nicht lange, versprochen.« Sie öffnete die Tür. »Ich hole eben Feuerholz.«

Zoe setzte sich umständlich die Stirnlampe auf den Kopf, drehte das Licht an und wandte sich nach links.

Der weißliche Lichtstrahl fiel auf ein Sofa, auf dem gerade mal zwei Leute nebeneinander Platz finden konnten. Daneben stand eine hohe Kommode mit drei großen Schubladen und eine Plastikbox auf dem Boden. In der Mitte war ein geschwungener Kerzenständer aus Metall, der sechs Kerzen fasste. Sie ging darauf zu. Eine Kerze war ganz heruntergebrannt. Sie entzündete die restlichen fünf, dann drehte sie sich um. Seitlich von ihr war der runde gusseiserne Ofen zu erkennen. Der andere Teil des Raumes war mit PVC ausgelegt. Es gab ein Fenster und daneben ein Regal mit vier Fächern, in dem etliche Holzblöcke und Werkzeuge lagen. Davor standen ein Hocker und ein scheinbar selbstgebauter runder hoher Tisch.

Plötzlich stieß Helen die Tür auf. Sie ließ einen kleinen Stapel Holz auf den Boden sinken, schloss die Tür und schob sich die Kapuze vom Kopf.

»Danke, dass du angefangen hast. Die anderen großen Kerzenständer befinden sich immer in den Ecken und einer steht auf der Fensterbank da hinten.«

»Eine Kerze hier ist heruntergebrannt.«

»Ich habe Nachschub.« Helen ging zur Kommode, öffnete die oberste Schublade und reichte Zoe eine neue Kerze.

Zoe griff danach, ohne Helen anzusehen. Sie stellte sich mit der Stirnlampe nicht sehr geschickt an und wollte ihr nicht direkt ins Gesicht leuchten. Sie ging den Rest des Raumes ab und zündete achtzehn weitere Kerzen an, während Helen den Ofen befüllte und das Feuer entzündete.

Nun war der Raum in gelbliches Licht getaucht und die Kerzen spendeten bereits ein wenig Wärme. Zoe fuhr mit dem Finger über die Verzierungen einer der Kerzenständer. Er schien ganz aus Silber zu sein, denn er glänzte und funkelte.

»Die Kerzenständer sind alle sehr schön.«

Helen sah zu ihr. »Ich bekomme von meinen engsten Kolleginnen und Kollegen jedes Jahr einen neuen zum Geburtstag, weil sie wissen, dass ich sie hier oben gut gebrauchen kann.«

»Gibt es in dieser Gegend viele solcher Hütten?«

Helen schüttelte den Kopf. »Das Gelände gehört meiner Familie. Früher wurde die Hütte für die Lagerung von Geräten benutzt. Ich entdeckte sie vor einigen Jahren zufällig und habe sie hergerichtet.«

Im Ofen begann es zu knistern. Durch die rundliche Scheibe konnte Zoe eine große Flamme auflodern sehen.

Helen zog die Jacke aus und Zoe tat es ihr nach. Helen nahm ihre entgegen und legte beide auf die Couch.

»Mir wäre es hier viel zu einsam.«

Helen kam auf sie zu und grinste. »Ich bin froh, manchmal von dem Gewusel in der Firma etwas Abstand zu bekommen.«

»Aber dein Haus ist ja auch schon recht, nun ja, abgelegen.«

»Du fühlst dich hier nicht wohl, oder?«

Zoe überlegte. »Nein, ich denke, es ist für mich einfach bloß ungewohnt, so mitten in der Natur zu sein, ohne weitere Menschen drumherum.«

Helen ging zu dem Regal und Zoe folgte ihr. »Ich bin meistens sonntags einige Stunden hier und schnitze, ohne große Vorbereitungen und ohne Pläne.« Sie reichte Zoe einen der Holzwürfel.

Zoe nahm das weiche Holz in die Hand und betrachtete es einige Augenblicke. Helen hatte eine Berglandschaft aus dem Block hervorgearbeitet, mit Tannen und Sträuchern. Sie fuhr mit dem Finger über die kleinen Kerben und die Spitzen der Bäume. »Das sieht total echt aus. Die vielen Details sind wunderschön.« Sie gab es Helen zurück. Ihre Finger berührten sich.

Helen zog abrupt den Block zu sich. »Möchtest du vielleicht auch einen schwarzen Tee?«

»Ähm, ja, gern.«

Helen drehte sich um ging zu der Kommode.

Zoe beobachtete, wie sie einen Gaskocher und einen kleinen Topf aus der Schublade zog. Täuschte sie sich, oder war Helen nervös?

Plötzlich hörte sie lautes Knacken. Helen füllte Eiswürfel in den Topf.

»Machst du uns einen Cocktail?«

»So ähnlich. Immer wenn ich hier bin, bringe ich frisches Trinkwasser mit hoch, fülle es in die Eiswürfelbehälter und stelle sie in eine Box hinter die Hütte, damit ich einen Vorrat habe.«

Erinnerungen aus Campingurlauben in ihrer Jugend strömten auf Zoe ein. Sie war immer erstaunt darüber gewesen, wie viel der Mensch brauchte, um auch nur eine kurze Zeit an abgelegenen Orten überstehen zu können. Sie hatte es nie gemocht, diese Abhängigkeit von so Vielem bewusst vor Augen geführt zu bekommen. Es gab ihr das Gefühl, als Mensch klein und verletzlich zu sein. Während ihre Schwester in diesen Urlauben aufgeblüht war und es als eine Reise zu sich selbst empfunden hatte, war Zoe jedes Mal wieder froh gewesen, zu Hause anzukommen und all die Dinge in der Nähe zu haben, die sie benötigte. Sobald sie selbst über ihre Reiseziele hatte entscheiden können, hatte sie nie wieder in einem Zelt übernachtet, sondern immer in Hotels mit Vollpension.

Das Geräusch des kochenden Wassers riss Zoe aus ihren Gedanken.

Helen befüllte zwei Tassen, kam zurück und schob sie auf den Tisch.

Das Feuer loderte inzwischen kräftig und der Raum wurde mit einer herrlichen, durchdringenden Wärme erfüllt.

Zoe drehte sich wieder dem Regal zu. »Hast du auch als Figurenmacherin in der Firma gearbeitet?«

»Ja, ich habe dort eine Ausbildung gemacht und fast nur geschnitzt.«

»Fast nur? Was hast du noch gemacht?«

Helen rieb sich über den Nacken. »Ich fand die anderen Bereiche natürlich auch spannend und quetschte meinen Vater über alles Mögliche aus. Ich entwickelte mit ihm neue Ideen für die Gestaltung des Betriebes.«

»Dann ist das Konzept der Hallen mit den unterschiedlichen Bereichen also von dir?«

»Ja, nein, also die Idee kam eigentlich aus der Belegschaft.«

»Aber du hast dich dafür stark gemacht!«

Helens Wangen färbten sich rosa.

»Kann es sein, dass es dir schwerfällt, Lob anzunehmen?«

»Überhaupt gar nicht.« Helen stemmte die Hände in die Seiten und zog einen Schmollmund.

Zoe lachte. Sie ging nah an das Regal heran und betrachtete die vielen feinen Schnitzarbeiten. Diese stellten vor allem Landschaften, aber auch Gesichter oder Gegenstände dar. »Ein Kompliment musst du dir aber noch anhören. Diese Arbeiten von dir beeindrucken mich sehr.«

»Das braucht es gar nicht, denn man kann alles lernen. Ich zeige es dir.« Sie griff hinter Zoe und zog einen Holzklotz, der so groß wie ihre Faust war, hervor.

Helen warf die Teebeutel in den Mülleimer, stellte die Tassen ins Regal und legte dafür das Holzstück auf den Tisch. Aus einem Metallbecher nahm sie einen Bleistift und lehnte sich an den hohen Hocker.

Zoe trat ganz nah neben sie.

»Wie planst du deine Artikel?«

Ihre Artikel? Die Frage kam überraschend.

Zoe dachte einen Moment lang nach, um die richtigen Worte zu finden. »Ich werde auf ein Thema aufmerksam und überlege, was für andere besonders interessant daran sein könnte. Ich entscheide mich dann entweder für eine Reportage oder ein Interview, je nachdem, ob ich dem Leser etwas besser vermitteln kann, wenn ich es selbst erlebt und gesehen habe, oder ich suche mir Personen, die mir darüber etwas erzählen können.«

»Und wodurch wird dein Text lebendig?«

»Vor allem durch Fakten und Details. Sie sind wichtig, um Themen anschaulich, glaubhaft und spannend zu vermitteln.«

Helen lächelte. »Ähnlich ist es beim Schnitzen. Ich will zum Beispiel oft einen ganz bestimmten Moment einfangen.«

»Wie ihr es bei euren Figuren auch versucht?«

Helen ließ den Bleistift zwischen den Fingern hin und her wandern. »Ja! Jeder Figurenmacher möchte etwas an den Betrachter weitergeben, zum Beispiel eine gewisse Ausstrahlung oder ein Gefühl. Etwas, das ihn vielleicht selbst bewegt hat. Das funktioniert bei einer Figur über den Wind in ihrem Haar, durch ein spitzbübisches Lächeln, die Anspannung der Muskulatur oder einen verliebten Blick.«

Der Bleistift fiel zu Boden.

Zoe hob ihn auf.

Mit einem unsicheren Griff nahm Helen ihn entgegen, dann berührte sie das Holzstück. »Bäume tauschen untereinander Botenstoffe aus, so genannte Terpene. Damit geben sie Informationen weiter und warnen ihresgleichen zum Beispiel vor Schädlingen. Die anderen Bäume fahren dann ihre Abwehrsysteme hoch und können sich besser schützen. Über die Luft und unsere Haut gelangen diese Botenstoffe auch in unseren Körper und stärken unser Immunsystem. Wenn man Holz berührt oder davon umgeben ist, nimmt man mehr an Energie auf, als einem bewusst ist.«

Helen nahm das Holz und hielt es nach oben, so dass Zoe es auch gut sehen konnte. »Bevor ich anfange, die ersten Zeichnungen auf dem Block zu erstellen, betrachte ich das Holz genau und erkunde die Maserungen und Verfärbungen. Das hilft mir, mich für das richtige Stück zu entscheiden, denn ich lasse all dies mit in die Schnitzerei einfließen. Was meinst du, könnte man daraus machen?«

Zoe fühlte über den Holzblock. »Es ist ganz ausgefranst.«

»Ich habe ihn von einem Baum, der bei einem Sturm zerbarst.«

»Man könnte die vielen Zacken so lassen und sie vielleicht noch ein wenig stärker herausarbeiten. Was hältst du von dem Abbild eines Eiskristalls?«

Helen lächelte. »Die Idee ist sehr schön. Wie würdest du anfangen?«

»Wie du es gesagt hast, ich würde mir die Form vorstellen, wie sie später aussehen soll und überlegen, was von dem Stück wegmüsste. Ich finde, der Vorgang gleicht ein wenig dem, als ob man einen Text kürzen würde.«

Helen hielt das Holzstück in die Höhe, drehte es zu allen Seiten und zeichnete einige Zacken darauf. »Hier könnten jeweils die Spitzen zulaufen. Dazwischen müsste nun das Holz entfernt werden.«

Sie stand auf, holte eine Spannvorrichtung aus dem Regal und befestigte das Holzstück am Tisch. Sie griff nach einem Werkzeug. »Dieses Schnitzeisen nennt man den Bohrer. Damit lässt sich sehr viel Holz auf einmal entfernen. Die Eisen sind sehr scharf, trotzdem arbeite ich am Anfang auch gern mit dem Klopfholz.« Helen zog ein anderes Werkzeug aus dem Schrank. Es erinnerte Zoe an einen Holzklopfer aus der Küche, nur dass dieser runder und kürzer war.

Helen setzte an und begann, ein wenig Holz wegzuschneiden. Die dicken Späne segelten zu Boden. »Man arbeitet in Schichten. Mit jeder davon, die man sich erobert, gelangt man näher an den wahren Kern.« Sie sah Zoe an. »Es dauert manchmal einige Zeit, aber wenn man nicht aufgibt, erreicht man das, was man sich vorgestellt hat.«

Zoe sah Helen in die Augen. In ihrem Blick lag etwas Durchdringendes. Sprach sie immer noch über das Schnitzen?

»Ich … hole meine Kamera. Ich würde gern ein paar Fotos machen.«

Helen fuhr mit ihren gleichmäßigen Handbewegungen fort.

Zoe ging zu ihrer Tasche, holte die Kamera, stellte den Blitz aus und machte ein paar Testbilder, dann ging sie zurück zu

Helen. Diese hatte inzwischen an einer Stelle so viel von dem Holz entfernt, dass auf einer Seite ein Dreieck zu erkennen war. Erneut griff sie neben sich.

»Jetzt wechselt man zum Flacheisen. Es hat bloß eine leichte Höhlung und wird für die filigranen Arbeiten verwendet.« Sie bewegte das Schnitzeisen einige Male schnell über das Holz. Die Späne verteilten sich auf ihren Händen.

Zoe blickte durch die Kamera und drehte an dem Objektiv.

Helens schöne Hände mit den starken, langen Fingern und der feinbestäubten Haut waren ihr nun ganz nah. Sie knipste mehrere Male.

»Jetzt du.«

Zoe ließ die Kamera sinken. »Bitte?«

Helen machte ihr Platz. »Du wirst sicher besser darüber schreiben können, wenn du es ausprobiert hast.«

Zoe winkte ab. »Nein. Ich kann das nicht.«

»Woher weißt du das?«

»Ich kann noch nicht mal ein Loch in die Wand bohren.«

»Das hier ist anders.« Helen hielt ihr das Werkzeug hin.

»Ich werde bei sowas nervös.«

»Wobei?«

»Wenn ich etwas nach Anleitung machen muss und mir jemand zusieht.«

Helen lachte. »Ihr Journalisten macht mir Spaß. Den ganzen Tag anderen über die Schulter schauen, aber es selbst nicht aushalten können.«

Zoe zog ihr das Eisen aus der Hand. »So ist es auch wieder nicht.«

»Ich schaue gleich auch nicht zu, versprochen. Ich will es dir nur kurz zeigen.«

Zoe setzte sich auf den Stuhl und Helen stellte sich hinter sie.

»Du musst die Kante leicht schräg ansetzen und dann sanft drücken. Wende nicht zu viel Kraft auf und versuche, entlang der Holzmaserung zu arbeiten. Ich mache jetzt die Augen zu.«

Zoe setzte an und drückte, doch es löste sich nur ein feiner Holzspan von dem Block.

»Trau dich, es kann nichts schiefgehen.«

»Du schaust ja doch.« Zoe blickte zu Helen, doch sie hatte die Augen geschlossen.

»Ich höre den Unterschied.«

Zoe machte weiter und schob kräftiger.

»Schon besser. Darf ich?«

Zoe sah aus dem Augenwinkel, dass Helen die Hände über ihre Schultern hielt.

»Ja.«

Helen berührte ihre Schultern und drückte sie sanft nach unten. »Lass die Arme lockerer, sonst wirst du schnell Nackenschmerzen bekommen.« Helens Hände lagen weiterhin auf ihren Schultern, mit ihren Daumen berührte sie kurz ihren Nacken. »Noch etwas lockerer«, sagte sie leise.

Die Berührung floss durch Zoes Körper. Sie ließ das Eisen erneut über das Holz fahren und plötzlich fühlte es sich butterweich an. Sie wiederholte die Bewegung einige Male.

Helen neigte sich leicht über sie und öffnete die Augen. »Das sieht sehr gut aus. Solche Schnitte machen einige unserer Azubis erst nach einem Monat.«

Sie nahm die Hände von ihren Schultern.

Nein, lass sie da.

»Danke«, sagte Zoe hastig, bevor ihr dieser Gedanke herausrutschen konnte, und legte das Werkzeug zurück.

»Sind die Bilder gut geworden?«

»Die Bilder?«

»Du hast doch gerade fotografiert?«

Hatte sie. Zehn Mal, Helens Hände.

»Leider ist das Licht zu schwach und mit dem Blitz würde es nicht schön aussehen. Ist nicht so schlimm.« Zoe täuschte ein Gähnen vor, um von ihrem fahrigen Gestammel abzulenken. »Entschuldige, es ist leider so, wie du es prophezeit hattest, die stetige Dunkelheit macht mir echt zu schaffen. Ich bin schon wieder müde.«

Helen überlegte. »Ich wüsste, was helfen könnte.«

»Ach ja?«

Zielstrebig ging Helen zur Kommode, zog zwei Handtücher daraus hervor und legte sie auf die Couch.

Zoe trat näher zu ihr. »Du hast mich angelogen. Hinter dieser Hütte befindet sich eigentlich ein Wellnessbereich mit Duschen und heißem Wasser.«

Helen schüttelte den Kopf, ging langsam auf sie zu und nahm dann Zoes Hände in ihre. »Zoe Halberg, ich weiß, wir kennen uns noch nicht lange, aber würdest du in meiner Gegenwart deine Socken ausziehen?«

Zoes Wangen wurden warm. Sie blickte hinunter zu ihren Füßen. »Und dann?«

»Traust du mir etwa nicht?«

»Aber natürlich. Hiermit willige ich ein, meine Socken auszuziehen.«

»Dann los.« Helen setzte sich auf die Couch. Zoe tat es ihr nach und sie zogen fast zeitgleich Schuhe und Socken aus.

»Bitte die Hose über die Waden krempeln.«

Helen sprang auf, zog ihre Jacke an und reichte Zoe ihre. Sie zog sie über und folgte Helen zur Hintertür.

Helen streckte ihre Hand aus und Zoe griff danach.

»Ich zähle bis drei. Eins, zwei, drei!« Sie stieß die Tür auf und zog Zoe nach draußen.

Ihre Füße sanken in den eisigen Schnee. Ein Kälteschwall fuhr durch ihren Körper und nahm ihr kurz die Luft.

Helen machte noch einen weiteren Schritt und Zoe wurde mitgezogen. Sie griff nach ihrer zweiten Hand. »Augen zu und mit den Zehen wackeln.«

Zoe zögerte, dann sah sie, wie Helen die Augen schloss. Sie folgte ihrem Beispiel und bewegte dann die Zehen. Sie sank noch tiefer in den Schnee. Nun ging er ihr bis zu den Waden. Die feinen

Kristalle umschlossen ihre Haut. Sie fühlten sich weich an und begannen zu schmelzen. Es kitzelte. Wind peitschte ihr entgegen und sie wurden beide seitlich gedrückt. Zoe öffnete die Augen.

Helen starrte in die Baumwipfel. »Schnell, wieder zurück ins Haus.«

Sie eilten hinein.

Helen schloss die Tür und reichte Zoe ein Handtuch. Sie ließen sich auf die Couch sinken, rubbelten ihre Füße und Beine trocken und zogen sich wieder komplett an.

Helen holte die beiden Teetassen und reichte ihr eine. »Hier, er ist noch warm.«

»Danke.« Zoe trank einen großen Schluck und für einige Augenblicke lehnten sie sich nach hinten und blickten ins Feuer.

Plötzlich gab Helens Smartphone einen hellen Ton von sich. Helen griff danach und tippte auf das Display, dann verfinsterte sich ihr Blick. »Verdammt!«

»Was ist denn los?«

»Das Sturmtief hat sich verlagert. Heute Vormittag hieß es noch, es sollte an den Bergen vorbeiziehen. Jetzt gibt es eine Unwetterwarnung für diese Region.«

Zoes Brustkorb zog sich zusammen. »Und was bedeutet das?«

Langsam ließ Helen das Smartphone sinken. »Wir sollten heute Nacht wohl besser hierbleiben.«

Vor dem Fenster bogen sich die Äste der Bäume in alle Richtungen.

Zoe lehnte sich zu Helen und sagte leise. »Gibt es hier Wölfe?«

Helen rutschte näher zu ihr. »Nein, aber sehr große Eichhörnchen«, flüsterte sie.

Sie sahen sich an und lachten. Doch Helen wurde schlagartig wieder ernst. »Es tut mir sehr leid. Ich bin sonst nicht so unachtsam. Aber wir waren vorhin in der Firma so mit dem Aufräumen beschäftigt und da habe ich völlig vergessen, noch mal die Lage prüfen. Heute Vormittag sah es noch nicht sehr schlimm aus.«

»Ist schon okay. Ich habe eine Packung Kekse in der Tasche, damit können wir die Eichhörnchen bestechen.« Zoe wusste, dass ihre Stimme nicht so sicher klang, wie sie es sich wünschte.

»Also, die Couch kann man ausklappen. Im Sommer schlafe ich oft darauf. Man hat auch kaum Rückenschmerzen am nächsten Morgen und …«, sie ging zu der Kommode und zog zwei Dosen daraus hervor, »… ich habe eine erlesene Auswahl an Speisen da.« Sie blickte auf die erste Dose. »Zum einen gäbe es Spaghetti in Tomatensoße und …«, sie betrachtete einige Momente die zweite Dose, »… zum anderen hätte ich Spaghetti in Tomatensoße im Angebot.«

Zoe legte die Hand ans Kinn und simulierte eine Denkerpose. »Die Entscheidung fällt mir schwer, aber ich nehme wohl Spaghetti in Tomatensoße.«

»Das war auch mein Favorit.« Helen lächelte.

Der Wind nahm zu, er pfiff um das Haus und etwas begann gegen das Dach zu schlagen. Sie sahen zum Fenster. Dicke Schneeflocken stoben umher und überzogen die Glasscheibe mit einer pudrigen Schicht.

Zoe schaute zu Helen. »Was ist, wenn wir eingeschneit werden?«

Helens Blick war ganz sanft. »Dann schaufle ich dich mit meinen bloßen Händen hier wieder raus.«

Über ihnen knackte es. Zoe zuckte zusammen und sprang auf. Das Dach würde doch nicht einstürzen?

»Hey.« Helen war auf sie zugeeilt und berührte ihre Arme. »Du kannst dich sicher bei mir fühlen.«

Zoe griff nach ihren Händen. »Das tue ich.«

»Es wird dir nichts passieren.«

Zoe sah ihr in die Augen. Sie konnte jede ihrer dunklen Wimpern einzeln erkennen, so nah stand Helen vor ihr.

»Gar nichts?«

»Nichts.« Sie beugte sich vor und Zoe tat es ihr nach.

Ihre Lippen berührten sich.

Helens Lippen waren weich und ihre Haut duftete nach Erde und Eis.

Zoe schloss die Augen.

Ganz leicht öffnete Helen ihre Lippen, so dass Zoe ihre schöne geschwungene Form erkunden konnte.

Himmel. Sie küssten sich.

Zoe hielt kurz den Atem an.

Helen machte einen Schritt zurück.

Sie sahen sich an.

»Zoe … ich …«

Zoe schüttelte den Kopf. »Nein … es war wegen …«

»Des Sturms.«

Zoe nickte.

Helen fuhr sich über den Nacken. »Ich … mache dann mal unser Abendessen.« Helen lief zu der Kommode und begann, die Dosen zu öffnen.

»Ich schaue mir so lange noch deine Schnitzereien an.« Zoe ging zu dem Regal.

Ihr Herz hämmerte gegen ihren Brustkorb. Warm und einnehmend breitete sich das Gefühl des Kusses in ihrem ganzen Körper aus.

»Bist du eigentlich munterer geworden?«

Zoe drehte sich in Helens Richtung.

Helen sah zu ihr. »Ich meine, wegen unseres Ausfluges in den Schnee.«

Zoe lächelte. »Ja, den mache ich jetzt wohl jeden Morgen.«

Helen grinste und hantierte nebenbei mit dem Topf. »Wenn Mary ein Problem damit haben sollte, wenn du durch ihren Vorgarten tanzt, kannst du ruhig sagen, dass die Idee von mir kommt.«

»Abgemacht.«

Zoes Blick fiel auf die schmale Couch. Helen und sie würden sehr eng nebeneinander liegen. Nervosität flutete ihren

Körper. Rasch drehte sie sich zu dem Regal um und fixierte die Schnitzarbeiten. Sie nahm irgendeine in die Hand, damit Helen glaubte, sie würde sich damit beschäftigen, und atmete einige Male tief ein und aus.

Sie musste sich zusammenreißen. Wenn sie jetzt dem Gedanken nachging, dass Helen sich eventuell auch zu ihr hingezogen fühlte, würde sie sich überhaupt nicht mehr auf den Artikel konzentrieren können.

Die kleine Figur eines Bären lag fest in ihrer Hand. Sie strich mit dem Finger über die feinen Vertiefungen. Jede davon hatte Helen mit ihren geschickten Handbewegungen hervorgezaubert und war dabei viele Male über das Holz gefahren und hatte in die Kerben gepustet, um die Späne zu entfernen. Plötzlich kam es ihr sehr intim vor, die Details der Figur mit ihrer Fingerspitze nachzufahren.

Hastig legte sie diese zurück.

Es fiel ihr schwer, sich wieder umzudrehen und dabei erneut auf die Couch zu blicken.

»Das Essen ist gleich fertig.«

Zoe drehte sich langsam um.

Helen drapierte auf einem flachen Stück Holz den Topf und zwei Gläser mit Wasser.

»Ist es okay, wenn wir uns auf die Couch setzen? Ich würde den Topf mit dem Brett in die Mitte und die Gläser auf den Boden stellen.«

Zoe nickte, eilte zu ihr und half dabei, alles zu platzieren.

Triumphierend hielt Helen zwei Gabeln hoch. »Ich habe sogar zwei Gabeln hier im Haus. Mit denen verjage ich immer die Wölfe.«

Zoe lächelte. »Ich bin beruhigt, dass du hier oben für deinen Schutz sorgst.«

Sie setzten sich.

Zoe nahm eine Gabel und wickelte einige Spaghetti auf. »Aber im Ernst, gibt es hier viele Tiere in den Wäldern?«

Helen drehte ebenfalls ihre Gabel. »Es gibt Rentiere, aber auch Elche und Luchse, schon auch ein paar Wölfe, Schneeotter und Schneehühner und manchmal eben auch Schneefrauen, wenn sie draußen barfuß durch die Welt stapfen.«

Zoe grinste. »Musstest du schon mal länger hier oben bleiben als gewollt?« Sie schob sich die Nudeln in den Mund und kaute.

Helen schüttelte den Kopf. »Nein, aber ich habe immer etwas Vorrat hier. Hin und wieder habe ich montags blau gemacht und bin spontan noch einen Tag geblieben.« Sie stoppte ihre Handbewegung. »Doch das ist schon länger her. Seit mein Vater nicht mehr da ist, traue ich mich nicht, den Betrieb allein zu lassen. Ich fühle mich plötzlich für alles verantwortlich. Ich weiß nicht, wie er das all die Jahre geschafft hat.«

Zoe wusste, dass Helen vor einiger Zeit ein paar Tage in Deutschland gewesen war, aber anscheinend wollte sie das nicht erwähnen. Sie so unsicher zu sehen, versetzte ihr einen Stich in den Magen. Zoe legte die Gabel in den Topf und strich Helen über das Schulterblatt. »Das kam alles sehr plötzlich für dich. Gib dir Zeit.«

Helen lächelte zaghaft. »Es ist sehr lieb, dass du das sagst.«

Zoe griff erneut zum Besteck. »Außerdem musst du nicht alles allein machen. Du kannst dir Hilfe für bestimmte Aufgaben holen.« Plötzlich erschien das Bild von Miranda vor ihr. Schnell aß sie weiter, bevor es ihr die Kehle zuschnürte.

»Du hast recht. Wenn ich einen kompletten Überblick über meine Aufgaben habe, werde ich darüber nachdenken.«

Sie aßen eine Weile schweigend weiter, plötzlich sah Helen sie an. »Zoe, wegen gerade … das hätte nicht passieren sollen.«

Zoe nickte.

»Du sollst wissen, dass ich dich mag. Ich mag dich sehr.«

Zoe schluckte. »Ich mag dich auch. Sehr.«

Energisch griff Helen nach dem Topf. »Dann räume ich mal ab.«

»Wo ist denn die Toilette?«

»Wenn du rausgehst, direkt rechts in dem schmalen Anbau. Und keine Sorge, die funktioniert mit Chemie. Ich räume in der Zwischenzeit hier auf.«

»Danke.«

Zoe öffnete die Tür. Beißender Wind kam ihr entgegen, als sie hinaustrat. Hastig zog sie die Tür zu und wandte sich nach links zur nächsten.

Sie dachte darüber nach, wie sie gleich noch Zeit schinden könnte, um sich nicht sofort schon neben Helen legen zu müssen, doch sie war so müde, dass ihre Augen brannten.

Als sie zurück in die Hütte trat, hatte Helen die Couch bereits ausgezogen. Darauf lagen ein Schlafsack, ein Kopfkissen und eine dünne Decke.

Helen hielt ein Shirt in die Luft. »Also, wenn du magst, kannst du das Shirt haben sowie das Kopfkissen und den Schlafsack. Ich lasse meine Hose und den Pullover an. Die Decke reicht so für mich.«

»Dann nimm du aber wenigstens das Kopfkissen und ich dafür meinen Pullover als Unterlage.«

»Okay. Deal! Ich lege eben noch Holz nach und verschwinde auch noch mal nach draußen, dann kannst du dich umziehen.« Helens Stimme war leiser geworden. Sie blieb noch kurz stehen, dann ging sie hinaus.

Zoe wartete, bis sie draußen war, schlüpfte eilig aus ihren Klamotten und in das Shirt. Himmel, es roch nach Helens Duft. Hastig warf sie ihren Pullover in die Ecke des Sofas, kletterte über die Lehne und schlüpfte in den Schlafsack.

Helen kam herein und schob ein großes Holzscheit in den Ofen. Sie holte die beiden Stirnlampen, legte eine auf jede Seite der Couch und ging dann im Raum herum, um die Kerzen auszupusten.

Es wurde schlagartig kühler.

Die Flamme im Ofen warf einen orangenen Schein in die Mitte des Raumes. Der Rest versank in Dunkelheit.

Zoe hörte Helens Schritte knarzen und sah ihre Silhouette vor der Couch auftauchen.

»Ist es mit dem Liegen okay?«

»Marys Matratzen sind kaum besser.«

»Morgen gibt es sogar Frühstück ans Bett.«

Zoe konnte darauf nicht antworten. Sie zog den Schlafsack bis oben hin zu. Helens Duft war nun überall. Ihr Herz fing an, fest gegen ihren Brustkorb zu schlagen. Plötzlich war sie hellwach.

Helen setzte sich auf die Kante der Couch, zog Schuhe und Socken aus, drehte sich um, drapierte die Decke über sich und rutschte bis zu dem Kopfkissen nach oben.

Zoe bemerkte, dass Helen versuchte, Platz zwischen ihnen zu lassen, doch die Breite des Sofas machte das fast unmöglich. Der Abstand zwischen ihnen betrug kaum zwanzig Zentimeter.

»Gute Nacht. Du kannst mich jederzeit wecken.«

»Danke. Gute Nacht.«

Helen drehte sich um und zog die Decke über ihre Schulter.

Zoe blickte zum Fenster. Langsam gewöhnten sich ihre Augen an die Dunkelheit. Vor der Scheibe tanzten die Äste der Bäume und weiterhin stoben dicke Flocken umher. Etwas schlug nun gegen die Seitenwand und erzeugte ein stetiges dumpfes Klopfen.

Zoe drehte sich zu Helen um. Ein paar ihrer Locken waren über die Decke gerutscht. Zoe betrachtete die dunklen Strähnen. Wie es sich wohl anfühlen würde, mit den Händen hindurchzufahren?

O nein.

Zoe kniff die Augen zusammen. Sie musste sich auf andere Dinge konzentrieren.

Die Geräusche schienen lauter zu werden. Vielleicht könnte sie sich einbilden, dass Rauschen der Bäume sei der Klang von Wellen und das Pfeifen des Windes wie über dem Meer? Sie stellte sich vor, dass Möwen über das Haus zogen, doch plötzlich setzte starker Schneefall ein und das Weiß ihrer Federn verwandelte sich in dicke Flocken. Was würde passieren, wenn sie über Nacht eingeschneit würden? Oder wenn ein Baum auf das Haus fiel?

Zoe riss die Augen auf.

Helen hielt die Decke über der Schulter fest umklammert. Es sah sehr unbequem aus.

Zoe hob den Kopf.

Helen hatte die Augen geschlossen, doch sie bewegte sich ein wenig.

»Helen?«, flüsterte sie.

Helen öffnete die Augen. »Ja?«

»Frierst du?«

»Es geht schon.«

Zoe zögerte.

Ach, verdammt noch mal, sie waren zwei Frauen, die sich mochten, und so würden sie beide nicht schlafen können.

Mit einem Ruck zog Zoe den Schlafsack bis unten hin auf.

Helen drehte sich ein Stück zu ihr um. »Alles okay?«

»Komm, ich decke dich mit der zweiten Hälfte zu.«

Ihre Blicke trafen sich.

»Schau, dir ist kalt und mir ...«, Zoe atmete laut aus, »... mir ist ehrlich gesagt nicht ganz wohl mit diesen ganzen Geräuschen.«

Helen drehte sich nun auf den Rücken und sah sie weiterhin an. »Mir ging es hier am Anfang ähnlich.«

»Das sagst du doch nur, um mich zu beruhigen.«

»Nein, wirklich. Aber ich verspreche dir, es wird dir nichts passieren. Ich habe doch die Gabeln zur Verteidigung.«

Zoe lächelte.

Helen betrachtete den Schlafsack. »Wäre das wirklich okay?«

Zoe nickte.

Helen stand auf und zog sich die Hose und den Pullover aus. Schnell sah Zoe in eine andere Richtung.

Helen legte sich vorsichtig auf die Couch und schob sachte ihre Füße in das Ende des Schlafsacks. Ihre Zehen streiften Zoes. Es kitzelte angenehm.

Helen rutschte näher, sodass sie nun beide vom Schlafsack bedeckt waren, und drapierte die Decke über ihnen.

Sie legten sich beide auf die Seite, da hob Helen noch mal den Kopf.

»Macht dir der Sturm sehr viel Angst?«

»Ich glaube schon.«

Helen neigte sich zu ihr und streckte ihre Hand nach hinten aus. »Magst du mir deine Hand geben?«

Zoe griff nach Helens Hand.

Sie nahm Zoes Finger zwischen ihre und zog sie nah an sich.

Zoes Arm lag nun auf ihrer Taille und unter ihren Fingern spürte sie Helens Bauch. Ihre nackten Beine berührten sich und die weiche Rundung von Helens Po schmiegten sich an ihre Hüfte.

Die Berührung durchströmte sie als warmes, einnehmendes Gefühl.

»Schlaf gut«, sagte Helen.

»Du auch.«

Helens Haar roch nach Schnee und Rauch.

Das wunderschöne Gefühl machte Zoes Muskeln leicht und all ihre Gedanken verflogen. Der Wind wurde zu den Geräuschen ihres Atems.

Sanft hielt Helen ihre Hand fest. »Ich bleibe wach, bist du eingeschlafen bist«, sagte sie.

»Es geht mir jetzt gut.«

»Trotzdem.« Sanft strich sie mit dem Daumen über ihren Handrücken.

Zoe schloss die Augen und spürte nur noch Helens Finger auf ihrer Haut.

Kapitel 7

Zoe erwachte von dem Knarzen der Dielen. Der Platz neben ihr war leer. Sie richtete sich auf. Der Wind war verstummt. Helen stand in der anderen Ecke des Raumes und kramte unter dem Schreibtisch.

Was macht sie da?

Schnell fuhr Zoe sich mit den Fingern durch die Haare, um sie etwas zu glätten und zupfte ihr Shirt zurecht. »Guten Morgen.«

Helen drehte den Kopf zu ihr und lächelte. Sie richtete sich auf und hielt triumphierend zwei Packungen in die Höhe. »Guten Morgen. Ich habe Frühstück gefunden.«

»Unter dem Tisch?«

Helen grinste und kam auf sie zu.

Zoe erkannte, dass sie eine Packung Knäckebrot und eine Salami in den Händen hielt.

»Ja. Also eher, in der Kammer darunter. Um die Kälte des Bodens zu nutzen und um Platz zu sparen, haben hier viele Holzhäuser diese Einbuchtungen. Ich lagere dort immer mal wieder eine Notration.«

Zoe pfiff anerkennend durch die Zähne.

»Dann hole ich mal mein Taschenmesser«, sagte Helen und legte das Essen auf die Kommode.

Zoe nutzte die Gelegenheit, um unter der Decke hervorzuschlüpfen und sich anzuziehen.

Helen hatte Kaffee aufgesetzt. Nun schnitt sie von der Salami einige Scheiben ab und legte je zwei Knäckebrote dazu.

Zoe stopfte den Schlafsack zurück in seine Hülle und räumte die Couch ganz frei. Gemeinsam schoben sie diese wieder zusammen. Helen holte den Hocker und platzierte darauf die Tassen und die Teller zwischen ihnen.

»Ich koche uns gerade noch mehr heißes Wasser auf, dann können wir uns gleich etwas frisch machen.«

Zoe blickte zu Helen, schaute demonstrativ lange auf ihre Haare und fuhr sich dann durch ihre eigenen. »Nicht nötig, ich fühle mich sehr wohl neben dir, so ganz zerzaust und unfrisiert.« Sie grinste.

»Sowas! Und ich habe die ganze Nacht wachgelegen, um zu überlegen, wie wir diesen Moment am Morgen vermeiden können.«

»Fühlst *du* dich etwa unwohl?«

Helens Blick wurde ernst. »Nein, im Gegenteil.«

Sie sahen sich an.

Helen durfte ihr keine Komplimente machen, denn sofort war dieses einnehmende Gefühl des gestrigen Abends wieder da. Zoe konnte so keinen klaren Gedanken fassen.

Sie biss ein großes Stück von ihrem Brot ab, um Helen nicht weiter ansehen zu müssen.

»Hast du gut geschlafen?«

Zoe nickte. »Behütet.«

»Ich möchte diesen verkorksten Ausflug wiedergutmachen und dir heute Nachmittag etwas zeigen.«

Zoe trank einen großen Schluck Kaffee und sah Helen wieder an. »Was denn?«

»Es ist eine Überraschung.«

»Ich würde mich gern darauf vorbereiten.«

Helen berührte ihren Unterarm und drückte ihn sanft, dann beugte sie sich zu ihr hinüber und flüsterte: »Du wirst das aushalten müssen. Man kann sich nicht immer auf alles vorbereiten.«

Ihr Gesicht war ihrem so nah. Die Berührung löste den Impuls aus, sie zu erwidern. Schnell verschränkte Zoe die Arme und straffte den Rücken. »Du beleidigst mein Berufsethos.«

Helen grinste. »Es wäre auch eher … ein Ausflug. Keine Arbeit für dich, schließlich ist Sonntag.«

Ein Ausflug? Nur sie beide und es ginge nicht um den Artikel?

»Ich bin nicht gut mit sowas.«

»Was meinst du?«

»Ach du weißt schon, mit solchen Verabredungen.« Sie setzte das letzte Wort mit einer Geste ihrer Hände in Anführungszeichen.

»Du meinst, es fällt dir schwer, einfach mit mir auszugehen?«

»Vielleicht. Aber, das liegt nicht an dir. Ich bin ständig unterwegs und treffe sehr viele Leute, aber da habe ich immer eine Aufgabe.«

»Ich denke, du unterschätzt dich. Ich mag deine Gesellschaft sehr.«

Zoe sprang auf. »Ich gehe mich nun frisch machen, und zwar mit kaltem Wasser! Schließlich sind wir hier mitten in der Natur. Da macht man das so.«

Sie drehte sich zur Tür.

»Hört, hört!« Helen lachte. Sie griff nach Zoes Arm und hielt sie zurück. »Willst du dich in den Schnee werfen und ihn so zum Schmelzen bringen, oder wo willst du flüssiges Wasser herbekommen?«

Jetzt musste auch Zoe lachen. »O Mann, ich und die Natur.«

Helen stand ebenfalls auf. »Ich packe in der Zeit schon mal alles weg.«

Als Zoe nach einer halben Stunde auf dem Squad hinter Helen saß, beruhigte sich ihr schneller Herzschlag kaum. Die Erinnerungen an die letzte Nacht kamen zurück. An Helens weiche Haut, die sie auf ihrer gespürt hatte und wie sie umgeben gewesen war von Helens herrlichem Duft.

Als sie an der Pension ankamen und sie von dem Squad stieg, fühlten sich ihre Beine an, als könnten sie Zoe kaum tragen.

»Ich hole dich um vierzehn Uhr ab.« Helen beugte sich zu ihr und umarmte Zoe viele Wimpernschläge lang. »Es war sehr schön«, sagte sie leise.

»Das finde ich auch.«

Lass mich doch einfach nie wieder los.

Helen löste sich langsam von ihr. »Bis später.«

Zoe sah Helen hinterher, bis diese um die Ecke gebogen war und wandte sich dann der Eingangstür zu. Sie würde erstmal duschen, um einen klaren Kopf zu bekommen. Das würde sicher helfen.

Sie eilte über den Flur, betrat ihr Zimmer und schloss die Tür. Durch die Fenster fiel das graue Licht des Vormittages. Sie wollte die Lampe anmachen, doch sie hielt inne. Eine Welle, die sie mit einem berauschenden Gefühl flutete, ergriff sie. Noch immer fühlte sie Helens Umarmung auf ihrem Rücken und den Armen.

Ihre Haut kribbelte und ihr wurde ganz warm. Das Gefühl wogte durch die Muskeln ihres Körpers und nahm sie ganz und gar ein. Sie wollte mehr davon.

Zoe wandte sich dem Bad zu, entledigte sich vor der Tür erst ihrer Schuhe und dann langsam von jedem weiteren Kleidungsstück. Sie befreite ihren Körper von der einengenden Hülle und schaute an sich hinunter, auf ihre helle Haut, den rundlichen Bauch und die oval förmigen Oberschenkel. Durch das Herumlaufen im Schnee schienen sie fester geworden zu sein.

Sie streckte ihre Arme in die Luft und dehnte die Muskeln. Wie schön es war, die Last der schweren Kleidung los zu sein.

Zoe atmete tief ein und meinte erneut, Helens Duft wahrzunehmen. Sie ließ die Arme sinken. Ein erregender Schauer erfasste sie.

Sie knipste das Licht des Badezimmerspiegels an und stieg in die kleine Duschwanne. Zoe zog die Türen zu, schob die Halterung mit dem Duschkopf nur wenige Zentimeter über sich in die Höhe und drehte den Hebel für das warme Wasser auf.

Sie zuckte zusammen, als die Wasserstrahlen auf ihre vom Wind gekühlte Stirn und Wangen trafen. Die Rinnsale liefen über ihren Hals, zwischen ihre Brüste, über den Bauch und ihre Beine.

Sie nahm etwas Duschgel und vermischte es so lange mit Wasser zwischen ihren Händen, bis ein kleiner Schaumberg entstanden war. Sanft verteilte sie ihn auf ihren Armen und dem Dekolleté. Weich floss der Schaum über ihre Haut und kitzelte die Stellen zwischen ihren Härchen auf den Armen, dann rann er zwischen ihre Beine.

Helens Gesicht tauchte aus ihrer Erinnerung auf. Sie sah die tanzenden Sommersprossen auf ihrer Nase und den Wangen sowie ihr verschmitztes Lächeln und hörte ihre sanfte Stimme ganz nah bei sich.

Dampf begann den Raum auszufüllen und ihn zu erwärmen. Ein feiner Wassertropfenfilm bedeckte ihre Haut. Sie schloss die Augen. Helens Silhouette erschien vor ihr.

Wie nah sie Helen schon gewesen war, ihrem aufregenden Körper, ihrer herrlich duftenden Haut, diesen schönen dunkelroten Lippen, den starken Händen und ihren wilden Locken.

Zoe verteilte sanft den restlichen Schaum auf ihren Schultern und den Oberarmen. Sie fuhr mit den Fingerspitzen zärtlich über ihre Haut.

Vor wenigen Stunden hatte Helen sie dort noch berührt.

In Zoes Bauch kribbelte es. Sie rief sich den Abend in Erinnerung. Helens Hände hatten auf ihren Schultern verweilt und ihre nackten Beine hatten sich berührt.

Zoe wanderte mit ihren Händen tiefer und streichelte ihre Hüfte. Zwischen ihren Beinen begann es zu pochen.

Sie sah Helens Hände, die erst zögerten und dann ihren Bauch berührten.

Zoe ließ den Kopf nach hinten gegen die Fliesen sinken. Der Wasserstrahl traf nun auf ihre Brustwarzen. Sie schob ihre Hand höher.

Helen berührte ihre Brust und knetete sie mit ihren starken Händen.

Zoe stöhnte auf. Sie hob ihren Zeigefinger und fuhr sanft über ihre Lippen.

Helens Mund berührte ihren.

Zoe umkreiste die Fingerspitze mit der Zunge und leckte darüber.

Wie würden Helens Berührungen sich anfühlen? Wäre sie zärtlich und behutsam oder eher fordernd?

Sie dachte an den Kuss und Helens weiche Lippen, die so sanft für viele Momente lang die ihren erkundet hatten.

Zoe rieb mit der kleinen Kuhle der Handinnenfläche über ihre Brustwarze und ließ die andere Hand sinken. Sachte spreizte sie ihre Beine und fuhr mit den Fingern durch ihre Schamhaare.

Ihr Atem ging schneller. Kleine elektrisierende Blitze schienen durch ihre Nervenbahnen zu fahren. Sie kniff die Augen noch fester zusammen, um sich auf ihre Erinnerungen konzentrieren zu können.

Helens Lächeln erschien erneut vor ihr und die geschwungenen Lippen, mit den feinen Fältchen darum, kamen ihr ganz nah. Plötzlich schien es nach frisch gefallenem Schnee und Kaminfeuer zu riechen.

Zoe schob die Hand zwischen ihre Beine. Sie presste die Füße fest auf den Boden.

Helen stand hinter ihr. Zoes Po schmiegte sich an ihre Hüfte. Helens Hand wanderte über ihren Bauch und dann tiefer.

»Nimm mich, Helen«, entfuhr es Zoe.

Die Bewegung ihrer Finger wurde schneller. Sie drehte sich vom Wasserstrahl weg und rieb die Schamlippen zwischen ihren Fingern. Sie sah Helens Hand unter ihrer, spürte ihren Atem in ihrem Nacken und die Lippen an ihrem Ohr.

Zoe, flüsterte Helen, *ich will dich.*

Zoe drang mit einem Finger in sich ein, gleichzeitig umfasste sie mit der anderen Hand die Duschstange und krallte sich daran fest.

Hitze flammte in ihrem Unterleib.

Zoe stöhnte auf. Sie presste die Lippen gegen ihre Armbeuge, um die Lautstärke zu dämpfen. Ihre Hüfte durchfuhr ein Zucken und eine Welle der Erregung packte ihren ganzen Körper.

Sie riss die Augen auf und blickte in schimmernde Dampfschwaden. Ihre Knie gaben nach und sie sackte nach unten. Gerade noch rechtzeitig bekam sie sich wieder unter Kontrolle und richtete sich auf.

Der Schweiß ihrer Haut vermischte sich mit den feinen Wassertropfen des Dampfes und hinterließ prickelnde Stelle an ihrem ganzen Körper. Ihr Brustkorb hob und senkte sich schnell. Die feuchte Luft ließ kaum Sauerstoff in ihre Lungen.

Zoe tastete nach dem Hebel und stellte das Wasser kühler. Sie neigte den Kopf unter den Strahl und ließ ihn über ihre erhitzte Haut fließen. Vorsichtig nahm sie eine andere Position zum Stehen ein und wartete, bis sich ihre Atmung beruhigt hatte.

Zoe wusch sich die Haare, stellte das Wasser ab und knotete das große Handtuch um ihre Hüfte. Sie öffnete das kleine Fenster im Bad und eilte dann zum Bett. Sie setzte sich hinein, streckte die Beine aus, zog die Decke darüber und ließ den Kopf gegen die Wand nach hinten sinken.

Helen. »Was machst du nur mit mir?«, flüsterte sie.

Ihre Wadenmuskeln zuckten. Erst nach einigen tiefen Atemzügen entspannten sie sich.

Ihre Schultern wurden schwerer und das Kribbeln in ihrem Bauch erfasste nun in sanften Wellen ihren ganzen Körper. Mit dem Zeigefinger fuhr sie über ihre erhitzte Haut, um dieses Gefühl so lange wie möglich zu halten.

Sie schloss die Augen und genoss, wie die Bilder aus ihrer Erinnerung und ihrer Fantasie sich vermengten. Sie würde einfach hier sitzen bleiben, bis Durst und Hunger sie aus dem Bett jagen würden.

~ ~ ~

Zoe wartete um vierzehn Uhr vor der Pension und beobachtete die kleinen Rauchwolken, die ihr Atem in der klirrenden Luft erzeugte. Es war erneut kälter geworden. Nach wenigen Minuten sah sie Helens Silhouette am Ende der Straße. Sie hatte einen der Huskys dabei. Sie hob die Hand und Zoe tat es ihr nach.

Zoe blickte Helen entgegen.

Nach dem Mittagessen war sie noch eine Stunde durch den Schnee gelaufen, um einen freien Kopf zu bekommen. Es hatte ein wenig geholfen, doch nun, da sie Helen wiedersah, keimte die Sehnsucht nach ihrer Nähe wieder auf.

Ihr Atem stieg ebenfalls als feiner Dampf empor. »Mann, ist das kalt. Hi!«

»Hi.«

Sie umarmten sich. Zoe passte sich Helens Berührung an. Sie war innig und Helen ließ sie einige Atemzüge lang nicht los.

Als sie sich voneinander lösten, streichelte Zoe dem Hund über den Kopf. Es war Armas.

»Sag mir bitte, dass wir irgendwo reingehen, wo es schön warm ist.«

»Schön, ja. Warm, leider nur bedingt.«

Sie liefen los.

»Also, wo gehen wir hin?« Zoe sah Helen nicht zu lange in die Augen. Würde ihr Blick sie verraten?

»Du magst wirklich keine Überraschungen, oder?«

»Doch, aber ich bin neugierig.«

»Das ist mir schon aufgefallen.«

»Ich muss das sein, von Berufs wegen.«

»Ich denke, diesen Grund schiebst du bloß vor. Vielleicht findest du mich einfach total interessant?«

Himmel, wenn du wüsstest.

Zoe schwieg.

Helen lächelte. »Vertrau mir, es wird dir bestimmt gefallen.«

Sie durchquerten einige kleine Straßen und trafen nach ungefähr zehn Minuten auf einen Platz, in dessen Mitte ein riesiger Tannenbaum stand. An die fünfzig Leute waren rundherum versammelt und schmückten ihn. Stetig kamen weitere dazu, stellten Kisten und Kartons ab, oder gaben einzelne Teile aus der Menge weiter. Aus allen Seitenstraßen kamen immer mehr Erwachsene und Kinder herbei und versammelten sich auf dem Platz, der von Büschen, Hecken und einzelnen Bäumen umrandet war.

Helen stellte sich nah neben sie, so dass sich ihre Schultern berührten. »Das ist unser alter Marktplatz. Vor über hundert

Jahren bildete er den Kern des Dorfes. An der Stelle, wo der Baum steht, gab es mal eine Kirche, doch sie wurde im Jahr 1912 durch einen Blitzeinschlag und das ausbrechende Feuer zerstört.« Helen deutete hinter den Baum. »Der Stadt fehlte das Geld, um sie wiederaufzubauen. Die Gemeinde wurde deshalb mit einer größeren zusammengelegt und die Weihnachtsmesse sollte somit in der Kirche dort stattfinden. Doch am Vormittag des Vierundzwanzigsten tauchte plötzlich eine Familie auf dem Platz auf und errichtete einen Tannenbaum vor den Trümmern der Kirche. Sie verteilten Kerzen auf den Resten der Mauern und die Kinder schmückten den Baum mit selbstgebastelten Sternen und Figuren. In Windeseile verbreitete sich diese Geschichte in der Stadt und immer mehr Menschen kamen hinzu und brachten Schmuck und Verpflegung mit.«

Helens Augen funkelten. »Am Abend traf eine große Gruppe aus der Nachbarstadt ein. Dreißig Mitglieder eines Chors stellten sich vor den Baum und begannen zu singen und der Prediger gab eine Messe unter freiem Himmel. Unsere Stadt hat mittlerweile an einer anderen Stelle eine neue Kirche, aber dieser besondere Tag wird weiter in Erinnerung gehalten. Jeden Sonntag vor Heiligabend gibt es seitdem dieses Fest.«

Zoe betrachtete den Platz genauer. Ein Feuerwehrwagen stand neben der Tanne und fuhr seine Leiter bis zur Spitze aus. Die zwei Männer, in dem daran befindlichen Korb, begannen eine Lichterkette um die Äste zu wickeln. Eine Gruppe Kinder rollte gemeinsam eine riesige Kugel durch den Schnee auf den Baum zu. Eine Frau schenkte ein rötliches, dampfendes Getränk aus einer Thermoskanne in Tassen ein, die sie in einem Korb mitgebracht hatte und reichte sie herum, während ein Mann neben ihr Gebäck verteilte.

Es roch nach Zimt und schmelzendem Schnee, nach Tannengrün und Kerzenrauch. Stimmengemurmel, Rufen und Lachen erfüllten den Platz.

Was für ein fröhlicher, bunter Ort.

Zoe ärgerte sich, dass sie keine Kamera dabeihatte.

»Gefällt es dir?«

»Ja, leider habe ich meine Kamera nicht dabei. Aber das Handy tut es auch ...« Zoe wollte es gerade aus ihrer Jackentasche ziehen, da legte Helen ihr die Hand auf den Arm.

»Denk mal ein paar Augenblicke nicht an die Arbeit.«

Zoe seufzte. »Es wären echt schöne Motive.«

Helen griff nach ihrer Hand. »Komm, ich lenke dich ab.«

Mit einem Ruck wurde Zoe nach vorn gezogen und stolperte hinter Helen her. Sie hatte anscheinend Angst, dass Zoe ihr entwischte, um Kamera und Block zu holen.

Helen bahnte ihnen dreien einen Weg durch die Menge, bis sie an dem Baum angekommen waren.

»*Sitt*, Armas!«

Helen griff in ihre Tasche und zog zwei Kugeln aus Holz, befestigt an goldenen Bändern, hervor. »Damit wir auch etwas beitragen können.« Sachte ließ sie eine der Kugeln in Zoes Handinnenfläche sinken. Sie war grün angemalt und mit glitzernden, roten Sternen verziert.

»Die sind toll. Hast du sie selbstgemacht?«

Helen nickte.

Zoe hätte die Kugel gern behalten, weil sie wusste, wie oft Helen sie berührt hatte.

Meine Güte, wie kann ich in diesem Moment bloß nur an mich denken? Erschrocken über ihren egoistischen Wunsch, streckte sie die Hand aus und wollte die Kugel schon an einen Ast hängen, da hielt Helen sie zurück. »Warte!« Sie rief in die Höhe. »Fendrik! Mischa!«

Die Männer in dem Korb der Leiter, der über ihren Köpfen schwebte, blickten hinunter.

»Hier unten ist kaum noch Platz. Könnt ihr die Kugeln weiter oben aufhängen? Aber bitte nebeneinander.«

Einer der Männer hob den Daumen und bediente die Steuerung der Leiter. Der Korb kam auf sie zu. Helen stellte sich auf die Zehenspitzen und gab ihnen die beiden Kugeln.

Sie fuhren einen halben Meter nach oben und zeigten auf einen der herausragenden Äste.

Helen sah Zoe fragend an und sie nickte.

Lächelnd streckte sie beide Daumen in die Höhe und die Männer streiften die Kugeln über die dicken Nadeln.

»Danke«, rief Helen, dann wandte sie sich wieder Zoe zu. »Morgen Nachmittag kommen die beiden wieder und verschenken den Schmuck. Vielen Leuten in der Stadt geht es nicht besonders gut und sie sind froh über diese kleine Gabe.«

Zoe betrachtete Helens Gesicht. Sie wirkte gelöst. Zoe mochte es, wie Helen von dieser besonderen Tradition erzählte, die ihr sehr wichtig zu sein schien. Ihre Stimme war ganz sanft und doch voller Stolz und Freude.

Plötzlich griff Helen erneut nach ihrer Hand und hielt die Leine von Armas ganz kurz. »Wir müssen ein Stück da rüber, zu der Hecke, hier wird es gleich sehr voll werden. Außerdem steht dort einer der Feuerkörbe. Der wärmt ein wenig.«

Zoe ließ sich mitziehen, bis sie neben der Hecke angekommen waren. Der entfernte Schnee des Platzes war hier aufgetürmt und plattgeklopft worden, so dass sie nun ein wenig erhöht standen und eine gute Sicht über die Menge hinweg hatten.

»Vor zehn Jahren hatten wir mal einen Bürgermeister, der aus diesem Tag ein kommerzielles Event machen wollte, mit Verkaufsständen und Eintrittsgeldern. Er scheiterte im Stadtrat und als er vor dem Baum mit einem Mikrofon auftrat, um trotzdem eine große Rede zu schwingen und für seine Sache zu werben, durchtrennte die Feuerwehr *aus Versehen* das Kabel.«

Helen grinste und auch Zoe musste lachen. Was für eine tolle Vorlage für eine Zeitungsschlagzeile. Sie wäre gern dabei gewesen.

»Heute sind auch einige Menschen aus den benachbarten Städten hier, weil sie diese Tradition sehr mögen. Die Chöre aus der Umgebung sprechen sich ab, wer im aktuellen Jahr auf dem Platz singen darf, damit jeder mal drankommt. Es soll bis zu dem Moment ein Geheimnis bleiben, aber meistens sickert vorher schon was durch. Ben, ein Kollege aus der Firma, hat mir verraten, dass ein Frauenchor, deren Mitglieder nur ältere Damen sind, aus Karasjok anreisen wird. Seine Tante singt dort mit. Er war so stolz, dass er es nicht für sich behalten konnte.«

Bunte Lichtpunkte glitzerten auf dem Schnee. Die Lichterkette des Baumes, der glänzende, angestrahlte Schmuck und das Flackern der Kerzen, die einige nun in den Händen hielten, ließen die Umgebung leuchten. Die Menschen lachten und wirkten alle so fröhlich wie Helen.

Diese neigte sich zu ihr. »Ich bin so gespannt, welches Lied sie singen werden. Viele Familie machen es zu ihrem Lied an den Weihnachtstagen. Wir werden es auch an Heiligabend singen. Das soll Glück bringen.«

In Zoes Kehle bildete sich ein dicker Kloß. Sie konnte nicht greifen, was sie gerade empfand. Sie mochte die Farben und die Stimmung. Es war schön, dieses Bild zu betrachten, doch ihre Gefühlslage veränderte sich nicht. Müsste sie nicht gerührt sein oder auf besondere Weise ergriffen? Sie sah Helen an, deren Blick hin- und her huschte, um möglichst viel erfassen zu können.

Zoe wäre in diesem Augenblick gerne gegangen. Vielleicht könnte sie sich eine Ausrede einfallen lassen. Eine vergessene E-Mail oder ein Telefonat. Sie beugte sich zu Helen, doch da ging plötzlich ein lautes Gemurmel durch die Menge. Eine Gruppe älterer Damen in wunderschönen türkisenen Hosenanzügen und mit blau-silbrigen Hüten bahnte sich ihren Weg zum Baum hindurch.

Einige aus der Menge klatschten und viele winkten.

Die Damen stellten sich in zwei Gruppen vor den Baum. Es dauerte noch einige Augenblicke, bis alle die Neuigkeit erfahren hatten und Stille einkehrte.

Jetzt wäre wirklich ein ungünstiger Zeitpunkt zu gehen. Zoe versuchte, der Unruhe in ihr keine Beachtung mehr zu schenken.

Eine der Damen trat aus der Gruppe hervor und sprach einige Worte auf Norwegisch.

Helen beugte sich zu Zoe und übersetzte flüsternd. »Der Frauenchor, die weiten Stimmen Karasjok, wünscht Ihnen, Ihren Familien und Freunden von Herzen ein gesegnetes Weihnachtsfest.«

Die Frau drehte sich um, hob beide Arme sachte in die Luft und eine der kleinsten Frauen begann zu singen. »*Oh Holy Night* ...«, die anderen stimmten mit ein. Der Gesang legte sich über den Platz. Einige stimmten mit ein.

Zoes ganzer Körper spannte sich an und sie rückte von Helen weg.

Helen sah zu ihr und betrachtete sie. »Ist alles okay?«, fragte sie leise.

»Ich ... kann nicht ... ich kann nicht hierbleiben.«

»Warum nicht?«

»Es fühlt sich nicht gut an, für mich. Es tut mir leid.«

Helen drehte sich ganz zu ihr. »Schließ die Augen.«

Zoe schüttelte den Kopf.

Helen überlegte für einen Moment, dann trat sie hinter Zoe. »Darf ich?«

Zoe wusste nicht, was sie vorhatte, doch sie nickte sachte.

Ganz langsam schob Helen ihre Hände über ihre Taille. Sanft legte sie ihre Arme um Zoe und die Hände auf ihren Bauch. Sie beugte sich ein kleines Stück über ihre Schulter. Ihr Gesicht war nun nah neben ihrem. »Schließ die Augen«, wiederholte sie.

Zoe zögerte. Dann kniff sie die Augen zusammen. Bunte Lichtpunkte tanzten auf ihrer Netzhaut. Aus der Ferne drangen dumpf die Stimmen des Chores zu ihr.

»Gib mir deine Hände«, sagte Helen und streifte sich ihre Handschuhe ab.

Zoe zog ihre ebenfalls aus, steckte sie in die Jackentaschen und schob ihre Hände unter Helens.

Es war gut, die Szenerie nicht mehr zu sehen. Zoe wurde bewusst, dass es ihr zu viel gewesen war. Wieso konnte sie sich nicht gehen lassen, in dieser schönen Situation? Und warum konnte sie Helens Freude nicht gleichermaßen empfinden, obwohl sie so liebevoll versucht hatte, ihr das alles näher zu bringen?

Sie drückte Helens Hände fester, denn ihre hatten begonnen zu zittern. Wut keimte in ihr auf. Wieso konnte sie nicht sein, wie all die anderen Menschen hier?

Helen spreizte ihre Finger und verwob sie mit Zoes.

Zoe stand stocksteif da. Sie wollte hier weg. Helens Umarmung hinderte sie daran. Doch plötzlich wurde ihr gewahr, dass, wenn sie es zuließ, es nur Helens Nähe gäbe in diesem Moment. Alles andere war weit weg. Sie könnte die Augen geschlossen halten und sich gegen Helens Körper sinken lassen.

Sie atmete ganz bewusst aus und ließ sich darauf ein.

Ihre Hände hörten auf zu zittern und die Anspannung ließ nach.

»Egal, was du gerade empfindest, es ist okay.«

»Nein, ist es nicht.« Ihre Stimme klang kratzig.

Helen legte ihr Kinn auf Zoes Schulter.

»Es berührt mich nicht auf die Art, wie dich und die anderen.«

»Jeder fühlt auf seine Art. Aber dein Blick auf alles um dich herum ist immer sehr besonders. Vielleicht ist dir das gar nicht bewusst.«

Zoe öffnete die Augen. »Wenn es um den Job geht, ist das vielleicht so.«

»Nein, das glaube ich nicht. Du achtest auf Details und Schönes um dich herum. Das habe ich auch beim Schnitzen gesehen. Vielleicht verlierst du manchmal den Kontakt dazu, aber es ist da.«

Zoes versteifte sich erneut. Doch Helen bewegte sachte ihre Finger und umarmte sie ein wenig fester. »Ich lasse dich damit nicht allein«, sagte sie leise. »Fang ganz klein ein, such dir etwas von all dem, was du besonders schön findest, und spüre dem nach in dir.«

Zoe schloss erneut die Augen. In ihrem Kopf wirbelten etliche Bilder durcheinander. Sie sah den Kerzenschein auf dem Schnee, die Tannenspitze hoch in der Luft und die dampfenden Teetassen zwischen den zahlreichen Händen. Doch dann wurde ein Bild immer deutlicher vor ihrem inneren Auge. Die beiden Kugeln, die Helen für sie gebastelt hatte. Sie sah ihr leuchtendes Rot mit den glitzernden Sternen darauf. Sie ähnelten dem Weihnachtsschmuck ihrer Großeltern.

Ihre Oma hatte alles gemocht, was glitzerte, vor allem kleine Kugeln in Apfelform. Diese waren immer das erste gewesen, was Zoe gesehen hatte, wenn sie mit dem Auto vor dem Haus ihrer Großeltern vorgefahren waren. Der Weihnachtsbaum hatte direkt am Wohnzimmerfenster gestanden und in Rot, Grün und Silber geglänzt.

Die Dosen mit dem Schmuck lagen nun bei ihren Eltern im Keller. Zoe hatte sie dort mal zufällig entdeckt. Ihre Eltern schmückten den Baum sehr schlicht und immer mit den Farben, die in dem Jahr in Mode waren, sowie mit einer Lichterkette, anstatt mit echten Kerzen.

Helens Körper war ganz entspannt. Plötzlich strich sie mit dem Zeigefinger über Zoes.

Die Berührung elektrisierte sie. Sofort war sie wieder im Hier und Jetzt und öffnete die Augen.

»Hi«, sagte Helen.

»Hi. Habe ich den ganzen Chor verpasst?«

»Ja.«

»Schade. Und bist du schon festgefroren?«

»Ja. Ist aber nicht schlimm.«

Zoe sah zur Seite und Helen neigte den Kopf, um sie ebenfalls ansehen zu können.

»Ist es besser?«

Zoe nickte und schaute auf ihre Hände. Helen strich immer noch mit ihrem Daumen über ihren Handrücken.

Helen ließ sie los. »Entschuldige, ich war wohl auch in Gedanken.«

Nein, das war sehr schön, wollte Zoe sagen, doch sie schwieg.

»Lass uns ein wenig spazieren gehen, dann wird uns wärmer.«

Zoe sollte zurück in die Pension gehen und weiterschreiben, aber sie konnte nicht von Helen weg. Zu sehr nagte die Sehnsucht nach ihrer Nähe in ihr. Ihr entfuhr ein leises »ja«.

»*Kom,* Armas.«

Sie verließen den Platz. Helen führte sie von den größeren Straßen weg, in ein Wohngebiet mit schmalen Häusern und kleinen Vorgärten.

Zoe schwieg, während alles in ihr in Aufruhr zu sein schien. Am liebsten hätte sie einfach nur gesagt: *Halt mich wieder fest und lass mich nicht mehr los.*

»Es tut mir leid, dass es dir heute nicht so gut geht. Mir geht es auch nicht besonders. Ich hatte heute Vormittag einen Streit mit meiner Mutter.«

»Was ist passiert?«

»Ich wollte einen Baum für die Feiertage holen, aber meine Mutter war dagegen. Mein Vater war sonst dafür zuständig. Er ist immer ganz allein in den Wald gefahren, um einen Baum auszusuchen, und hat uns jedes Mal mit seiner Auswahl überrascht. Sie hat gesagt, sie könne das nicht ohne ihn.« Helen starrte auf ihre Hände. »Mir wäre es wichtig gewesen, um ihn dadurch näher bei uns zu haben. Es tut uns gerade nicht gut, wenn wir uns sehen. Wir sind in unserer Trauer so unterschiedlich und geraten dadurch ständig aneinander, anstatt uns zu unterstützen.«

Zoe konnte verstehen, wie Helen sich fühlte. Mit ihren Eltern war es nach dem Tod ihres Opas und ihrer Oma oft ähnlich gewesen. Sie hätte weiterhin gern viel über die beiden geredet, während es ihren Eltern schwerfiel, über sie zu sprechen.

Helens Augen waren glasig. Sie wischte sich mit den Handrücken darüber.

Zoe strich ihr über den Oberarm. »Du bist ganz schön toll, weißt du das? Es geht dir selbst nicht gut und trotzdem bist du für mich da.«

Helen sah sie an. Für einen Moment schien es so, als wollte sie etwas sagen, doch dann lächelte sie nur.

Sie gingen weiter. Es war nun windstill und es schien, als spiegelte sich der glatte Schnee im dunkelblauen Himmel, denn er war von feinen, glitzernden Nuancen durchzogen.

Armas hielt sich dicht an Helens Seite. Hin und wieder streckte er die Nase in die Luft, doch genau wie sie beide, lief er geradeaus, ohne sich von etwas rechts und links des Weges ablenken zu lassen. Erst, als sie knapp zehn Minuten gelaufen und ein zweites Mal abgebogen waren, nahm er Abstand von ihnen und schnüffelte im Schnee.

»Heute scheint der Himmel heller zu sein«, sagte Zoe.

Helen blickte nach oben. »Du erkennst jetzt schon die feinen Unterschiede der Dunkelheit. Du hast eine gute Beobachtungsgabe. Vielleicht liegt sein Aussehen heute an dem besonderen Tag. Überall auf der Welt zünden Menschen Kerzen an und erleuchten ihre Fenster. Das muss doch auch Auswirkungen auf den Himmel haben, oder?«

Zoe ließ sich mit ihrer Schulter sanft gegen Helens fallen. »Du nimmst mich nicht ganz ernst, oder?«

»Doch, sehr sogar.«

Ihre Blicke trafen sich.

Zoe schaute erneut zum Himmel und lief langsamer. »Ich gehe in Deutschland kaum noch spazieren, vermutlich, weil ich unter der Woche ständig auf den Beinen bin. Es ist schön, hier draußen zu sein und sich vorzustellen, was in den Häusern ringsherum passiert. Fast kann ich diese besondere Energie spüren.«

Es ist erfüllend. Doch diesen Satz sprach Zoe nicht aus. Es war schön, mal abseits des ganzen Trubels zu sein. Ihre Eltern wollten sie jeden Advent zum Kaffee sehen und mindestens zwei der drei Feiertage mit ihr verbringen. Vielleicht hätte sie es in den letzten Jahren schon wagen sollen, die Vorweihnachtszeit und die Feiertage mitzugestalten. Doch sie hatte sich immer ihren Eltern angepasst, aus Rücksicht auf ihre Wünsche und Bedürfnisse.

Helen zeigte vor sich nach links. »Wenn wir gleich hier abbiegen, laufen wir durch ein sehenswertes Wohngebiet. In einer halben Stunde wären wir an meinem Haus. Zu deiner Pension bräuchten wir noch fünfzehn Minuten.«

Zoe fand es sehr schön, dass Helen so viel Zeit mit ihr verbringen wollte. »Ich würde mich freuen, wenn du es mir zeigst und wir anschließend zu dir gehen könnten.«

Helen nickte und ein Lächeln huschte über ihre Lippen.

Nach wenigen Minuten bogen sie in ein Vierteil ein, dass sich von denen, die Zoe bereits gesehen hatte, stark unterschied. Vor den Häusern gab es nicht nur sehr breite Bürgersteige, sondern auch großzügige Vorgärten.

Zoe blieb stehen. »Es sieht hier irgendwie ungewohnt aus. Ich meine, ganz anders als die anderen Straßen der Stadt, die ich bisher kenne.«

Helen stellte sich nah neben sie. Ihre Schultern berührten sich. Zoe meinte zu spüren, dass sie ruhiger geworden war. Ihre Körperhaltung war entspannter und ihr Blick ging nicht mehr nur starr geradeaus.

»Diese Geschichte wird deinem Journalistinnen-Herz gefallen.«

Zoe unterdrückte ein Lächeln. Es gefiel ihr, dass Helen sie einzuschätzen versuchte.

»Dieser Teil der Stadt ist der Versuch unseres jetzigen Bürgermeisters, noch mehr Leute von außerhalb anzulocken. Drammen wächst schnell, es profitiert von seiner Nähe zu Oslo. Die Neubauten entstanden lange nur vereinzelt neben den alten Häusern, oftmals im ähnlichen Stil. Doch er will hier nun einen neuen, modernen Stadtkern schaffen. Er senkte vor zwei Jahren die Preise des Baugrundes für die ersten dreißig Käufer. Zudem wurden hier ein Kindergarten und ein kleines Einkaufszentrum gebaut.«

»Geht sein Plan auf?«

»Nun ja, ich denke, sowas braucht seine Zeit und muss sich von selbst entwickeln. Viele Einwohner reagieren trotzig und meiden konsequent dieses Viertel. Sie treffen sich lieber weiterhin im alten Ortskern und setzen sich dort auf die morschen Bänke, anstatt auf die glänzenden neuen hier. Ich vermute, sie wollen sich die Teile ihrer Stadt nicht nehmen lassen, mit denen sie eigene Erinnerungen verbinden. Außerdem glaube ich, dass es nie gut ist, wenn andere einem erzählen wollen, wie sie ihr Zuhause wahrnehmen sollten. So etwas hat viel mit Traditionen und Geschichte zu tun. Die kann man nicht einfach mit neuen Ideen überpinseln.«

»Das ist wie mit Weihnachten«, rutschte es Zoe heraus.

»Wie meinst du das?«

Zoe ging langsam wieder los, um ihre Gedanken zu sammeln. »Das was du gerade über die Tradition deines Vaters erzählt hast, hat mich sehr berührt. Viele Rituale begleiten einen manchmal über Jahre und ich meine damit gar nicht nur innerhalb der Familie und bei solchen Festen. Man hat sowas ja auch mit Freunden oder mit Partnern im Alltag. Wenn man solche Rituale zu schätzen gelernt hat und plötzlich verändern sie sich oder fallen ganz weg, ist das sehr schwer zu akzeptieren.«

»Ja«, sagte Helen leise.

»Ich fand, es war eine sehr schöne Idee von dir, einen Baum besorgen zu wollen. Der Entschluss muss dir auch schwergefallen sein.«

»Das stimmt. Obwohl meine Mutter dagegen war, habe ich trotzdem einen geholt. Er steht nun bei mir im Wohnzimmer.«

»Ich freue mich darauf, ihn gleich zu sehen.«

Helen sagte nichts mehr, stattdessen rief sie nach Armas, der an einer beleuchteten Weihnachtsmannfigur schnüffelte. Er lief noch einmal um die Figur herum und kam dann zu ihnen gerannt.

Helen schaute einige Momente umher, bis sie einen Ast unter einem der Sträucher entdeckte. Sie hob ihn auf und warf ihn geradeaus.

Armas rannte los. Hinter ihm wirbelte der Schnee durch die Luft.

In den meisten Häusern brannte Licht und in den Fensterscheiben hing wunderschöner Schmuck aus Glas oder Papier. In allen Vorgärten standen leuchtende Figuren, die einen bunten Schimmer auf den Schnee warfen. Die Holzverkleidungen der Häuser waren in hellen Blau-, Gelb- und Rottönen gestrichen.

»Du musst die grauen Fassaden aus Deutschland sehr vermissen«, sagte Zoe und lächelte Helen zu.

Helen war in Gedanken versunken und blickte hoch. Sie betrachtete die Häuser, dann schmunzelte sie. »O ja und den Nieselregen erst.« Sie sah Zoe an. »Ist es für dich okay, an Heiligabend hier zu sein? Weihnachten ist schließlich eine besondere Zeit.«

»Ich werde den Tag mit dir verbringen. Das ist sehr schön.«

O Mann. Hatte sie das gerade wirklich gesagt?

»Ich hatte auch schon schlechtere Gesellschaft als dich.« Jetzt war es Helen, die sich leicht zur Seite beugte und Zoe sanft gegen die Schulter stieß.

»Da bin ich ja beruhigt.«

Helen hielt sie am Arm fest und sie blieben stehen. »Jetzt mal im Ernst. Ich bin sehr gern mit dir zusammen. Und das liegt nicht nur daran, weil du mir geduldig zuhörst.«

»Ich muss dir zuhören, ich bin Journalistin.«

»Ach, das hatte ich ganz vergessen.«

Zoe ging einen kleinen Schritt auf sie zu und lächelte. »Ich mag es, wenn du mir von Sachen erzählst, die dir wichtig sind.«

»Viele denken, ich sei egozentrisch. Die Art, ausführlich zu erzählen, habe ich von meinem Vater. Er hat mir immer eingebläut, wie wichtig es ist, mit Leidenschaft über Dinge zu berichten, denn nur so kann man andere inspirieren und ermutigen.«

»Alles, was mit Leidenschaft zu tun hat, ist etwas Gutes, davon gibt es überall schließlich zu wenig.«

Sie standen sich so nah gegenüber, Zoe müsste sich nur ein klein wenig nach vorn beugen und … plötzlich schlug ihr Herz schneller. Sie stapfte von einem Fuß auf den anderen und sagte »langsam wird es ein wenig kühl«, um diese Situation aufzulösen.

»Ja, lass uns weitergehen, es ist nicht mehr weit.«

Helen rief nach Armas und schweigend ließen sie das Wohngebiet hinter sich.

Zoe dachte über Helens Worte nach. Ja, sie konnte gut reden, aber meistens verriet sie dennoch wenig über sich. Vielleicht hätte Zoe einen anderen Eindruck von ihr gehabt, wenn sie durch die besonderen Umstände nicht gleich so viel Zeit miteinander verbracht hätten?

Als sie auf Helens Haus zuliefen, fing Armas an zu jaulen. Das Rudel antwortete ihm.

»Warte bitte kurz.« Helen ging neben das Haus, schloss das Törchen auf und ließ Armas zu den anderen.

Gemeinsam gingen sie zur Haustür. Helen öffnete und knipste drinnen das Licht an.

Der Raum war noch nicht ganz ausgekühlt. Im Ofen loderte ein letzter Holzscheit.

Helen schloss die Tür und zog ihre Jacke und die Schuhe aus. Zoe tat es ihr nach, dabei fiel ihr Blick auf den Baum, den Helen neben dem Schreibtisch aufgestellt hatte.

»Ich verschwinde eben im Bad.«

Helen nickte. »Magst du auch einen Kaffee?«

»Sehr gern.«

Zoe eilte ins Bad und machte sich frisch. Zurück im Wohnraum ging sie zu dem Baum. Er war nicht geschmückt. Auf dem Schreibtisch stand ein großes Holzkästchen mit vielen Fächern. Darin befanden sich verschiedene Anhänger aus Holz. Sie ähnelten denen, die Helen für den Tannenbaum auf dem Platz angefertigt hatte. Überwiegend waren es Kugeln mit wunderschönen Verzierungen, wie glitzernden Punkten oder strahlenden Sternen. Doch es gab auch Tannenzapfen und sogar zwei Rentiere aus Holz geschnitzt. Bei den meisten waren die unbemalten Stellen stark nachgedunkelt und hier und da war etwas Farbe abgesplittert.

Zoe wandte sich dem Baum zu. Seine Äste waren dicht und stark und seine Spitze ragte fast bis zur Decke. Sanft strich sie mit dem Zeigefinger über die Tannennadeln und atmete den intensiven Duft tief ein. Ihre Hände kribbelten und ihre Wangen brannten leicht, jetzt, da die Wärme durch ihre Kleidung drang.

Sie hörte Helens Schritte hinter sich. Zoe drehte sich um.

Helen reichte ihr eine der Tassen.

Zoe griff danach. »Vielen Dank.«

Helen stellte ihre auf dem Schreibtisch ab und schaute auf das Kästchen. »Meine Mutter hat mir die Sachen heute mitgegeben. Ich habe mich nicht getraut, sie aufzuhängen. Es ist alles so anders ohne ihn.« Nun senkte sie den Blick.

Zoe stellte ihre Tasse ebenfalls ab. »Mach nur das, was sich richtig für dich anfühlt. Es gibt in solchen Zeiten keine Regeln.«

Helen griff nach einer der Kugeln. Ihre Finger zitterten.

Zoe zog sie ihr sachte aus der Hand.

Helens Augen füllten sich mit Tränen. Sie drehte ihr Gesicht weg. »Ich kann nicht vor dir weinen.«

»Doch.« Zoe ging ganz nah auf sie zu und schob vorsichtig ihre Hände über ihre Taille. »Das ist okay«, sagte Zoe leise. »Du hast mich gerade aufgefangen. Lass das auch bei dir zu.«

Helen umschlang ihren Rücken, ließ ihre Stirn auf Zoes Schulter sinken und schluchzte leise auf.

Zoe drückte Helens zitternden Körper sanft an sich.

Helen umklammerte Zoes Pullover ganz fest, als suche sie Halt.

Sachte strich Zoe ihr über den Rücken. Eine Weile standen sie so da und mit jedem Atemzug wurde Helens Körper entspannter.

»Ich fühle mich sicher bei dir«, sagte Helen. Sie löste sich etwas, drückte mit einer Hand ganz sanft Zoes Gesicht in ihre Richtung und gab ihr einen Kuss auf die Wange. »Danke, für dieses Gefühl.«

Zoes Wange glühte. Sie versuchte zu lächeln. »Ich bewundere es sehr, wie stark du die ganze Zeit bist. Du übernimmst diese ganze Verantwortung und bist für eure Leute da, obwohl du sehr traurig bist. Deine Rede auf der Betriebsfeier war sehr ergreifend. Gut, ich habe kein Wort verstanden ...«, Helen lachte, »... aber alle waren dir sehr zugewandt. Du machst das alles wirklich toll.«

Zoe ging einen kleinen Schritt zurück.

Helen wischte sich mit den Handrücken über die Wangen. »Es ist sehr lieb, dass du das sagst, aber viele denken anders über mich. Ich weiß, dass sie alles, was ich tue, genau beobachten und bewerten. Sie trauen mir die ganze Sache nicht zu und vermutlich haben sie recht. Ich bin keine Geschäftsfrau. Ich ticke nicht so wie mein Vater oder mein Opa.«

»Nur weil man eine andere Art hat, an Dinge heranzugehen, muss das nichts Schlechtes sein. Das Ergebnis ist schließlich wichtig und nicht der Weg dorthin.«

Helen griff nach ihrer Hand und drückte sie. »Wie schön, dass du hier bist.« Sie strich mit ihrem Daumen über ihren Handrücken.

Himmel. Wie gern würde Zoe diese Berührung erwidern.

Ein Bild aus ihrer Fantasie blitzte einen Augenblick lang auf, wie sie Helens Arm mit ihren Fingern hinauffuhr und ihr dabei wieder näherkam.

Zoe zog erschrocken ihre Hände weg.

Helen zuckte zusammen. »Entschuldige, ich war in Gedanken.«

»Nein ... schon gut ... ich ...«

Helen lächelte sie an. »Ich gehe kurz mal ins Bad. Würdest du den Baum für mich schmücken?«

Diese Ablenkung war jetzt gut. Zoe nickte.

Helen drehte sich um und verließ den Raum.

Bewusst atmete Zoe einige Male tief durch. Warum hatte sie bloß ihre Hände weggezogen? Jetzt dachte Helen sicher, dass ihr diese Berührung unangenehm gewesen war.

Sachte hob sie eine Kugel aus der Schachtel und streifte das Band über einen der Äste. Aus einigen Schritten Entfernung, inspizierte sie den Baum genauer und hängte die Kugeln und

Figuren dort auf, wo sie ungleichmäßige Abstände zwischen den Zweigen entdecken konnte.

Als sie fertig war, trank sie ihren Kaffee in kleinen Schlucken und stellte sich vor, wie ihre Familie übermorgen im Wohnzimmer sitzen würde. Vielleicht tat es allen gut, dass sie mal nicht dabei war und die Alleinunterhalterin für den Mann ihrer Schwester spielte.

Sie hörte Helen hinter sich die Tür öffnen. Helen blieb nah neben ihr stehen. »Er sieht toll aus.« Ihre Stimme klang wieder fest. »Ich danke dir.«

»Ich danke dir, dass du ihn mir anvertraut hast.« Zoe lächelte.

»Du schuldest mir noch einen Tanz.«

»Ist das so?«

»Ich war am Freitag tatsächlich ziemlich enttäuscht, als du Miranda zum Tanzen aufgefordert hast und nicht mich.«

»Wir hatten etwas zu besprechen.«

»Ach ja?« Helen stemmte die Hände auf die Taille und legte den Kopf schief.

»Du weißt schon, geschäftlichen Kram.«

»Also habt ihr über mich geredet?«

»Interessante Verknüpfung, die du da ziehst. Ja, ein wenig haben wir auch über dich geredet.«

Helen ließ die Arme wieder sinken. »Dann wird das Gespräch nicht sehr schön gewesen sein. Das Verhältnis zwischen mir und Miranda ist ein wenig abgekühlt.«

»Das … ist schade.«

»Ja. Aber manchmal lernt man einen Menschen besser kennen und merkt, dass man ihn falsch eingeschätzt hat.«

»Mir passiert das leider häufig«, sagte Zoe.

»Mit mir hoffentlich nicht.« Helen lächelte sanft.

»Nun ja, sehr lange kennen wir uns ja noch nicht.«

»Mir scheint es, als seist du schon Wochen hier.«

Interessant, dass Helen dieses Gefühl ebenfalls hatte. »Das kommt dir bloß so vor, weil du mir viel erzählen musst.«

»Am Anfang war das vielleicht ein Muss, aber ich bin sehr gern mit dir zusammen.«

»Dann können wir ja auch reden, anstatt zu tanzen.«

»Willst du dich drücken?«

Ja, das will ich. »Es läuft keine Musik.«

»Ich denke, wir könnten das auch ohne. Traust du dich?«

Helen wusste leider, womit sie Zoe ködern konnte. »Natürlich! Meine Hip-Hop-Schritte sind bloß ein wenig eingerostet.«

Helen stellte sich vor sie und streckte die Arme aus. »Deswegen nehmen wir den Walzer. Ich führe.«

Zoe legte eine Hand auf Helens Oberarm und Helen schob eine Hand über ihr Schulterblatt. Zoe griff nach Helens Hand und umschloss sie.

Helens Griff war vorsichtig. Zaghaft lächelte sie ihr zu. »Okay?«

Zoe nickte.

Helen begann sich zu bewegen und Zoe folgte ihren Schritten. Im Kopf summte sie den Takt eines Walzers. Die Wärme von Helens Fingern drang zu ihren.

Dadidadadamdamdam.

Helen lächelte. Eine ihrer Locken rutschte ihr vor die Augen. Keck pustete sie diese nach hinten.

Sie tanzten Richtung Sofa und machten ein paar Drehungen.

»In Norwegen bringt es Glück, wenn man zur Weihnachtszeit tanzt.«

Zoe schmunzelte. »Bloß deswegen mache ich es.«

Helen nahm ein wenig Schwung, zog sie dann näher an sich und stoppte. »Nur deswegen?«

Zoe versank in ihrem liebevollen Blick. »Vielleicht will ich auch vor dir angeben.«

»Du beeindruckst mich auch so.«

Tat sie das? Ihr Herz klopfte bis zum Hals.

Helen sah ihr in die Augen. Viele Sekunden lang. Dann wanderte ihr Blick über ihre Stirn, ihre Wangen und ihren Mund.

Es war, als hinterließe dieser Blick eine zart kribbelnde Spur auf ihrer Haut. Zoe traute sich und ließ ihren Blick ebenfalls schweifen, hin zu Helens Schultern und dorthin wo der Ausschnitt des Pullovers ein kleines Stück hinuntergerutscht war und sie den Ansatz ihres Schlüsselbeins erkennen konnte. Die Haut ihres Dekolletés war ebenfalls mit Sommersprossen gesprenkelt. Ob sie im Sommer draußen an ihrer Hütte saß und schnitzte?

Ein Bild von Helens nackten Armen im Sonnenlicht tauchte vor ihrem inneren Auge auf.

»Tanzen oder stehen wir?«, fragte Helen.

»Ich weiß es nicht.«

»Ich glaube, mir ist ein wenig schwindelig.«

»Mir auch.«

Helen hob ihre Hand, nahm eine Strähne von Zoes Haar zwischen ihre Finger und schob sie hinter ihr Ohr. »Ich wünschte mir, dass wir nicht an morgen denken müssten.« Ihre Stimme war leiser geworden.

»Was wäre, wenn wir es nicht tun?«

Helen griff nach Zoes Hand. »Was wäre dann?«

Behutsam hob Zoe ihre Finger und fuhr zwischen Helens.

Helen blickte hinunter und strich langsam mit dem Daumen über Zoes.

Trau dich jetzt. »Ich mag deine Hände so gern. Ich könnte dir beim Schnitzen Stunden lang zusehen.«

»Und ich mag dein Lächeln. Du lächelst oft, das finde ich schön.«

Ein Schauer fuhr über ihren Körper.

»Ich will dich küssen …«, sagte Helen leise »… und diesmal den Mut haben, nicht aufzuhören.«

Zoe nickte.

Helen ließ ihre Hand sinken, beugte sich vor und gab ihr einen sanften Kuss. Ihre Lippen legten sich zärtlich auf ihre. Alles um sie herum schien wie ein Wasserfall nach unten zu stürzen. Die Bilder der Umgebung verschwammen.

Helen zog ihren Kopf zurück, doch Zoe folgte ihrer Bewegung und küsste ihren wunderschönen Mund erneut.

Liebevoll fuhr Helen mit den Händen über ihre Wangen und durch ihr Haar. Ihre Fingerspitzen streiften ihre Kopfhaut.

Zoe öffnete leicht ihre Lippen und Helens Zungenspitze berührte ihre.

Für einen Moment schienen ihr die Knie wegzusacken. Sie griff nach Helens Taille und zog sie an sich.

Helen ließ sich gegen Zoes Körper sinken und umschlang ihren Rücken. Ihre Hüften berührten sich.

Mit zwei Fingern streifte Helen den Bund ihrer Jeans. »Ich will deine Haut spüren.«

Zoe griff hinter dem Rücken nach ihrer Hand und schob sie sachte unter den Saum ihres Pullovers. »Du bist da schon ganz richtig.«

Helen lächelte, fuhr unter ihr Shirt und glitt mit den Fingerspitzen über ihren Rücken. Sie neigte ihren Kopf und küsste Zoes Hals an der Stelle, an der sie ihren Pulsschlag wahrnahm. Der Druck ihrer Lippen, raubte Zoe für einen Moment den Atem. Sie stöhnte leise auf.

Helen fuhr mit der Zunge über die empfindliche Stelle.

Erregung wogte durch ihren Körper. Abrupt löste sie sich von Helen, griff nach ihrem Shirt und Pullover und zog sie sich über den Kopf. Als sie wieder etwas sah, war Helens Oberkörper ebenfalls fast nackt.

Ihre Kleidung landete auf dem Boden.

Helen streckte die Hand aus und sie griff danach. Sie führte Zoe ins Schlafzimmer, machte das Licht an und stellte sich nah vor sie. Helen hob ihre Hand und fuhr mit dem Zeigefinger zwischen ihren Brüsten entlang, über ihren Bauchnabel, bis zum Bund ihrer Jeans und öffnete den Knopf. Plötzlich verharrte sie.

Zoe öffnete den Knopf von Helens Jeans und zog den Reißverschluss nach unten. Ihre Fingerspitzen streiften ihren Slip.

»Mach bitte weiter, ich traue mich gerade nicht«, sagte Helen.

»Gut, dass es nicht nur mir so geht.«

Sie schauten sich an und lachten.

»Wir könnten einfach hier stehen bleiben«, sagte Zoe.

»Ich glaube, das ist mir zu wenig.«

Zoe glitt mit ihrer Hand über Helens und öffnete den Reißverschluss ihrer eigenen Jeans. »Ich mache hier mal weiter.«

»Gut, meinen Part dürfte ich auch schaffen.« Sie grinste.

Eilig zogen sie ihre restlichen Klamotten aus.

Helen schlüpfte unter die Decke, legte sich auf die Seite und Zoe kuschelte sich daneben.

Ihre Knie berührten sich.

Helen stützte ihren Kopf auf die Hand. »Hi.«

»Hi.« Zoe gab Helen einen Kuss.

Helen streichelte ihre Schulter und wanderte über ihren Arm zu ihrem Bauch. Ihre Finger streiften den feinen Haarstreifen unterhalb ihres Bauchnabels.

Zoe bekam eine Gänsehaut. Sie drückte ihr Knie leicht nach vorn und schob es zwischen Helens Beine.

Helen griff danach und zog es ganz nah an sich heran. Zoe spürte Helens heiße, feuchte Mitte.

Langsam beugte Helen sich nach unten, wanderte mit der Zungenspitze zwischen ihrem Busen entlang und nahm eine ihrer Brustwarzen zwischen ihre Lippen. Sie saugte daran.

Zoe durchfuhr ein Zucken. Sie strich über Helens Rücken.

Helen fuhr mit den Fingern zwischen Zoes Beine, durch ihre Härchen hindurch, zu ihren Schamlippen und berührte diese sanft.

Zoe stöhnte auf.

Mit den Zähnen rieb Helen zart über ihre Brustwarze.

»Himmel, ja!«, entfuhr es Zoe. Sie griff nach Helens Pobacken und drückte ihren Körper näher zu sich.

Helen schob sich über ihren Oberschenkel. Sie fing an, sich zu bewegen und ihre geschwollenen Schamlippen an ihr zu reiben.

Zoe fuhr mit einem Finger zwischen ihre Pobacken.

Helen hob den Kopf, ließ ihn auf ihren angewinkelten Arm sinken und schloss die Augen.

Sanft streichelte Helen ihre Schamlippen. »Wo magst du es?«, flüsterte sie.

Zoe schob ihre Hand über Helens und ihre Finger an die richtige Stelle. »Da«, dann wanderte sie mit ihrer Hand zurück zu Helens Po.

Zoe begann, ihre Hüften stärker zu bewegen. Helens Finger rieben über die elektrisierende Stelle zwischen ihren Beinen.

Auf Helens Haut bildete sich ein Schweißfilm. Sie roch nach Salz, Eiskristallen und Kaminfeuer.

Zoe rutschte näher. Sie wollte noch mehr von diesem Duft und der Hitze, die zwischen ihren Körpern flimmerte.

Helen stöhnte. Sie flüsterte ihren Namen.

Zoes Blick verschwamm. Ein Schauer der Erregung packte ihren Körper. Ihr wurde heiß.

Helen drang mit zwei Fingern in sie ein und bewegte diese sachte.

»Ja, Helen. Ja.«

Zoe drehte ihr Gesicht Richtung Kopfkissen und stöhnte laut auf. Elektrisierende Wellen durchströmten sie. Ein Zucken durchfuhr ihren Körper. Sie kam mit einem Aufschrei.

Helen zog ihre Hand nach oben, griff in Zoes Kniekehle und drückte ihr Bein noch näher zu sich.

Ihre Körper rieben aneinander. Helens Haut glühte. Zoe streichelte Helens Po. Sie hatte die Augen geschlossen. Helen stöhnte lauter, bäumte sich auf und sank dann wieder nach hinten.

Zoe wollte ihr Bein wegziehen, doch Helen hielt es fest.

Sachte bewegte sie ihren Körper und rieb ihre Haut über Zoes. Sie öffnete ihre Augen, hob den Kopf an, küsste Zoes Schulter und wanderte erneut zu ihrem Hals.

Zoe neigte den Kopf zur Seite, damit sie mehr Platz hatte.

Zärtlich saugte Helen an der Stelle zwischen Schulter und Ohr.

Kurz nahm es Zoe die Luft.

»Ich glaube, das wird ein Knutschfleck.«

»Ich glaube, ich finde das gut.«

»Gib mir auch die andere Seite.«

Zoe lachte. »Ich mag es, wenn du fordernd bist.«

»Ach ja?«

Zoe gab ihr einen Kuss. »Ja.«

Ausführlich betrachtete Zoe die weichen Gesichtszüge. Sie streckte ihren Arm aus und fuhr mit dem Zeigefinger über Helens Augenbrauen, die Nase und den Mund.

Helen küsste ihren Finger. Sie nahm sie einzeln zwischen die Lippen und fuhr mit den Zähnen an ihren Gliedern entlang.

Ein Schauer packte ihren Körper. »Ich verfalle dir noch ganz und gar.«

Helen blickte sie an und löste sich von ihr.

Verdammt. Warum habe ich das gesagt?

Wie sollten sie nun überhaupt zu einem normalen Umgang zurückkehren, nachdem, was zwischen ihnen geschehen war?

Helens Blick schien durch sie hindurchzugehen. Ob sie über etwas ähnliches nachdachte? Plötzlich streckte sie den Arm aus.

Zoe kuschelte sich an ihre Schulter. Helen gab ihr einen Kuss auf die Stirn und streichelte ihren Arm. Zoe schloss die Augen. Helen strich weiterhin sanft über ihre Haut und ihr Gedankenstrom versiegte.

Nach einiger Zeit grummelte plötzlich ihr Magen. Zoe öffnete die Augen und blickte Helen an. »Ich habe gerade wohl zu viele Kohlenhydrate verbraucht.«

Helen legte den Kopf schief. »Hunger?«

Zoe nickte.

Helen beugte sich zu ihr und gab ihr einen Kuss auf den Mund. »Darauf?«

Zoe lächelte. »Auch, aber es dürfen schon ein paar Kalorien mehr sein.«

Helen überlegte einen Moment. »Ich könnte uns ein wenig Gemüse und Toast in die Pfanne werfen.«

»Das wäre toll.«

Helen lächelte. »Zimmerservice kommt sofort.« Sie schwang sich aus dem Bett, nahm ein paar Klamotten aus dem Schrank, zog diese über und eilte aus dem Raum.

Zoe drehte sich auf den Rücken und schob ihre Armbeuge über ihre Augen. Ihre Haut roch nach Lust, Salz und Helens Duft.

Nicht an morgen denken.

Konnte sie das? Einfach diese Situation mit Helen genießen und dann morgen aufstehen und so tun, als sei nichts gewesen? Und wie dachte Helen über sie beide? Zoe war nicht mehr lange hier. Sie hatte einen Auftrag zu erfüllen. War es also ganz klar einfach eine einmalige Sache gewesen? Ein wenig Spaß zwischen zwei Frauen, deren Wege sich bald wieder trennen würden?

Zoe setzte sich auf, lehnte sich nach hinten und zog die Decke bis zum Kinn. Sie hatte Helen bereits bei ihrer ersten Begegnung anziehend gefunden. Sie mochte Helen. Nein, sie mochte sie sehr. Aber wie so oft im Leben, war dies wohl eine flüchtige Bekanntschaft. Eine Begegnung zur falschen Zeit und am falschen Ort.

Zoe zog die Knie an ihren Körper und ließ ihre Stirn dagegen sinken.

Helens Nähe war so wunderschön. Ihre Küsse trafen sie tief in ihrer Bauchmitte und es war noch viel mehr. Zoe verbrachte unheimlich gern Zeit mit ihr. Sie mochte ihre Einstellung und ihre Sicht auf das Besondere um sie herum.

Konnte sie sich nicht einfach darüber freuen, Helen kennengelernt zu haben und den Moment genießen? War ihr das genug?

Und wenn sie versuchen würden, den Kontakt zu halten? Doch wie sollte das gehen? Sie hatte schon einige ihrer Freunde verloren, weil sie es wegen der zu großen Distanz zwischen ihnen nicht geschafft hatten, einander auf die gleiche Art zu vertrauen wie zu der Zeit, als sie sich noch regelmäßig gesehen hatten. Sie konnte sich keine regelmäßigen Flüge nach Norwegen leisten. Erst recht nicht, wenn sie es nicht schaffen würde, einen überzeugenden Artikel abzuliefern, und sie vielleicht ihren Job verlor.

Helen arbeitete zudem auch so viel. Würde sie ihre kostbare Zeit in sie beide investieren wollen? Und wie sollte Zoe das alles vor ihr ansprechen, ohne sich komplett lächerlich zu machen?

Helen hatte gesagt, sie sollten nicht an morgen denken, und sie hatte sich darauf eingelassen. Es war passiert und nun war es ihre Pflicht, sich wieder dem zuwenden, was für ihre Zukunft wirklich wichtig war.

Die Tür knarrte.

Zoe versuchte ein Lächeln, als Helen mit einem Tablett auf sie zukam. Sie stellte es vorsichtig auf dem Bett ab, ging zu dem Schrank und reichte Zoe ein Shirt und einen Slip.

»Danke.« Sie zog die Sachen über.

»Ist es für dich okay, hier zu essen?«

Zoe nickte, versuchte bewusst zu atmen und den wirbelnden Gedanken nicht mehr zu viel Aufmerksamkeit zu schenken.

Helen sah zum Fernseher, der auf einem rollbaren Schränkchen an der Wand gegenüberstand. »Wir könnte dabei fernsehen. Es laufen ganz schöne Weihnachtsshows. Gut, sie sind alle auf Norwegisch, aber ...«

»Das ist eine gute Idee.«

Helen schob den Fernseher in die Nähe des Bettes und machte ihn an. Ihre Bewegungen waren fahrig. Sie schien ebenfalls durcheinander zu sein.

Sie kletterte vorsichtig auf ihre Seite des Bettes und stellte das Tablett zwischen sie.

Auf den Tellern befand sich eine Mischung aus kleingeschnittenem, angeröstetem Brot, Fenchel und Mais.

»Lass es dir schmecken.«

»Danke.«

Während sie aßen, zappte Helen durch die Programme. Sie entschieden sich für eine Show, mit musikalischen Beiträgen und

Spielen. Helen erklärte ihr die Regeln und übersetzte immer wieder die Momente, wenn das Publikum lachte oder applaudierte.

Als sie fertig waren, räumte Helen das Tablett ab. Sie kam zurück und blieb mit einem halben Meter Abstand vor dem Bett stehen. Sie sahen sich an.

»Sollen wir einfach hier weiterschauen?« Sie wollte Helen nah bei sich haben und sie festhalten. Vielleicht versiegten dann ihre viele Fragen, oder vielleicht bekäme sie immerhin etwas Ordnung in ihre chaotischen Gedanken.

»Gern.«

Helen schlüpfte unter die Decke und stopfte das Kissen nach hinten, dann hob sie den Arm.

Zoe kuschelte sich an ihre Schulter und legte eine Hand auf ihren Bauch.

Helen griff danach und verwob ihre Finger mit Zoes. Mit der anderen Hand streichelte sie ihren Oberarm.

Ich nehme diesen Moment in mir auf. Ihren Duft. Die Wärme ihrer Haut. Das Geräusch ihres Atems. Es ist alles okay, wie es ist. Zoe schloss die Augen. Helens Bauch hob und senkte sich beim Ein- und Ausatmen. Ihr Atem kitzelte ihre Stirn. An ihrer Wange fühlte sie den Knochen ihres Schlüsselbeins. Es war bequem an ihrer muskulösen Schulter. Ihre Ex-Freundinnen hatten es immer langweilig gefunden, lange so mit ihr zu liegen. Helen schien das zu mögen. Sie streichelte sie sehr bewusst und erkundete sanft mit ihren Fingern die Ebenheiten ihrer Haut.

Alles war wunderschön mit Helen.

Verliebe dich nicht.

Zoe riss die Augen auf.

Nein.

Wo kam dieser Gedanke her? Ein Gedanke oder ein Gefühl?

Helen schaute zu ihr hinunter. »Ist alles okay?«

Zoe nickte.

Nein, gar nichts ist okay.

Helen sah sie nachdenklich an, dann löste sie sich von ihr. »Zoe, ich … ich muss leider noch mal los.«

»Bist du verabredet?«

»Die Hunde brauchen Auslauf. Ich war gestern schon nicht hier und habe sie vernachlässigt. Es wäre schön, wenn du hierbleibst. Wenn ich wiederkomme ... reden wir? Ich brauche nur etwa eineinhalb Stunden.«

Zoe kam es vor, als müsse Helen raus, weil ihr das hier gerade zu viel wurde.

»Ja, in Ordnung.«

»Wenn du noch was brauchst, geh einfach an den Kühlschrank.«

Zoe nickte.

Helen wollte sich zu ihr beugen, doch sie stoppte in der Bewegung und drückte kurz ihre Hand. Sie holte dicke Sachen aus dem Schrank, zog sich an und lächelte ihr zu. »Bis gleich.«

»Bis gleich.«

Helen schloss die Schlafzimmertür und Zoe hörte, wie sie das Haus verließ.

Sie lehnte sich nach hinten und ihr Herz begann zu rasen. War das ein Fehler gewesen? Bereute Helen es?

Zoe stand auf, zog sich an, holte ihren Pullover und das Shirt und ging in die Küche. Sie nahm ein Glas aus dem Schrank und befüllte es mit Wasser. Ihre Bewegungen waren fahrig. Sie drehte sich um, lehnte sich an den Schrank, trank einige große Schlucke und ließ den Blick durch den Raum schweifen.

Das Feuer knisterte im Kamin und warf tanzende, orangene Schatten auf den Fußboden. Ein feiner Hauch von Helens Duft lag in der Luft.

Zoe schloss die Augen.

Könnte sich zwischen ihr und Helen mehr entwickeln, wenn sie den Kontakt nach ihrer Abreise aufrechterhalten würden? Wäre es möglich, Helen regelmäßig zu besuchen? Zoe hatte sehr oft Termine am Wochenende und ihre Ersparnisse waren knapp.

Tun wir so, als gäbe es kein Morgen.

Eine Schwere legte sich auf ihren Körper. War es für Helen eine einmalige Sache gewesen?

Sie stellte das Glas ab, ging durch den Raum und betrachtete jedes Möbelstück.

In drei Tagen reiste sie ab, dann würde sie das alles hier nie wiedersehen. Der Gedanke schoss wie eine Faust in ihren Magen.

Sie stützte sich auf dem Schreibtisch ab. Ihre Hand lag auf einigen der Skizzenblätter. Der Tisch war überdeckt mit Zeichnungen von Figuren. Zoe fuhr mit der Spitze ihres Zeigefingers darüber, als könne ihr dieser Kontakt zu etwas, mit dem Helen sich so intensiv beschäftigt hatte, ein wenig Halt geben.

Ihr Blick fiel auf das Regal. Es ging fast bis unter die Decke. Helen hatte ihr bei ihrer ersten Begegnung erzählt, dass sie ein eigenes kleines Firmenarchiv aufgebaut hatte. Welche Unterlagen sich wohl darin befanden? Fast alle Ordnerrücken waren etikettiert und auf einigen erkannte sie Helens Handschrift, die sie bei ihrem ersten Treffen bereits gesehen hatte.

Zoe betrachtete jeden Ordner genau. Etwas fehlte ihr an diesem Bild. Hatte Helen nicht erzählt, dass sie momentan viele Unterlagen ihres Vaters sichtete? Wären hier nicht auch Ordner mit seiner Handschrift dabei? Oder hatte Helen diese in der Firma?

Zoe sah sich weiter um. Bereits bei ihrem ersten Besuch war ihr aufgefallen, wie wenig Stauraum es hier gab.

Stauraum.

Das Wort rührte an eine Erinnerung. Sie sah Helen vor sich, wie sie in der Hütte am Wald unter dem Schreibtisch hervorgekommen war.

Zoe zog den Stuhl nach hinten und ging in die Hocke. Im Fußboden waren feine Einkerbungen zu erkennen und in der Mitte entdeckte sie einen dunklen Messinggriff. Dieser war kaum sichtbar auf dem dunklen Holz. Auch hier schien es also eine Kammer zu geben.

Zoe stand auf.

Konnte sie wirklich hineinsehen?

Sie musste. Wenn sie diesem Impuls jetzt nicht nachgab, könnte es sein, dass sie eine Chance verstreichen ließ, um noch mehr über Georg zu erfahren.

Zoe zögerte einige Augenblicke, doch dann setzte sie sich auf den Boden und zog an dem Griff. Die Falltür ging auf und Zoe blickte in eine knapp ein Meter tiefe Einbuchtung. Zwei Kisten aus Plastik waren darin aufeinandergestapelt. Zoe hob sie heraus. Sie waren sehr schwer. Sachte öffnete sie beide Deckel und erblickte Ordner und Papierstapel.

Auf den Ordnern standen Jahreszahlen. Sie waren in Sütterlin geschrieben, krakelig und verschnörkelt. Sie stammten aus den 70er und 80er Jahren. Zoe hob alle Ordner an. Der aus dem Jahr 1989 war leer.

Das Jahr des Unglücks.

Zoe wurde leicht schwindelig. Das schlechte Gewissen machte sich körperlich bemerkbar.

Es ist meine Pflicht, so gründlich zu recherchieren, wie es mir möglich ist.

Sie atmete tief durch und begann, sich die einzelnen Blätter des Stapels anzusehen. Auf den ersten standen handschriftliche Zahlen und Formeln. Zoe konnte sie nicht deuten, denn sie hatte wenig Ahnung von Chemie und Physik. Es folgte eine ausgedruckte Tabelle. In der ersten Spalte standen Baumarten auf Englisch, die zweite war mit *Wachstumsphase* überschrieben und darunter waren Zahlen eingetragen.

Als nächstes waren Zeitungsartikel abheftet. Zoe stockte der Atem. Sie kannte den obersten. Es war dieser, der drei Wochen nach dem Unglück erschienen war und über die Ergebnisse des Gutachtens berichtete. Einige Zeilen waren darin unterstrichen.

Zoe legte die Blätter zur Seite, darauf bedacht, die Reihenfolge nicht durcheinander zu bringen.

Dickes, weißes Büttenpapier mit einem amtlichen Siegel lag nun vor ihr.

Zoe holte ihr Handy hervor und schlug das Wort nach, welches sich auf dem Deckblatt befand. Es war das Gutachten, dessen Ergebnisse in dem Zeitungsartikel standen. Es war datiert auf den 9. Dezember 1989.

Zoe hob die drei Seiten an und kniff die Augen zusammen. Ein ähnliches Deckblatt lag nun vor ihr. Es war ebenfalls ein Gutachten und der 18. November 1989 war darauf zu lesen. Es war fast dreimal so dick wie das andere.

Wieso gab es zwei Gutachten?

Kalter Schweiß brach ihr aus.

Zoe nahm das erste Dokument noch mal zur Hand, setzte sich und drapierte es auf ihrem Oberschenkel, damit sie die Seiten gut abfotografieren konnte. Das gleiche machte sie mit dem anderen. Sie hatte Mühe, die Kamera ruhig zu halten. Sie tastete nach dem Glas mit dem Wasser und trank einen Schluck.

Sie musste wissen, was in dem zweiten Gutachten stand, und zwar so schnell wie möglich. Eilig blätterte sie den Rest des Stapels durch und machte von einigen handschriftlichen Notizen ebenfalls Fotos.

Es gibt zwei Gutachten.

Sie musste hier raus und die Seiten übersetzen.

Behutsam ordnete sie alles so an, wie sie es vorgefunden hatte, verstaute die Kisten wieder in der Kammer und schob den Stuhl unter den Tisch.

Sie griff nach einem Zettel und Stift, lehnte sich darüber und schrieb:

Liebe Helen,

Zahlreiche Gedanken wirbelten durcheinander. Was sollte sie schreiben?

Liebe Helen, vielen Dank für den schönen Nachmittag. Ich werde ihn nie vergessen.

Liebe Helen, vielen Dank, dass ich in deinem Haus bleiben durfte. Ich hoffe, du kannst mir verzeihen.

Liebe Helen, ich wünschte wir hätten uns unter anderen Umständen kennengelernt.

Zoe sprang auf und ballte die Faust vor Wut.

Verdammt! Geh jetzt!

Sie schrieb:

Liebe Helen,

es war so schön mit dir. Lass uns bitte morgen reden.

Zoe

Sie zog ihre Schuhe an, schnappte ihre Jacke und ihre Tasche und eilte nach draußen. Ihre Beine trugen sie kaum und ihr erhöhter Pulsschlag hämmerte gegen ihre Schläfen.

Geh! Mach deine Arbeit!

~ ~ ~

Die Nacht brach ein. Zoe stand am Fenster ihres Zimmers in der Pension und starrte in die Dunkelheit. Sie fuhr sich mit beiden Händen über den Nacken und massierte ihn sanft. Seit einer halben Stunde stand sie nun hier und konnte sich nicht mehr umdrehen, denn sie wollte den Notizblock nicht mehr sehen, auf dem sie fünf Seiten gefüllt hatte. Erst mit einzelnen übersetzten Worten und dann mit den wichtigsten Fragmenten der beiden Gutachten.

Wieder und wieder hatte sie die ausschlaggebenden Worte nachgesehen, um Gewissheit zu haben. Unaufhörlich stoben sie durch ihre Gedanken und ihre Kopfschmerzen nahmen stetig zu. Sie brauchte dringend Wasser und eine Tablette.

Erdrutsch.

Lawine ausgelöst.

Zu tief gegraben.

Stabilisierende Wurzeln beschädigt.

Schuldig.

Helen hatte ihr erzählt, dass sie die Unterlagen ihres Vaters sortiert und durchgesehen hatte. Sie wusste von dem ersten Gutachten. Vielleicht hatte sie es auch schon immer gewusst.

Vielleicht trug die ganze Familie seit Jahrzehnten dieses Geheimnis mit sich und belog ihre Freunde und jeden in der Firma.

Weiße Punkte begannen vor Zoes Augen zu tanzen. Es ging nicht anders, sie brauchte sofort eine Tablette. Sie drehte sich hastig um, eilte am Bett vorbei und ging ins Bad.

Sie riss den Kulturbeutel auf und tastete ungeschickt nach der Packung. Sie drückte eine Tablette heraus, warf sie in den Mund, trank einen Schluck Wasser aus dem Hahn und stützte sich am Waschbecken auf.

Ihr war schwindelig.

Langsam richtete sie sich wieder auf, zog sich aus und stieg in die Dusche.

Als das kühle Wasser auf ihre Schläfen traf, atmete sie auf. Der Schmerz ließ nach. Sie lehnte die Stirn an die kalten Fliesen und genoss die Wasserrinnsale auf ihrer Haut. Sie drehte das Wasser wärmer und blieb fast eine viertel Stunde lang in dieser Position, bis die Tablette anfing zu wirken.

Helen war nicht auf die Fragen zu dem Unglück eingegangen. Sie hatte behauptet, dass sie kaum etwas darüber wusste. Helen hatte sie angelogen.

Wut loderte in ihr auf.

Zoe drehte den Hahn zu, stieg aus der Dusche und trocknete sich hastig ab.

Ein Name war in den handschriftlichen Notizen rund um das Grundstück immer wieder aufgetaucht, Mika Hänkönen.

Der Förster, mit dem sie verabredet war, schien die Verbindung zur Vergangenheit zu sein.

Kapitel 8

Um halb zehn parkte ein Jeep an der Ecke zur Syrin-Brücke und Mika Hänkönen stieg aus dem dunkelgrünen Wagen.

»Guten Morgen«, sagte Zoe.

Mika nickte ihr zu.

»Wo ist Ihr Kollege?«

»Woher wissen Sie von meinem Kollegen?«

»Viele in der Firma kennen Sie beide.«

Ihm entfuhr ein kehliges Lachen. Sein breiter Brustkorb erzitterte, dabei rutschte ihm etwas von der Schulter. Ein Gurt mit einem Gewehr.

Mit einer geschickten Bewegung seines Oberkörpers, schwang er es sich wieder über. »Macht Ihnen das Gewehr Angst?«

»Sollte es?«

Mika beugte sich zu ihr. »Es ist mit Betäubungspfeilen geladen.« Er zog den Ärmel seiner Jacke hoch. Drei lange dunkelrote Narben zierten seinen Unterarm. »Von einem Braunbären. Er streift immer noch durch diesen Wald.«

Er wollte ihr Angst machen.

Zoe hob die Kamera. »Das gäbe ein tolles Foto.«

Missbilligend schaute Mika zu ihr hinunter. »Mein Kollege hat heute frei. Hier, nehmen Sie die.« Er reichte ihr eine Stirnlampe.

»Vielen Dank.«

»Auf dem Weg, der zum Hang führt, ist es sehr dunkel. Erst wenn die Bäume sich am Hang lichten, werden Sie besser sehen können.«

Zoe machte die Lampe an und setzte sie auf.

In einigen Metern Entfernung begann das Gelände der Familie Amundsen. Ein Eisenzaun mit Stacheldraht zog sich darum.

Es musste sehr aufwendig gewesen sein, ihn um dieses riesige Grundstück herum errichten zu lassen.

»Machen Sie einfach das, was Sie immer tun, und ich folge Ihnen.«

Mika hob seinen Hut an, zog ebenfalls die Stirnlampe über und ging los.

Sie kamen an ein Tor. Mika schloss es auf und ließ sie hindurch. »Passen Sie auf, wo Sie hintreten. Der Weg ist lange nicht mehr ausgebessert worden. Es dürfen noch keine schweren Maschinen auf das Gelände.«

»In Ordnung.«

Mika ging erneut vor und sie betraten den schmalen Weg.

Zoe erkannte, dass er aus Schotter bestand, doch inzwischen war er fast komplett mit heruntergefallenen Blättern und Unkraut übersät.

Innerhalb weniger Minuten wurden die Bäume immer dichter. Der letzte Schimmer der Straßenlaterne verschwand und der Wald wurde zu einer homogenen dunklen Masse.

Zoe hielt ihren Kopf leicht geneigt, um zu sehen, wo sie hintrat.

Äste knackten, Wind fuhr durch die Baumwipfel und weit in der Ferne erklang der Ruf eines Vogels. Sie konzentrierte sich auf den Klang ihrer Schritte.

»Welche Bäume wachsen hier?«, fragte Zoe, um der Geräuschkulisse einen vertrauten Ton hinzuzufügen.

Mika schaute kurz über seine Schulter und blendete sie mit seiner Lampe. »Still! Wir müssen hören, ob der Wind zunimmt. Der Herr des Waldes, der Ljeschi, ist gern in der Frühe unterwegs. Wenn er einen Spaziergang durch sein Reich unternimmt, beginnt der Wald zu tosen und die Bäume zu zittern. Wir müssen leise sein, bis wir die Lichtung erreichen. Er mag es nicht, wenn Menschen mit ihrer Anwesenheit die Unschuld des Morgens unnötig stören.«

Es war wohl keine gute Idee gewesen, sich mit diesem Fremden im tiefsten Wald zu treffen. Niemand wusste, dass sie hier war. Wenn ihre Fragen ihn störten, würde er sie vielleicht zurücklassen und behaupten, dieser Ljeschi hätte sie geraubt.

Zoe wollte ihm zeigen, dass er ihr mit diesen Geschichten keine Angst machte. »Was ist ein Ljeschi?«, fragte sie, so fröhlich wie möglich.

Mika blieb stehen und sie prallte gegen seinen steinharten Körper.

Er drehte sich um und beugte sich zu ihr hinunter.

Zoe blinzelte. Grelle Lichtpunkte tanzten auf ihrer Netzhaut.

»Er ist ein Gestaltwandler. Und wer ihn verärgert, den führt er in die Irre. Mal zeigt er seine Ziegenhörner, -ohren und -füße und seine krallenartigen Finger und gibt sich zu erkennen. Doch manchmal lockt er einen als süßes Eichhörnchen auf sumpfigen Boden und macht sich einen Spaß daraus, einen bis zu den Waden versinken zu sehen. Er trieb mich damals in die Richtung des Bären. Seien Sie nun also still. Ich will nicht gezwungen sein, mich vor Ihnen mit vertauschten Schuhen und verdrehter Kleidung unter einen Baum setzen zu müssen, denn bloß dadurch kann man ihn besänftigen! Oder haben Sie etwa Lust darauf?«

»Schon gut«, flüsterte Zoe und hob beschwichtigend die Hände.

Als Mika sich wieder umgedreht hatte, konzentrierte Zoe sich auf die Geräusche ihres Atems. Sie wollte gar nicht wissen, ob der Wind wirklich lauter wurde und ob sie sich den undefinierten Umriss zu ihrer Rechten einbildete, oder ob dort aus dem Unterholz wirklich etwas auf sie zukam.

Trotz der kalten Luft, bildete sich Schweiß auf ihrer Stirn. Ihre Waden wurden von den gewollt kontrollierten Schritten hart, die dann auf dem unebenen Boden doch eher zu holprigen wurden.

Als sie gerade darum bitten wollte, doch einfach wieder umzukehren, lichteten sich plötzlich die Baumreihen vor ihnen. Jüngere Bäume, mit dünneren Stämmen und Ästen kamen in ihr Sichtfeld. Das Licht des dunkelgrauen Morgenhimmels zeigte sich durch die großen Lücken zwischen den Baumkronen.

Sie verließen den Weg und liefen nun abwärts.

»Wir gehen den Hang von oben nach unten ab, so wie er abgerutscht ist. Achten Sie auf die Jungpflanzen.«

Zwischen den starken Stämmen erhoben sich zarte Bäume aus dem Boden, manche reichten ihr bis zur Schulter und einige nur bis zu den Knien.

Immer weiter ging es hinab, bis Zoe Lichtpunkte in der Ferne erkennen konnte. Die Weite des Himmels mit seinen bauschigen Wolken erschien vor ihr und darunter erstreckte sich Drammen im Tal. Der Schein der erleuchteten Häuser durchbrach die Dämmerung. Zoes verkrampfter Körper entspannte sich ein wenig, als der dichte Wald nun hinter ihr lag und sie vor sich in die Weite schauen konnte.

Mika bückte sich und ließ die Finger über die feinen Äste eines dreißig Zentimeter hohen Pflänzchens streifen. »Dieses Gebiet wurde schon vor Urzeiten von Menschen für ihre Zwecke geformt und angelegt. Wir pflanzen hier überwiegend kälteresistente Bäume wie Espen und Ebereschen. In der Eiszeit waren viele Schilde der Waldvölker aus Espenholz. Aus den zarten Ästen von jungen Eschen formte man die Lebensrute, mit der man traditionell im Frühjahr die Menschen, Tiere und Bäume sanft schlug, um ihnen Kraft und Gesundheit zu schenken und um alles aus dem Winterschlaf zu wecken.«

Zoe sah hinter sich. Der Anstieg war nun sehr deutlich zu erkennen. »Hier ist der Hang abgerutscht.«

Mika blickte von unten zu ihr hoch, stellte sich hin und schaute in die Ferne, hinunter zur Stadt.

»Sie forsten das Gelände wieder auf.«

Er wandte seinen Kopf zu ihr. Seine Miene zeigte keine Regung.

Zoe zog ihre Lampe von der Stirn und knipste sie aus. »Geht es bei Ihrem Einsatz um den erneuten zukünftigen Gewinn für die Firma und darum, das Gebiet wieder nutzbar zu machen? Oder wollen die Amundsens den Anwohnern zeigen, dass man sich vernünftig um die Natur kümmert?«

»Warum fragen Sie mich das?«

Zoe ahnte, dass er nicht von sich aus die Wahrheit preisgeben würde. Sie musste ihre Vermutung also so überzeugend wie möglich rüberbringen, damit er hoffentlich darauf einging.

»Helens Vater hat Sie nach dem Unglück eingestellt. Sie sind der Einzige, der die ersten Jahre auf das Gelände durfte. Erst jetzt, da die Spuren kaum noch sichtbar sind und das meiste wieder im Ursprungszustand ist, darf Ihnen jemand helfen.«

Mika schwieg.

Zoe zog ihr Notizbuch und den Stift aus der Tasche. »Ich kenne die Ergebnisse des ersten Gutachtens. Und Sie würden Ihre Arbeit hier nicht so verrichten können, wenn Sie nicht wüssten, auf welch gefährliches Terrain Sie sich damals begeben haben. Es wurde zu gierig gegraben, um auch an die Wurzeln der Bäume zu kommen und mehr Holz verarbeiten zu können. Dadurch wurde der Erdrutsch ausgelöst. Im zweiten Gutachten ist von einer oberflächlichen Rutschung die Rede, verursacht durch einen trockenen Sommer und starke Regenfälle im Herbst. Nach der Veröffentlichung wurde das Gelände abgeriegelt. Niemand bekam es mehr zu sehen, abgesehen von Ihnen und der Familie Amundsen.«

Mika zog sich ebenfalls die Lampe vom Kopf, dann griff er mit beiden Händen nach dem Gurt des Gewehres und blickte weiterhin hinunter auf die Stadt. »Die Firma ist unser ganzer Stolz. Zu Beginn war die Stadt für viele Geschäftsleute nicht attraktiv, sie kamen und gingen, versprachen Arbeitsplätze und zogen dann doch in größere Städte und andere Länder. Viele hatten keine Arbeit, doch Ignaz Amundsen versuchte, ihnen eine Perspektive zu bieten. Er fand für die meisten die Hilfe suchten Arbeit, auch wenn die Firma dadurch jahrelang keine Gewinne abwarf.«

Er ging nicht auf die Anspielung ein.

»Niemand weiß von unserem Treffen.« Zoe sprach nun lauter und verlieh so ihren Worten Nachdruck, um ihm zu zeigen, dass sie seine ausweichende Art nicht dulden würde. »Ich werde die Ergebnisse der beiden Gutachten veröffentlichen. Daran können Sie nichts mehr ändern. Was Sie aber können, ist dem Ganzen noch einige positive Aspekte hinzufügen, damit die Familie Amundsen nicht ganz so schlecht dasteht.«

Zoe ging einen Schritt vor, damit er sie auch wirklich verstand. »Als Journalistin muss ich meine Quellen schützen. Ich verspreche, dass ich Ihren Namen nicht nennen werde. Ich weiß nicht, wie weit Sie sich mit den anderen aus der Familie ausgetauscht haben, ob es schriftliche Vereinbarungen gibt, die Ihnen zum Verhängnis werden könnten, aber wenn die Sache ans Licht kommt, können Sie immer noch behaupten, Sie hätten von all dem nichts gewusst.«

Mika drehte sich von ihr weg, so dass sie sein Gesicht nicht mehr sehen konnte.

»Es muss damals für einen jungen Mann wie Sie sehr schmeichelhaft gewesen sein, als ihm der bekannteste Geschäftsmann der Gegend so viel Vertrauen schenkte. Wie alt waren Sie, zwanzig?«

Hastig drehte sich Mika zu ihr um. »Wissen Sie, was Armut bedeutet? Vater und Mutter kaum zu sehen, weil sie von morgens bis abends schuften, um ihre Eltern und die Kinder zu ernähren?«

»Die Firma gab Ihnen Schweigegeld. Bezahlt vielleicht noch heute für Ihre Mithilfe?«

Mikas Augen waren nun verengt, doch Zoe wandte ihren Blick nicht ab.

Er atmete laut aus und seine Schultern sanken nach unten. Er ließ das Gewehr auf den Boden rutschen, legte es neben sich und richtete seinen Blick ins Tal.

»Ich war neunzehn und gerade mit meiner Lehre fertig. Die Verwaltung der Stadt konnte mich nicht übernehmen, dafür war das städtische Gebiet zu klein und fast alle Wälder rundherum gehörten Amundsen. Doch sie brauchten keine Förster, sondern Holzfäller. Ich wollte das nicht.« Er machte eine Hand zur Faust, öffnete sie und betrachtete seine Handinnenfläche. »Es gab damals Gerüchte, dass Amundsen Geldprobleme hatte. Er soll sich verkalkuliert haben und hatte deshalb begonnen, alles an Holz aus dem Wald zu schaffen, was möglich war. Nicht nur die gefällten Stämme, auch das Wurzelwerk der alten Bäume. Doch darauf angesprochen, schwiegen die Arbeiter. Nach jeder Grabung vertuschten sie ihre Spuren. Amundsen stellte mich ein, damit ich die Leute beruhigte.«

Mika drehte sich nun zu ihr um und blickte in Richtung des Waldes. »Sie hatten tiefe Löcher gegraben und diese bloß stümperhaft mit Blättern und Geröll zugeschüttet. Ignaz verlor die Kontrolle über seine Anweisungen und ich den Überblick. Ich fand die Löcher nach dem Unglück noch hundertfach oberhalb des Erdrutsches. Es hätte noch viel mehr passieren können damals.« Seine Stimme zitterte. »Nach dem Unglück bekam ich die Verantwortung für das Gelände. Mit Schubkarren und Säcken voll Erde füllte ich täglich ein paar der Löcher und begann, neue Bäume zu pflanzen.«

»Wieso dürfen andere Sie nun unterstützen?«

»Erst jetzt wissen wir, dass sich das Gebiet erholt hat, der Boden stabil ist und die Artenvielfalt wieder zugenommen hat. Durch den Raubbau fehlte es in dem Gebiet an Totholz, es gab weniger Insekten und dadurch verließen die Vögel den Wald. Das Ökosystem war kurz davor, völlig in sich zusammenzufallen. Das Wasser sickerte wegen der vielen Löcher ungleichmäßig in den Boden. Dadurch wurden viele Bäume geschwächt. Bei anderen ließ der sumpfige Boden die Wurzeln faulen. Das alles zusammen führte zum Erdrutsch.«

Mika schaute nun zu Zoe. Er sah traurig aus.

»Kurz nachdem Georg Amundsen aus Deutschland gekommen war, zeigte ich ihm das Gelände. Er hat geweint. Seine Trauer wandelte sich in Wut gegenüber seinem Vater, aber er wusste natürlich auch, dass der gute Ruf der Firma auf dem Spiel stand. Mit dem Geld von dem Verkauf seiner Besitztümer aus Deutschland bezahlten sie einen zweiten Gutachter, der die Ergebnisse fälschte und bestachen den ersten, damit er schwieg.«

»Georg lieferte das nötige Geld und bekam als Austausch von seinem Vater weitgehend freie Hand in der Firma.«

Mika nickte.

»Ihnen liegt der Wald sehr am Herzen, oder?«

Mika starrte auf eines der kleinen Pflänzchen. »Georg wollte mit mir ein Experiment wagen und das Gelände so aufforsten, dass ein zukünftiger üppiger Ertrag wieder möglich wäre und gleichzeitig das natürliche Gleichgewicht des Waldes nicht beschädigt wird. Nur noch ein paar Jahre, dann ist das Ziel erreicht. Mein Lebensziel.«

Er hob seinen Zeigefinger.

Zoe blickte den Hang hinauf.

»Die Bäume wurden so gepflanzt, dass beim Fällen der alten keine Jungpflanzen beschädigt werden. Zwischen den Bäumen ist jeweils genug Platz gelassen worden für den Abtransport. Beim Säen und Pflanzen folgte ich einer genau geplanten Symmetrie. Es wird keine Maschinen mehr in diesem Wald geben. Alles geschieht mit reiner Menschenkraft wie zu den Anfängen, um die Tiere so wenig wie möglich zu stören. Im oberen Teil, wo die Bäume noch enger stehen, wird gefällt, aber das Holz liegengelassen, um den Insekten und kleinen Tieren Schutz zu geben. Dieses Konzept will die Firma in den kommenden Jahren auf all ihren Gebieten umsetzen. Das Experiment ist geglückt.« Er sah sie einige Momente lang an, dann beugte er sich zu ihr. »Aber wie viel ist das jetzt noch wert?«

Zoe ließ ihren Notizblock sinken.

Mika kam ihr mit seinem mächtigen Körper noch näher. »Wie viel dieses Erfolges wird die Wahrheit zerstören, die Sie unbedingt ans Licht bringen wollen?«

Um größer zu wirken, reckte Zoe den Hals. »Ihre Vision von einer Zukunft im Einklang mit der Natur basiert auf einer Lüge. Wie lange hätte Ignaz Amundsen in der Form weitergemacht? Wäre ohne die Katastrophe und ohne das Auftauchen des Sohnes die Firmenpolitik vielleicht ewig so geblieben? Wie viele hätten noch weggesehen, aus Sorge um ihren Arbeitsplatz? Die Anwohner haben es verdient, die Wahrheit über die Vergangenheit zu erfahren. Und all diejenigen, die aus Angst nicht geredet haben, sollten endlich von dieser Last befreit werden.«

Mika starrte sie noch einen Augenblick lang an, dann hob er das Gewehr auf. »Sie sollten jetzt gehen.«

Zoe warf einen letzten Blick auf die Stadt. »Das werde ich.« Doch eines musste sie noch von ihm erfahren. »Seit wann weiß Helen von Ihrer Aufgabe hier oben?«

Mikas Körper versteifte sich. »Sie kam kurz nach dem Tod von Georg zu mir, mit den beiden Gutachten in den Händen. Ich konnte es nicht mehr leugnen. Die Männer der Familie hatten nie mit den Frauen gesprochen. Sie wollten sie schützen.«

Zoe schluckte. Helen wusste es zwar erst seit drei Monaten, dennoch hatte sie ihr gegenüber von ihrem Vater und ihrem Opa nur in den höchsten Tönen geredet.

Mika ging einen Schritt auf sie zu. »Ich habe Ihr Wort? Dieses Treffen hat nie stattgefunden.«

»Ja.«

»Wenn Sie sich hier rechts halten, treffen Sie auf einen Pfad, er führt zurück zum Tor, dieses lässt sich von innen öffnen. Sie können die Lampe an den Knauf hängen.«

»Danke. Auf Wiedersehen.«

»Besser nicht.«

Zoe lief los. Mit festen, großen Schritten ging sie schräg den Hang entlang, bis sie den Pfad entdeckte. Schon bald sah sie das Tor.

Sie drehte sich um, setzte den Blitz auf die Kamera, ging in die Knie und fotografierte den Hang, mit dem dichten Wald darüber, einige Male.

Im Display sahen die mit Blitzlicht beleuchtete Erde und die darüber dräuenden, länglichen Silhouetten der Bäume gruselig aus.

Zoe erhob sich, drückte die Tür auf, zog sie fest zu und stützte sich auf ihre Knie. Sie atmete einige Male tief durch. Plötzlich spürte sie jeden Muskel in ihrem Körper. Brennen und Ziehen erfassten die Fasern und ihre Beine begannen zu zittern. Sie brauchte dringend Zucker, Koffein und Licht. Viel künstliches Licht.

Kapitel 9

Obwohl Zoe etwas gegessen hatte, ging es ihr kaum besser. Innere Unruhe, Wut und Enttäuschung durchfluteten sie abwechselnd in heftigen Wellen. Sie hatte begonnen ihre Notizen abzuschreiben, doch sie musste immer wieder unterbrechen.

Zoe lief in dem Zimmer der Pension auf und ab, öffnete das Fenster und schloss es wieder.

Es klopfte.

Sie ging auf die Tür zu und öffnete sie.

Helen stand vor ihr.

Zoes Magen zog sich zusammen. Unweigerlich ging sie einen Schritt rückwärts. »Was machst du hier?«

Helen sah sie verdutzt an. »Du gehst nicht ans Telefon. Meinst du nicht, wir sollten miteinander reden?«

Zoe drehte sich um und ging in den Raum hinein.

Sie hörte, wie Helen die Tür schloss.

Zoe drehte sich um und verschränkte die Arme.

Helen wollte auf sie zukommen, doch dann blieb sie abrupt stehen. »Ist alles in Ordnung?«

»Fragst du mich das wirklich?«

Helen runzelte die Stirn. »Also, wenn es wegen gestern ist. Es tut mir wirklich leid, dass ich dich allein gelassen habe. Aber ich wollte danach mit dir reden und du warst nicht mehr da.«

»Ich bin gegangen, weil ich mich der Wahrheit widmen musste. Der Wahrheit, die du mir verschwiegen hast.«

»Ich weiß nicht, was du meinst.«

»Ich habe die beiden Gutachten gefunden. Ich weiß, was du und deine Familie seit Jahrzehnten verschweigen.«

Helen wich einen Schritt zurück und tastete mit einer Hand nach hinten, also wolle sie sich an etwas festhalten. »Meinst du etwa die beiden Gutachten aus meinem Haus?« Der Ton ihrer Stimme klang ungewohnt schneidend. Sie starrte Zoe an. »Du hast mein Haus durchsucht, als ich nicht da war? Nachdem wir miteinander geschlafen haben?«

»Ja, und weißt du warum? Weil du mir so viel verschwiegen hast. Du warst die ganze Zeit über nicht ehrlich zu mir.« Sie wusste, dass nun auch der Ton ihrer Stimme kippte. Sie hätte sachlich bleiben müssen, doch jetzt, da Helen so anklagend mit ihr sprach, konnte sie ihre Wut und die Enttäuschung nicht mehr zurückhalten. »Du hast mich angelogen und dass, obwohl wir uns so gut verstanden haben.«

Helens Gesichtszüge versteinerten sich. »Nein, Zoe, fang nicht so an. Du hast mir von Anfang an gesagt, dein Artikel sei nur ein Portrait über die Firma. Alles andere geht dich verdammt noch mal nichts an.«

Zoe trat einen Schritt auf Helen zu. »Ich habe dir immer wieder die Möglichkeit gegeben, mir von der Vergangenheit zu erzählen, aber du hast dich rausgeredet. Ich hatte gar keine andere Wahl, als woanders nach der Wahrheit zu suchen.«

Helens Blick wurde so ernst, dass Zoe am liebsten weggesehen hätte. Ihre Augen verdunkelten sich. »Es steht dir nicht zu, diese Geschichte an dich zu reißen. Es ist meine und die meiner Familie.«

»Nein, es ist die Geschichte einer ganzen Stadt und jeder, der hier lebt, hat das Recht, die Wahrheit zu erfahren.«

»Glaubst du etwa mich lässt das kalt? Was meinst du, wie es mir ging, kurz nach dem Tod meines Vaters, als ich diese Unterlagen in den Händen hielt?«

Zoes Magen zog sich zusammen. »Warum hast du es mir nicht erzählt?«

»Und dann? Hättest du es etwa für dich behalten?«

»Nein.«

Helen fuhr sich über das Gesicht. »Siehst du, ich wusste, ich kann dir nicht trauen.«

»Bitte was? Und weswegen hast du dann mit mir geschlafen? Mit einer Frau, der du angeblich nicht über den Weg traust? Hast du gedacht, du kannst eine gute Story abgreifen und gleichzeitig noch ein wenig Spaß nebenbei haben? Sorry, falsch gedacht!«

»Dir kam es anscheinend sehr gelegen, dass ich dich noch mal in mein Haus gelassen habe. Egoistischer geht es ja wohl kaum!«

»Und was ist mit dir? Handelst du etwa nie egoistisch? Was meinst du eigentlich, wie deine Mitarbeiter über dich reden? Bist du etwa nicht nach Deutschland geflogen, als alle anderen dich brauchten?«

Helen lachte auf. »Das ist das Einzige, was sie gesehen haben, dass ich nicht für sie da war. Aber wer fragt mich überhaupt mal, wie es mir mit diesem ganzen Mist geht? Ja, ich bin abgehauen, und zwar an den einzigen Ort, an dem ich mich in meinem ganzen Leben je wirklich wohlgefühlt habe.« Ihre Stimme wurde zittrig. »Bis zuletzt habe ich geglaubt, dass meine Eltern wegen mir Deutschland verlassen haben, um es mir ermöglichen zu können, umgeben von viel Natur aufzuwachsen. Doch es ging nur um die Firma. Und als mein Vater mir die Geschäftsführung übertragen hat, ging es wieder nicht um meine Zukunft, sondern nur um die Bewahrung der Familiengeheimnisse.«

Helen kniff die Augen zusammen. »Ich sehe deinen Notizblock gar nicht. Musst du nicht aufschreiben, wie weich und sentimental ich bin und dass ich nicht mutig genug war, eine Woche nach dem Tod meines Vaters eine Wahrheit ans Licht zu bringen, die er und mein Opa Jahrzehnte lang verschwiegen haben?«

Zoe wurde schlecht. Das war zu viel. »Ich möchte, dass du gehst.«

»Das werde ich. Viel Freude mit deinem Artikel. Ich hoffe für dich, dass der Erfolg das Ganze wert ist.«

Zoes Augen füllten sich mit Tränen.

Helen sah sie noch einen Augenblick lang an, dann drehte sie sich um, öffnete die Tür und ließ sie laut ins Schloss fallen.

Die Tränen schafften es nicht über den Rand ihrer Augenlider. Zoe wischte mit den Handrücken darüber, dann stürzte sie zu ihrem Schrank und stopfte alle Sachen in ihren Koffer.

~ ~ ~

Zoe verließ Drammen und fuhr nach Oslo, wo sie sich auf eigene Kosten ein Hotelzimmer direkt am Flughafen nahm. Sie begann zu schreiben, als sie das Zimmer betrat und hörte nicht auf, bis sie müde wurde.

Bald bin ich zu Hause. Wenn ich den Artikel abgegeben habe, ist das alles überstanden. Wenn sie nicht schrieb, sprach sie die Sätze vor sich hin.

Am Heiligen Abend erwachte sie mit starken Kopfschmerzen. Sie brauchte dringend einen Kaffee.

Nach einer schnellen Dusche machte sie sich auf den Weg in den Frühstücksraum. Bereits auf dem Flur hörte sie Stimmengewirr und Musik. Was war denn da los?

Zoe bog zum Empfang ab und fragte nach. Die Rezeptionistin erklärte, dass es hier einen Weihnachtsbrunch gäbe. Alle umliegenden Hotels feierten jedes Jahr gemeinsam und richteten an den drei Tagen ein Buffet aus. Heute sei ihres dran. Die Dame lächelte und hielt Zoe eine eingepackte Zuckerstange entgegen.

Sie lehnte höflich ab.

Sollte sie wieder in ihr Zimmer gehen? Nein, der Drang nach einem Toast mit Honig und einer großen Tasse Kaffee war einfach zu stark.

Dann los.

Zoe betrat den Raum und schob sich eilig an den kleinen Grüppchen vorbei, die überall zusammenstanden, heißen Kakao tranken und redeten. Zoe vermied den Augenkontakt so gut es ging, doch am Buffett lächelte ihr ein Paar zu und wünschte frohe Weihnachten.

Zoe nuschelte ein paar Worte.

Nach gefühlt dutzenden weiteren Festtagswünschen hatte sie es geschafft, sich ihr Tablett so zu beladen, dass sie bis zum

Abend damit auskommen sollte. Vielleicht musste sie heute auch gar nicht mehr rausgehen.

In ihrem Zimmer angekommen, griff sie nach der Tasse Kaffee und stellte sich ans Fenster. Die Töne der festlichen Musik und der Klang der fröhlichen Stimmen hallten in ihr nach.

Draußen war die Welt mit einer neuen, feinen Schneeschicht überzogen. Wäre sie jetzt noch in Drammen, hätte sie vor der Feier mit Helens Familie vielleicht noch einen Spaziergang machen können. Schnee an Weihnachten, das hatte sie seit Jahrzehnten nicht erlebt. Zoe zog die Gardine zu und setzte sich auf das Bett.

Was Helen wohl gerade machte?

Es wäre so schön gewesen, ihre Familie kennenzulernen. Ihre Mutter schien eine sehr interessante Persönlichkeit zu sein.

»Dummes Herz.« Sie würde Helen nie wiedersehen und damit auch erst recht niemanden aus ihrer Familie.

Plötzlich erinnerte sie sich an die Worte ihrer Mutter vor ihrer Abreise. *Weihnachten in einem fremden Land. Macht dir das denn gar nichts aus?* Zoe trank einen großen Schluck Kaffee, um dem Kloß in ihrem Hals etwas entgegenzuwirken.

Vor zwei Tagen hatte sie sich noch auf das Weihnachtsfest gefreut und nun saß sie wirklich mitten in der Fremde und war ganz allein.

Zoe wischte sich über die brennenden Augen. *Nein!* Sie würde nicht weinen. Nicht wegen Helen und auch nicht wegen ihrer Situation. Sie hatte eine Top-Story in der Tasche und das war das Einzige, was jetzt zählte.

Hastig stand sie auf und zog ihren Laptop hervor. Wäre Helen nicht so höflich gewesen, hätte sie auch in Drammen diesen Tag allein verbracht. Hatte Helen sie nur aus schlechtem Gewissen eingeladen? War sie die ganze Zeit vielleicht nur so nett zu Zoe gewesen, weil sie gewusst hatte, dass sie Zoe die ganze Zeit belog?

Zoe schüttelte den Kopf. Sie musste damit aufhören. Sie musste endlich aufhören, an Helen zu denken.

~ ~ ~

Als sie am nächsten Mittag nach dem Flug endlich ihre Wohnung betrat und den Koffer im Flur fallen ließ, schmerzte ihr ganzer Körper.

Sie hatte es geschafft. Sie war wieder zu Hause.

In der Wohnung war es stickig. Zoe wandte sich als Erstes nach links zur Küche. Sie ging auf das Fenster zu, schaute in den grau-weißen Himmel und kniff die Augen zusammen. Es musste erst vor kurzem geregnet haben. Draußen hatte sie ihren Rollkoffer um zahlreiche Pfützen bugsieren müssen. Das Sonnenlicht, welches gerade durch die graue Wolkendecke brach, spiegelte sich in den Dächern der Häuser gegenüber. Alles erschien ihr plötzlich unangenehm grell. Selbst die eintönigen Häuserwände, die grauen Wolken und die blätterlosen Bäume. Ohne den Schnee und den dämpfenden dunkelblauen Himmel wirkte hier jede andere Farbe beißend.

Zoe öffnete das Fenster, nahm die Palme aus dem Übertopf, hielt sie unter den Wasserhahn und betrachtete einige Minuten lang, wie die Wassertropfen in die Spüle prasselten. Dann stellte Zoe sie wieder zurück.

Sie ging in den Flur und holte den verknoteten Jutebeutel in die Küche. Am Flughafen hatte sie sich noch das Nötigste zu essen gekauft. Sachte zog sie die Packung Kaffee, Milch, Butter, das Glas mit der Tomatensoße und den Brotlaib aus der Tasche, verteilte einiges davon in den passenden Schränken, wischte dann die Kanne aus und setzte Kaffee auf.

An die Spüle gelehnt lauschte sie den vertrauten Klängen dieser Umgebung. Dem Glucksen der Kaffeemaschine, dem Rattern der S-Bahn in der Ferne und dem Summen der Automotoren. All dies kam ihr ungewöhnlich laut vor. Sie mochte es, auf die S-Bahn-Strecke blicken zu können, weil das pulsierende Leben um sie herum sie inspirierte, wenn sie zu Hause ihre Artikel schrieb.

Jetzt, nach den vielen Tagen in einer Umgebung, wo Schnee und Wälder diese Geräusche verschluckt hatten, klangen sie hier schrill und dröhnend.

Zoe machte einen Schritt zur Kaffeemaschine, goss sich eine große Tasse ein, ging zum Kühlschrank und öffnete die Milch.

Milch, aber keinen Zucker.

Die Erinnerung an ihre erste Begegnung mit Helen traf sie in die Körpermitte. Wie sie mit neckischem Lächeln vor ihr gestanden und sich ihre Finger zum ersten Mal berührt hatten.

Nein! Sie durfte diese Erinnerungen nicht zulassen.

Hastig stellte Zoe die Milch zurück, schloss den Kühlschrank und eilte in den Flur. Sie schnappte sich ihren Rucksack, ging ins Wohnzimmer und beförderte alle Schreibutensilien auf ihren Tisch.

Ich muss das jetzt durchziehen. Übermorgen ist der ganze Spuk vorbei.

Das Gute war, dass sie zwischendurch schon viele ihrer Notizen abgetippt hatte. Jetzt musste sie dieses Textgerüst nur noch auskleiden. Das konnte sie gut. Sie hatte ein reichhaltiges Repertoire an schönen Wörtern und Formulierungen, auf dass sie zurückgreifen konnte.

Zoe kannte sich, wenn sie einmal im Flow war, würden die Stunden nur so vorbeirasen. Ehe sie es sich versah, war der Artikel geschrieben und sie würde wieder in ihren Alltag eintauchen können.

Ihr Blick fiel auf die Kamera.

Sie musste noch die Fotos auswählen.

Zoe zog sich den Stuhl heran und nahm die Kamera in die Hand.

Viele Minuten lang starrte sie auf das schwarze Display, bis sie sich überwinden und die Kamera einschalten konnte.

Helens Hände.

Das war das Letzte gewesen, was sie fotografiert hatte.

Zoe kniff die Augen zusammen und drückte so schnell es ging auf die Pfeiltaste, um bei dem Bild anzukommen, was sie brauchte.

Helen vor einer Kulisse aus frisch gefallenem Schnee. Ihre freundlichen Augen blickten ihr entgegen.

Mit wild klopfendem Herzen ließ sie die Kamera sinken.

Es sind nur ein paar Handgriffe und Entscheidungen, die ich treffen muss, dann habe ich das hinter mir.

Zoe entnahm die Speicherkarte, lud die Fotos auf ihren PC und wählte vier Fotos aus: das von Helen, eins von dem Gebäude der Firma, eins von den Werkhallen und eins von dem Waldgelände.

Sie nummerierte die Bilder durch, legte eine Datei für die Bildunterschriften an und speicherte alles ab. Das Bild von Georg und seinem Vater hatte sie noch in ihren E-Mails.

Sie klickte den Ordner mit den übrigen Fotos mit der rechten Maustaste an und starrte auf das Wort »Löschen«.

Helens Hände. Ihr Lächeln.

Schreib jetzt!

Sie bewegte den Pfeil von dem Ordner weg.

Zoe überarbeitete den Text, bis es achtzehn Uhr war, dann mailte sie ihn an Sandy und Christa.

Nur noch morgen überstehen.

Zoe brachte ihren Koffer in das Zimmer und schüttete den Inhalt auf die Couch.

Ein feiner Geruch von Schnee erfüllte das Zimmer.

Sie stopfte die dicke Jacke in die hinterste Ecke ihres Kleiderschrankes, die Hose in die Wäsche und beförderte die Schuhe in die Abstellkammer. Als sie zurückging und nach einem ihrer Pullover griff, fühlte sie etwas Schweres darunter.

Sie tastete danach und erblickte Helens Schneekugel.

Vielleicht schenkt sie dir ein wenig Licht.

Zoes Finger begannen zu zittern.

Sie hielt die Kugel zwischen den Händen und erstarrte. Erinnerungen strömten auf sie ein. Helens Lachen. Ihre Haut. Ihr Duft.

Die Kugel war alles, was von ihrer Begegnung übriggeblieben war. Diese Erkenntnis riss Zoe aus ihrer Erstarrung.

Sie eilte in die Küche und stellte die Kugel in ihren Vorratsschrank, hinter einen Berg von Konservendosen. Sie konnte jetzt gerade keinen vernünftigen Ort dafür finden. Sie richtete sich auf und stützte sich auf die Arbeitsplatte. Ihr war schwindelig.

Weitermachen. Durchhalten. Nur noch morgen.

~ ~ ~

Zoe erwachte vor dem Klingeln des Weckers. Es war kurz nach sieben. Sie setzte sich auf und rieb sich die Augen. Um elf Uhr hatte sie den Termin mit Sandy. Heute würde nur die Minimalbesetzung der Redaktion vor Ort sein, denn ein Teil der Zeitung war schon vor den Feiertagen vorbereitet worden. Das war gut. Sie wollte von so wenigen wie möglich auf ihre Reise und den Artikel angesprochen werden.

Zoe würde den Termin hinter sich bringen und danach von zu Hause aus weiterarbeiten. Sie stand auf, ging in die Küche und griff nach ihrem Handy. Eine SMS wurde ihr angezeigt.

Sie war von Helen.

Zoe ließ sich auf den Küchenstuhl sinken und öffnete die Nachricht.

Hallo Zoe,
ich möchte, dass du eins weißt, du hast mir sehr viel bedeutet.
Mach's gut,
Helen

Zoe starrte auf die Worte und Tränen stiegen in ihr auf.

Warum war Helen nicht von Anfang an ehrlich zu ihr gewesen? Vielleicht wäre es dann nicht zu dem Streit gekommen.

Du hast mir sehr viel bedeutet.

Mit der Spitze ihres Zeigefingers strich sie über den Satz auf dem Display.

Zoe stand auf. Ihre Schultern schmerzten. Alles an ihrem Körper fühlte sich plötzlich schwer an. Sie musste los und es jetzt endlich hinter sich bringen.

Kapitel 10

»Dafür, dass du die letzten Tage viel an der frischen Luft verbracht hast, siehst du ganz schön blass aus.« Sandy stand auf, kam um ihren Schreibtisch herum und auf sie zu. »Ich freue mich, dass du wieder hier bist.«

Sie gingen zu dem runden Tisch und setzten sich.

»Magst du Wasser oder einen Kaffee?«

Zoe schüttelte den Kopf. »Danke.« Sie hatte Bauchschmerzen und bisher nur einen trockenen Toast runterbekommen.

Sandy goss sich Kaffee ein und klappte dann ihre Mappe auf.

Zoes Artikel, ausgedruckt in großer Schrift, lag darin. Auf der ersten Seite konnte sie nur wenige handschriftliche Anmerkungen entdecken.

»Sie hat dich ganz schön beeindruckt, oder?«

Zoe zuckte zusammen.

Sie? Meinte Sandy damit etwa Helen?

»Was meinst du genau?«

»Na, die Firma. Die Besonderheiten der Figuren hast du mit deinen Schilderungen der Herstellung und den Beschreibungen zu jedem individuellen Ausdruck einer Figur sehr gut eingefangen.«

»Danke«, sagte Zoe.

»Diese Ergebnisse des ersten Gutachtens sind wirklich der Hammer. Unser Übersetzungsbüro hat alles geprüft?«

»Das habe ich am Montag bereits per Mail geklärt.«

»Ich hätte nicht gedacht, dass Georg Amundsen zu so einem Betrug fähig gewesen ist.«

Sandys Augen leuchteten. Sie war froh, weil sie hier eine exklusive Enthüllungsstory in den Händen hielt, die viel in der Stadt aufwühlen würde. Alte Geschäftspartner würden sich mit Sicherheit melden und ihre Meinung dazu äußern wollen und vielleicht würde es Diskussionen um die nach der Familie benannte Straße geben. Die Zeitung fütterte sich mit dieser Story selbst und würde die kommenden Wochen in der Stadt im Mittelpunkt stehen.

Und wie würde es in Drammen aussehen? Wie würde Helen damit umgehen? Welche Gespräche werden die Menschen dort auf der Straße führen?

»Ich mag den Aufbau deines Artikels«, unterbrach Sandy ihren Gedankenstrom. »Du erzeugst erst Sympathie bei den Lesern, indem du über die vielen guten Seiten der Familie und die besondere Philosophie der Figuren berichtest und dann nach und nach die Andeutungen der Mitarbeiter einfließen lässt. Der neue Absatz mit dem Rückblick in das Jahr 1989 und das Bild des dunklen Waldgebietes schaffen einen extremen Bruch. Man wird in den Strudel der Ereignisse aus der Vergangenheit, bis in die Auswirkungen auf die Gegenwart hineingezogen.«

Zoe brachte kein Wort heraus. Sie nickte nur. Dass sie dieses Lob einheimste, fühlte sich schrecklich an. Ihr Körper verkrampfte sich.

»Nur die Darstellung von Helen finde ich etwas zu milde formuliert.«

Zoe fühlte einen Stich im Magen. *Bitte nicht.* Sie wollte jetzt nicht über Helen reden.

»Für mich ist der Artikel stimmig.«

»Bist du dir sicher? Du erwähnst nur sehr knapp, dass sie dir zu der ganzen Geschichte nichts sagen wollte. Meinst du nicht, es wäre ihre Pflicht gewesen, die Sache direkt aufzudecken, nachdem sie davon erfahren hat? Genügend Platz hättest du noch, um das weiter auszuführen. Ich habe ein paar Formulierungen gekürzt.«

»Für mich ist der Artikel stimmig«, wiederholte Zoe. Ihre Tonlage klang hölzern. Sie musste jetzt bald hier raus. Tränen stiegen in ihr auf.

Dass Sandy über diesen Artikel so geschäftlich sprach wie über jeden anderen, machte Zoe bewusst, dass sich niemand um Helens Situation Gedanken machte. Für Sandy und die anderen war dies bloß eine gute Story, aber für Zoe war es viel mehr.

Du hast mir sehr viel bedeutet.

Helens Nachricht ließ sie nicht mehr los.

Am liebsten hätte sie geantwortet: *Und du mir. Und du tust es immer noch.*

Ihr Herz begann zu rasen. »Die Reise war unheimlich anstrengend. Ich würde den Rest des Tages gern von zu Hause arbeiten. Wäre das okay?«

»Ja, natürlich.«

Zoe stand auf und verabschiedete sich. Sie eilte aus der Redaktion und bog sofort in die kleine Seitengasse, um nicht den Marktplatz in der Innenstadt überqueren zu müssen. Sie zog die Kapuze ihrer Jacke über und wischte sich mit den Handrücken über die Augen.

Nein. Nicht hier.

Zu viele konnten sie in der Nähe der Redaktion erkennen.

Zoe eilte mit gesenktem Kopf durch die Seitenstraßen und blickte niemanden direkt an, bis sie endlich die U-Bahn-Station erreicht hatte. Um sich vor den anderen Wartenden zu verbergen, lehnte sie sich an eine Säule. Zwei Stationen musste sie überstehen.

Als die U-Bahn einfuhr, setzte sie sich ganz ans Ende des Wagens. Eine Träne rann ihr über die Wange. Schnell zog sie ein Taschentuch aus der Jacke, um sie fortzuwischen.

An der zweiten Station sprang sie auf und hastete die Treppen nach oben, auf den Bürgersteig, die Hauptstraße entlang, bis sie endlich ihre Wohnung und den Hausflur erreicht hatte. Sie schloss auf, trat ein, drückte die Tür zu und lehnte sich dagegen. Das Herz hämmerte vor Anstrengung gegen ihren Brustkorb. Sie schob die Kapuze nach hinten und in dem Moment strömten ihr die Tränen über die Wangen.

Zoe rutschte an der Tür hinunter auf den Boden, zog die Knie nah an sich heran, ließ die Stirn darauf sinken und schluchzte. Die Tränen rannen heiß in den Stoff ihrer Jeans.

Es gab Menschen in ihrer eigenen Stadt, die sie mit ihren Artikeln vor den Kopf gestoßen hatte, und es war ihr immer egal gewesen. Die Wahrheit stand über allem. Ihre Pflicht als Journalistin kam immer an erster Stelle. Doch dieses Mantra funktionierte jetzt nicht mehr.

Sie nahm ihr Handy aus der Tasche und las Helens Nachricht, wieder und wieder.

Sätze ihres letzten Gespräches wirbelten in ihrer Erinnerung durcheinander.

Glaubst du etwa, mich lässt das kalt?

Was meinst du, wie ich mich gefühlt habe?

An mich denkt keiner.

Sie hatte das auch nicht getan. Sie hatte Helen mit der ganzen Sache alleingelassen. So wie alle anderen.

»Es tut mir leid«, flüsterte Zoe. Ihr Nacken versteifte sich und für einen Moment schien sie keine Luft mehr zu bekommen.

Zoe rappelte sich auf, ging in die Küche, zog beim Gehen die Jacke aus und legte sie über den Stuhl. Sie steckte das Handy in die Hosentasche, nahm ein großes Glas, ließ Wasser aus dem Hahn hineinlaufen und leerte es mit einem Zug. Schnell öffnete sie das Fenster und sog die kalte Luft in ihre Lungen.

Es war ein schöner Tag. Der Himmel war blau. Weiße, bauschige Wolken waren auf Wanderschaft. Im Fenster ihr gegenüber brannte ein heller Stern.

»Es tut mir leid«, flüsterte Zoe erneut, in der Hoffnung, der Wind möge die Worte mit sich nehmen und Helen überbringen.

Plötzlich fühlte sich alles falsch an. Hier zu sein, in ihrer Wohnung, und Helen hunderte Kilometer entfernt zu wissen, in womöglich einer der schlimmsten Situationen ihres Lebens.

Sie schloss das Fenster und drehte sich um. Es gab nur eine Möglichkeit, Helen zu zeigen, dass es ihr leidtat. Entschlossen griff Zoe nach dem Handy. Gleichmäßig atmete sie ein und aus. Wenige Atemzüge später wählte sie Sandys Nummer.

»Hallo Sandy, hier ist Zoe. Ich habe darüber nachgedacht, was du wegen meinem Artikel gesagt hast. Ich komme gleich noch mal in die Redaktion.«

~ ~ ~

Zoe klopfte und wartete auf Sandys »Herein.« Dann ging sie schnurstracks auf ihren Schreibtisch zu und legte die Mappe mitten darauf ab.

Sandy rutschte mit dem Stuhl ein Stück nach hinten und faltete die Hände vor dem Bauch. »Was ist das?«

»Das ist mein komplettes Material zu der Story. In der Mappe findest du meine gesamten Notizen und einen Stick mit meinen Dateien.«

»Und was soll das?«

»Ich will nicht, dass mein Name unter dem Artikel erscheint.«

»Das musst du mir jetzt genauer erklären.« Ihr Ton war vorwurfsvoll, so, als würde Zoe eine Dummheit begehen.

»Ich möchte es einfach nicht.«

Sandys Augen öffneten sich weit, dann beugte sie sich vor. »Hast du plötzlich Skrupel? Zoe, das ist okay. So ging es sicherlich jedem von uns schon mal. Du hast das Richtige getan und nur allein das zählt.«

»Nein, diesmal nicht. Bitte Sandy, akzeptiere meinen Entschluss und bitte, lass den Artikel so wie er ist, auch wenn das Material jetzt komplett in deiner Hand liegt.«

Sandy stand auf. »Das hier ist deine Chance, um bei der Auswahl für die weiteren festen Stellen im kommenden Jahr dabei zu sein. Du bist eine meiner besten Journalistinnen, aber ich werde bei ihren Entscheidungen nicht gefragt. Da zählen nur die Fakten und du weißt, dass sie momentan eher gegen dich sprechen.« Sandy sah sie durchdringend an. »So eine Chance wird nicht wiederkommen.«

»Ich weiß.«

»Du hast das Richtige getan«, wiederholte Sandy, »lass deine Gefühle aus dem Spiel.«

Zoe schüttelte den Kopf. »Ich kann nicht.« Sie schob die Mappe noch näher zu Sandy hinüber. »Ich schreibe Christa gleich noch eine Mail und erkläre es ihr. Bis morgen, Sandy.« Eilig drehte Zoe sich um und verließ das Gebäude. Auf dem Weg zur Bahn schrieb sie die E-Mail an Christa.

~ ~ ~

Zoe betrat ihr Wohnzimmer und blieb mitten im Raum stehen. Plötzlich kam ihr dieses Zimmer, mit der Schlafcouch auf der einen und ihrem geliebten Schreibtisch, dem Bücherregal und Kleiderschrank auf der anderen Seite, sehr klein vor.

Sie zog die Decke vom Sofa, legte diese auf einen Stuhl und setzte sich. Sie trank einen weiteren Schluck des Kaffees, den sie sich beim Bäcker gekauft hatte, in der Hoffnung, das Pochen hinter ihren Schläfen würde dadurch verschwinden. Sie starrte auf den Schreibtisch und das Regal. Die weiße Beschichtung war ihr immer wichtig gewesen. Die Bretter waren leicht zu reinigen und bekamen keine Kratzer.

Meine Wohnung ist kalt und konstruiert. So wie ich.

Vom ersten Moment an war ihr Helen wichtig gewesen, doch sie hatte den Artikel immer wieder an die erste Stelle gestellt. Helen hatte recht mit ihrem Vorwurf. Auch wenn es ihr nicht egal gewesen war, wie es Helen ging, hatte sie im entscheidenden Moment nicht zu ihr gestanden.

Scham überflutete sie.

Zoe ließ sich seitlich auf die Couch sinken, zog die Decke über ihren Körper und schloss die Augen.

~ ~ ~

Als Zoes Wecker um acht Uhr klingelte, erwachte sie mit einem verspannten Nacken.

Nun war der Artikel also erschienen.

Auf wackligen Knien machte sie sich einen Kaffee und einen Toast und nahm ein wenig davon zu sich, während sie in eine Stoffhose und ein T-Shirt schlüpfte. Sie ging zu ihrem Laptop und öffnete ihr E-Mailpostfach.

Sie hatte eine Nachricht von Christa und eine von Daniel.

Als Erstes öffnete sie die Antwort von Christa. Sie hatte ihr gestern Nachmittag noch geschrieben.

Guten Tag Zoe,

ich muss deine Entscheidung bezüglich der Streichung deines Namens unter dem Artikel wohl akzeptieren, aber gut finde ich sie nicht.

Grüße
Christa

Zoe atmete laut aus. Die E-Mail von Daniel würde sicher kaum freundlicher sein.

Hallo Zoe,

wenn du nicht vorgehabt hast, den Artikel unter deinem Name veröffentlichen zu lassen, wieso hast du mir dann diese Chance verbaut? Darüber hättest du vielleicht vorher nachdenken sollen, bevor du den Auftrag angenommen hast.

Daniel

Wut stieg in ihr auf, doch nur wenige Momente später wurde ihr schwindelig. Daniel war bestimmt nicht der Einzige, der so dachte. Sie würde sich heute sicher einigen Nachfragen stellen müssen.

Zoe schrieb ans Sekretariat und an Sandy, dass sie sich bis auf weiteres krankmelden musste.

Sie ließ sich auf die Couch sinken. Eigentlich geschah es ihr recht, dass ihr das Ganze so zusetzte. Wie musste es Helen momentan bloß gehen?

Und wenn ich sie anrufe? Mich entschuldige?

Und dann?

Bei ihrem Streit waren sie so gemein zueinander gewesen.

Zoe streckte die Beine aus und zog einen Notizblock auf ihre Oberschenkel. Sie würde Helen einen Brief schreiben und ihn ihr dann am Telefon vorlesen.

Ihre Wangen wurden heiß. Die Scham über ihr Verhalten überrollte sie erneut. Sie waren sich so nah gewesen und hatten sich ihrer Leidenschaft hingegeben. Helen hatte ihr vertraut und Zoe allein in ihrem Haus gelassen. Und sie hatte diese Situation ausgenutzt.

Verdammt!

Sie stand auf.

Warum war es dazu gekommen?

Wäre dieser Auftrag doch bloß nicht so wichtig für sie gewesen, dann hätte sie ihn vielleicht gar nicht angenommen und Helen nicht kennengelernt.

Dieser Gedanke brachte Zoe zum Erstarren. Sie blickte auf ihre weißen Möbel, das Regal, in dem feinsäuberlich nebeneinander einige Bücher und Ordner standen und nur ein einziges Foto ihrer Familie in einem Glasrahmen diese eintönige Kulisse durchbrach. Plötzlich erdrückte sie diese Schlichtheit, von der sie immer geglaubt hatte, sie würde ihr reichen und ihr die nötige Ruhe geben, um sich auf das Schreiben zu konzentrieren.

Sie vermisste Helens Haus. Ihr fehlten die bunten Figuren, die auf den Regalbrettern standen, der Schein des Feuers auf Wänden und Möbeln, die Maserungen des Holzbodens und die einnehmenden Geräusche des Windes, der um die Ecken pfiff.

Seit sie wieder hier war, kam Zoe ihre eigene Wohnung eintönig vor. Und so war sie auch die letzte Woche gewesen. Getrieben von dem einen Gedanken, eine gute Story abzuliefern, hatte sie Helens Vertrauen ausgenutzt.

Zoe setzte sich hin und begann zu schreiben. Zeile für Zeile brachte sie ihre Reise zu Papier. Sie begann mit dem, wie sie sich vom ersten Moment an in Helens Nähe gefühlt hatte. Wie gern sie ihr zugehört hatte und wie sie sich so oft in ihren Erzählungen verloren hatte. Sie beschrieb ihre Eifersucht auf Miranda. Sie schilderte ihre immer wieder auflodernde Leidenschaft, wenn sie sich berührt hatten oder Helen sie umarmt hatte.

Immer wieder sah sie Helen vor ihrem inneren Auge, wie sie Zoe anlachte, sie in den Arm nahm oder ihr mit diesem mitreißenden Ton in ihrer Stimme etwas erzählte.

Zoe füllte Seite um Seite. Sie schrieb, bis ihre Hand verkrampfte und sie den Stift kaum noch halten konnte. Die Tränen tropften auf den Block und nahmen ihr die Sicht und plötzlich drang eine Gewissheit aus diesem ganzen Chaos in ihrem Inneren hervor. Ein letzter Satz schaffte es auf das Papier.

Ich habe mich in dich verliebt.

Sie hielt den Atem an.

Erschrocken ließ sie den Stift los und der Block kippte von ihren Knien. Das dumpfe Geräusch ließ sie zusammenzucken. Sie sank zur Seite auf das weiche Polster der Couch, legte ihren Kopf auf die angewinkelten Arme und schloss die brennenden Augen.

Sie hätte den Artikel ganz verhindern müssen. Schon in Norwegen hätte sie ihre Gefühle nicht unterdrücken dürfen und sich für Helen und gegen den Artikel entscheiden müssen.

Nun war es zu spät. Der Artikel war in der Zeitung und online veröffentlicht, Helen hatte ihn sicher schon gelesen und musste sich nun mit den Konsequenzen auseinandersetzen.

Sie konnte sich nicht mehr bei Helen melden. Die Scham und die Angst vor dem, was sie zu ihr sagen würde, waren einfach zu groß.

Kapitel 11

Graue Wolken zogen vor dem Fenster vorbei. Irgendwann hatte auch mal die Sonne geschienen. Gestern? Heute? Zoe hatte den Bezug zu den verstreichenden Stunden verloren. Draußen wurde es insgesamt stiller, doch die einzelnen Geräusche der Böller und Knallerbsen nahmen stetig zu.

Normalerweise mochte Zoe die Zeit zwischen den Jahren. Die Feiertage waren vorbei und sie nutzte diese Tage gern, um auf das Jahr zurückzublicken und sich Ziele für das neue zu setzen. Doch seit drei Tagen bestand sie nur aus einem dumpfen Gefühl.

Am Morgen hatte sie sich zum Arzt geschleppt, der sie zum Glück für die ganze Woche krankgeschrieben hatte. Seitdem lag sie auf der Couch, starrte aus dem Fenster und wechselte den Raum nur, wenn die Kopfschmerzen sie daran erinnerten, sich einen Kaffee zu machen oder irgendetwas zu essen.

Der Anruf ihrer Schwester hatte sie ein Stück in die Gegenwart zurückgeholt. Seit zehn Minuten saß Zoe mit angezogenen Beinen auf ihrer Couch und versuchte mit einer halbwegs sicheren Tonlage, die Argumente ihrer Schwester zu entkräften.

»Kat, du hörst es doch, ich bin krank. Ich würde euch alle nur anstecken.« Um diese Lüge zu untermalen, schnäuzte Zoe in ihr Taschentuch.

Dass sie den ganzen Tag über immer wieder geweint hatte, sprach sie genauso wenig an wie die Sache mit dem Artikel. Ihrer Familie war ihr fehlender Name unter dem Text nicht aufgefallen und immer noch in dem Glauben, dass sie etwas sehr Wichtiges für sich erreicht hatte.

Katharina stöhnte laut auf. »Ach, aber Silvester allein ist doch scheiße. Und wir haben uns Weihnachten schon nicht gesehen.«

»Ja, ich finde es auch nicht gut, wie es gelaufen ist, aber wir treffen uns ganz bald und dann erzähle ich euch alles. Aber vorher muss ich ...« Zoe schluckte und die Ergänzung *mich wieder in den Griff kriegen,* wäre ihr fast herausgerutscht, doch sie sagte: »... wieder richtig gesund werden.«

Sie warf das Taschentuch zu den anderen auf den Boden.

»Das verstehe ich doch. Aber ich darf jawohl noch enttäuscht sein, wenn ich meine Schwester seit über drei Wochen nicht gesehen habe.«

Diese Aussage verwunderte sie. Manchmal sahen sie sich drei Monate nicht und schrieben bloß belanglose E-Mails. Es war nicht so, dass sie sich nicht mochten, aber sie tauschten sich gegenseitig kaum über die Dinge aus, die der jeweils anderen wichtig waren. Seit wann war Katharina wegen der Feiertage so rührselig?

»Ich melde mich sofort, wenn es mir besser geht. Ich wünsche euch einen guten Rutsch.«

»Dir auch. Hab dich lieb.«

»Ich dich auch.«

Zoe atmete laut aus, als sie das Handy von sich wegschob.

Die nächste Stunde überstehen. Diesen Tag. Dann den nächsten.

~ ~ ~

Silvester und der Neujahrstag waren wie ein Schleier an ihr vorbeigezogen. Der wabernde Nebeldunst draußen spiegelte ihren Zustand wider. Sie hatte beschlossen, nicht mehr gegen all diese Gefühle in ihr anzukämpfen, sondern sich jeder neuen Woge hinzugeben. Nachdem sie in den beiden letzten Nächten schweißgebadet aufgewacht war, musste sie sich nun endgültig der Tatsache stellen, dass sie Helen nie wiedersehen würde.

Sie wusste, was ihr in solchen Situationen guttat. Sie musste sich bewegen, ihren Körper spüren und gezielt etwas im Außen verändern, damit auch ihr Inneres einen Kanal fand, mit diesen

Gefühlen umzugehen. Und so hatte sie begonnen, Kleinigkeiten in ihrer Wohnung zu verändern. Den Glasrahmen hatte sie gegen einen aus hellem Holz ausgetauscht und einige überfüllte Ordner aussortiert. Dort, wo eine Lücke entstanden war, hatte sie Helens Schneekugel hingestellt.

Sie hatte einen schrecklichen Fehler gemacht. Daran sollte die Kugel sie erinnern. Immer wenn ihr Blick darauf fiel, kamen ihr die Tränen. Sie hatte den Brief abgeschrieben, ausgedruckt und hinter die Schneekugel gesteckt.

Vielleicht konnte sie Helen den Brief irgendwann mal schicken. In ein paar Monaten. In einem Jahr. Vermutlich würde er jedoch einfach hinter die Bücher rutschen, ihr beim Staubwischen jedes Mal in die Hände fallen und sie daran erinnern, wie falsch sie sich verhalten hatte.

Zoe wischte sich mit dem Handrücken über die Augenlider. Sie waren mittlerweile ganz geschwollen.

Für Samstag hatte sie sich mit ihrer Familie zum Abendessen verabredet. Jetzt war es Donnerstagmittag und sie hoffte, sich bis dahin wieder gefangen zu haben. Sie musste.

Die Türklingel schellte und riss sie aus ihren Gedanken.

Zoe schaute auf die Uhr. Es war fast vierzehn Uhr. Sicher der Paketdienst.

Sie ging zur Tür und nahm den Hörer der Gegensprechanlage ab. »Hallo?«

»Hallo, Zoe. Hier ist Helen.«

Helen?

Mit einem Mal schien ihr Körper ganz leicht zu werden.

»Lässt du mich rein?«

»Ich …«, doch Zoe versagte die Stimme. Nur mit viel Mühe gelang es ihr, den Summer zu drücken und die Tür zu öffnen.

Der Hall der Schritte im Treppenhaus drang zu ihr. Kalter Schweiß bildete sich auf ihren Handinnenflächen.

Das gerade passierte wirklich.

Helen war hier.

Als Erstes tauchten die wilden Locken zwischen den Streben des Treppengeländers auf und dann das Profil von Helens Gesicht. Mit großen Schritten bog sie um die Ecke und sah sie an. Sie war unheimlich blass. Vor der Türschwelle blieb sie stehen.

Einige Augenblicke lang sahen sie sich an.

Helen lächelte nicht, aber in ihrem Blick lag etwas Mildes.

»Du bist hier«, entfuhr es Zoe. Es klang mehr wie eine Frage als eine Feststellung.

Sie ging zur Seite, Helen trat ein und schloss die Tür.

»Ich hätte vorher anrufen sollen. Tut mir leid, aber ich wusste nicht ... ob du rangehst ... Sandy hat gesagt, du seist krank. Ich konnte mich an deine Straße erinnern, weil du gesagt hast, du wohnst in der Nähe der S-Bahn-Station.«

Sandy?

»Hat Sandy dich angerufen?«

Helen schüttelte den Kopf. »Ich sie. Ich war heute früh in der Redaktion und habe ihr alles aus meiner Sicht erzählt. Sie bringen noch einen Artikel zu der ganzen Sache.«

Zoe schluckte, dann sah sie an sich hinunter. »Du kannst mir deine Jacke geben. Da ist die Küche. Magst du dich setzen?« Zoe zeigte zur Tür. »Ich bin sofort da. Ich brauche nur eben eine Minute.«

Helen nickte ihr kaum merklich zu, zog die Jacke aus und reichte sie ihr. Sie ging in die Küche, während Zoe die Jacke an die Garderobe hängte, sich ins Bad zurückzog und die Tür schloss.

Auf das Wachbecken gestützt, starrte sie in den Spiegel.

Sie war hier. Helen! Von der sie geglaubt hatte, sie nie wiederzusehen. Helen war jetzt im Raum nebenan.

Ihr Herz begann zu rasen und das Atmen fiel ihr schwer.

Ruhig.

Sie musste sich auf das Gute an der Situation konzentrieren. Zoe atmete tief ein. In ihrem Baum kribbelte es leicht.

Helen ist hier und ich habe die Chance, mit ihr zu reden.

Zoe fuhr sich mit den Fingern durch das Haar, machte sich einen Zopf, eilte aus dem Bad ins Wohnzimmer und steckte den

Brief in eine ihrer hinteren Hosentaschen, dann betrat sie die Küche.

Helen stand am Fenster und drehte sich zu ihr um.

Zoe trat einen weiteren Schritt in den Raum hinein.

Helens Blick war ernst. Tiefe Falten durchzogen ihre Stirn. »Wie geht es dir?«

Zoe schluckte. »Furchtbar, aber ich habe das verdient und das spielt auch keine Rolle. Wie geht es dir?«

»Sandy sagte, du seist schon seit Freitag krank.«

»Ich … können wir uns setzen? Magst du was trinken?«

Helen nickte. »Wasser, bitte.«

Zoe holte zwei Gläser aus dem Schrank.

Der Boden unter ihren Füßen schien nicht mehr zu existieren. Dass Helen hier war und sich anscheinend um sie sorgte, brachte sie völlig durcheinander.

Sie setzten sich und Zoe goss ihnen ein, dann nahm sie einen Schluck und betrachtete dabei Helens Gesicht. Unter ihren Augen lagen dunkle Schatten.

Helen sah sie an. »Deine Chefin hat mir den Artikel am Freitag zugemailt und ich habe nachgefragt, warum dein Name nicht drunter steht. Aber erst heute habe ich erfahren, was das für Konsequenzen für dich hat.«

»Das hat Sandy dir erzählt?«

»Ich habe ihr das Interview nur unter der Bedingung gegeben, dass ich alle Hintergründe zu dem Artikel erfahre, wodurch dein Auftrag entstanden ist und weshalb er so eine Bedeutung für dich hatte.«

»Das rechtfertigt nicht, wie ich mich dir gegenüber verhalten habe.«

»Warum setzt du deinen Job aufs Spiel, nachdem du schon so weit gegangen bist?«

Zoes Augen brannten. »Ich war die ganze Zeit so fixiert darauf, die Sache durchzuziehen, weil ich Angst hatte, meinen Job im nächsten Jahr zu verlieren.« Zoe trank noch einen Schluck

Wasser. »Als ich hier war, brach das alles über mir zusammen. Erst hier wurde mir wirklich bewusst, was das für Auswirkungen für dich und deine Familie haben wird und dass, obwohl ich …«, Zoes ganzes Blut schien nach unten zu sacken, leise sprach sie weiter, »… obwohl ich bereits sehr früh wusste, dass ich dich mag und dass du mir viel bedeutest.«

Helen biss sich auf ihre Unterlippe.

»Ich habe den Artikel abgegeben und mich elend gefühlt. Ich bin am selben Tag noch mal in die Redaktion und habe meinen Namen streichen lassen. Doch das Material gehört der Zeitung. Ich habe in ihrem Auftrag gehandelt. Ich musste ihnen alles übergeben. Ich wünschte, ich hätte schon in Norwegen die Courage dazu gehabt, dann hätte ich die Veröffentlichung vielleicht abwenden können.«

Helen atmete laut hörbar aus. »Ich habe vergangenen Montag eine Betriebsversammlung einberufen und die volle Verantwortung für die ganze Sache übernommen. Ich werde den Firmenvorsitz wieder abgeben und sobald ich zurück bin, alles dafür vorbereiten.«

Zoe schlug eine Hand vor den Mund. »Es tut mir so leid. Ich bin schuld, dass es so weit gekommen ist.«

Helen sah sie erschrocken an. »Nein, Zoe, bitte, sag das nicht. Es ist mein Vater, der mich im Stich gelassen hat.«

»Wie meinst du das?«

»Einige Wochen, nachdem mein Vater verstorben war, fand ich endlich die Kraft, seine alten Unterlagen durchzusehen. Der Firmenbetrieb lief weiter und ich musste mich mit den ganzen Aufgaben so schnell wie möglich vertraut machen.« Helens Blick ging nun in die Ferne. Sie schüttelte ungläubig den Kopf und ihre Gesichtszüge verhärteten sich. »Als ich den Ordner mit den Gutachten fand, stand ich unter Schock. All seine Notizen dazu, seine Überlegungen zur zukünftigen Nutzung des Waldgebietes und seine Kontaktaufnahme zu Mika … Ich konnte einfach nicht glauben, dass ich all das in seiner Handschrift vorfand. Es fühlte sich an, als habe jemand anderes diese Dinge niedergeschrieben, aber doch nicht mein lieber, gutmütiger Vater.«

Zoe rutschte etwas näher an den Tisch heran.

»Ich wollte erst mit niemanden darüber reden, doch ich bekam Angst, dass sie mich die ganzen Jahre über alle angelogen hatten, auch meine Mama.« Helen trank einen Schluck Wasser. Ihre Stimme war ganz leise geworden. »Ich habe ihr die Sachen gezeigt. Sie hatte davon nichts gewusst. Sie erzählte nur, dass es meinem Vater nach der Rückkehr nach Norwegen sehr schlecht gegangen war, doch sie schob es damals auf das Heimweh. Er verkaufte fast ihre ganzen Besitztümer in Deutschland, das Haus, etliche Möbel und sogar das ganze Inventar des Betriebes. Damit gab er den Laden komplett auf. Sie sprach ihn auf das Geld an und er sagte, er würde es in die Firma in Norwegen stecken. Was damit genau passiert ist, wusste sie nicht und sie wollte sich in die Geschäfte der beiden Männer nicht einmischen.«

Helen senkte den Blick. »Er und sein Vater hatten sich nicht mehr gut verstanden, nachdem er Norwegen für meine Mama verlassen hatte. Ich denke, sie hat sich immer schuldig deswegen gefühlt. Dass er die Firma mal erben würde, stand nie zur Debatte. Doch plötzlich wandelte sich das alles. Mein Opa band ihn in die Firmengeschäfte mit ein und es schien so, als hätte es die vielen Jahren, in denen sie kaum miteinander gesprochen hatten, nicht gegeben. Meine Mama wollte diesen Frieden nicht stören.«

Helen sah Zoe wieder an. »Ich habe die alten Kontoauszüge überprüft. Die Überweisungen aus Deutschland wurden bar abgehoben.« Sie schluckte nun. »Sie nahmen das ganze Geld, um das gefälschte Gutachten zu bezahlen …« Helen entfuhr ein Schluchzen und sie verbarg das Gesicht in ihren Händen.

Zoe sprang auf. Sie ging vor Helen in die Hocke und zog ihre Hände vorsichtig nach unten.

Helen betrachtete ihre Hände, die in Zoes lagen.

Zoe löste sich wieder von ihr. »Entschuldige …«

»Nein, bitte … bleib hier.«

Zoe stand auf, holte Taschentücher aus der Schublade, reichte Helen eines davon und zog dann den Stuhl vor sie.

Helen wischte sich mit dem Tuch über die Augen. »Das alles war ein verdammter Alptraum. Ich konnte meinen Vater nicht verraten. All die Jahre, die er in die Firma investiert hatte und in denen er ein liebevoller Familienvater gewesen war …«, Tränen rannen ihr über die Wangen, »… das alles ist nun mit einem Mal weggewischt.«

Zoe berührte Helens Arm. Ihr stiegen ebenfalls Tränen in die Augen. Es tat weh, sie so verzweifelt zu sehen.

»Ich wollte, dass sich wenigstens die Leute in der Stadt, in der er sich viele Jahre so geborgen und zu Hause gefühlt hatte, noch mal an all das erinnern, was er für sie getan hat, bevor die Sache ans Licht kommt. Und ich wollte das auch für mich, um die kommende Zeit durchzustehen. Deswegen war es mir so wichtig, dass du über ihn und seine guten Seiten schreibst.«

Zoe drückte sanft Helens Arm.

»Ich habe die Zeit mit dir gebraucht, um den Kern in mir zu stärken, der mich mit meiner Familie verbindet. In ein paar Monaten hätte ich die Sache aufgedeckt. Ich war einfach noch nicht bereit dazu.« Helen rutschte etwas nach hinten. »Du hast dich bei mir entschuldigt und ich will das auch bei dir tun. Ich habe dich ebenso für meine Zwecke ausgenutzt.« Sie sah Zoe an. »Es tut mir leid.«

Zoe stand auf. Die innere Unruhe ließ ihre Beine kribbeln. Die Wut auf Helens Vater und ihren Opa kochte in ihr hoch. Wie hatten sie all die Jahre bloß mit dieser Lüge leben können?

»Aber Helen, wieso ziehst du dich zurück? Das ist eure Firma. Euer Familienbesitz. Du kannst nichts für die Vergangenheit. Du darfst dir das alles nicht nehmen lassen, weil andere Fehler gemacht haben.«

Zoes Körper zitterte. Das war alles zu viel. Hier war diese wunderbare Frau, deren Leben nun zerbrach, weil andere zu feige gewesen waren, sich der Wahrheit zu stellen. Warum war Helen nicht viel wütender? Wusste sie überhaupt, was sie da aufgab? »Du bist doch unschuldig.«

Helen stand ebenfalls auf. Sie ging auf Zoe zu und griff nach ihren Schultern. »Eine kurze Zeit habe ich wirklich geglaubt, mein Vater hätte mir den Vorsitz übertragen, weil es sein Wunsch gewesen wäre, dass der Betrieb komplett in familiärer Hand bleibt und er mir diese Aufgabe wirklich zutraut. Doch nachdem ich sein Geheimnis entdeckt hatte, wurde mir klar, dass er es vor allem getan hat, um dieses zu schützen. So bizarr das vielleicht klingt, es war auch eine Erleichterung für mich, den wahren Grund zu erfahren, denn diese Führungsposition überfordert mich. Ich liebe meinen Beruf und vermisse ihn sehr. Es ist gut, dass nun endlich alle die Wahrheit kennen. Ich bin diese Situation in Gedanken in den letzten Wochen so oft durchgegangen und es hat mich viel Kraft gekostet. Das Schlimmste ist jetzt vorbei.«

Sie sahen sich an.

Zoe nahm all ihren Mut zusammen. »Kannst du mir verzeihen?«

Helen ließ Zoe los. Sie ließ ihren Blick über Zoes Gesicht wandern, dann nickte sie kaum merklich. »Du mir auch?«, flüsterte Helen.

»Ja«, sagte Zoe. Ihre Hand wanderte zu ihrer Hosentasche und dem Brief darin.

Helen lächelte nun zum ersten Mal. »Ich möchte dir morgen etwas zeigen. Hast du Zeit?«

Morgen?

Auf einmal wurde Zoe bewusst, dass Helen bald auch wieder nach Norwegen zurückkehren musste. Dieser Gedanke versetzte ihr einen Stich in den Magen. »Du bist morgen noch hier?«

»Ich bleibe bis kommenden Dienstag.«

Wenn sie sich morgen sahen, konnte sie ihr den Brief auch morgen geben. »Ja, ich habe Zeit.«

»Treffen wir uns in der Adalbertstraße Nummer elf?«

Zoe nickte.

»Ich besuche am Vormittag noch zwei alte Geschäftsfreunde meines Vaters. Sie hatten mich kontaktiert und ich wollte die Gelegenheit nutzen, sie persönlich zu treffen.«

»Wann erscheint das Interview mit dir?«

»Morgen.«

»Es war sehr mutig von dir, ausführlich über die ganze Sache zu reden.« Zoe ging einen Schritt auf sie zu. »Es tut mir so leid, dass du das alles durchmachen musst.«

Helen schob sich eine Locke hinter das Ohr. »Es geht mir gut. Hier zu sein, in meiner alten Heimat, gibt mir sehr viel, und dich jetzt zu sehen ... ich habe mir Sorgen gemacht, als ich hörte, du seist krank.«

»Ich konnte einfach nicht mehr ...« Leise fuhr Zoe fort: »... ich habe mich für mein Verhalten so geschämt.«

Helen ging einen Schritt auf sie zu. Sie hob eine Hand und strich ihr über die Wange. »Ist es nun besser?«

Zoe nickte. Gerade wollte sie nach Helens Hand greifen, da drehte diese sich Richtung Tür. »Ich mache mich dann mal auf den Weg. Ich übernachte in einem Hotel in der Nähe des Bahnhofes.«

Zusammen gingen sie in den Flur und Zoe gab Helen ihre Jacke.

Sie standen voreinander und sahen sich an.

»Bis morgen, Zoe.«

»Bis morgen.«

Helen wollte sich zur Tür drehen.

»Helen!«

»Ja?« Helen sah sie an.

»Danke, dass du hergekommen bist.«

Helen lächelte. Sie drehte sich zur Tür und verließ die Wohnung.

Zoe schaute ihr hinterher. Am Treppenabsatz hob Helen noch mal die Hand. Zoe schloss die Tür erst, als das letzte Geräusch von Helen im Flur verhallt war.

Sie ging in die Küche und ließ sich auf den Stuhl sinken. Mit dem Zeigefinger berührte sie das Glas von Helen. Ihren Körper durchströmte eine Woge des Glücks. Das alles war gerade wirklich geschehen und schon morgen würden sie sich wiedersehen.

Sie zog den Brief aus der Tasche.

Wie würde Helen darauf reagieren? Was wäre, wenn es für sie doch nur eine einmalige Sache gewesen war und sie sich jetzt nur mit ihr hatte aussprechen wollen?

Zoe blickte aus dem Fenster. Und wenn sie es ihr nicht sagte und Helen am Dienstag einfach wieder nach Norwegen flog?

Nein.

Helen musste wissen, was Zoe für sie empfand.

Kapitel 12

Als Zoe die Einkaufsstraße entlang ging und dabei die Hausnummern betrachtete, spürte sie mit jedem Schritt, wie ihre Nervosität zunahm.

Was wollte Helen ihr zeigen?

Auch wenn es unpassend gewesen wäre, hätte sie ihr den Brief gestern schon geben sollen, dann hätte sie es nun hinter sich.

Ob sie sich heute trauen würde? Vielleicht könnte sie es ihr auch einfach sagen.

Ich habe mich in dich verliebt.

Es war nur dieser eine Satz, den sie über die Lippen bringen musste.

Ein einziger Satz.

Sie näherte sich der Hausnummer elf und sah Helen vor einem leerstehenden Geschäft auf und ab gehen.

Helen hob die Hand und Zoe tat es ihr nach.

Sie lächelte viel gelöster als gestern.

»Hi.«

»Hi.«

Helen blieb einen Moment lang stehen, dann ging sie einen Schritt auf Zoe zu und schloss damit die Lücke zwischen ihnen. Sanft zog sie Zoe an sich.

Für einen Moment versteifte sich Zoes Körper, aber dann ließ sie die Nähe zu. Es war ein wunderschönes Gefühl, dass Helen diese Umarmung einforderte.

Zoe umschlang Helens Oberkörper. Sie wirkte angespannt.

»Können wir kurz so stehen bleiben?«, fragte Helen leise.

»Ja.«

»Ich habe in meinem ganzen Leben noch nie so viel geredet wie in den letzten Tagen. Alle haben so viele Fragen und die ganzen Emotionen ...« Helen vergrub ihr Gesicht an Zoes Schulter.

Zoe löste den letzten minimalen Abstand zwischen ihnen auf und strich Helen über den Rücken.

Helen ließ sich leicht gegen ihren Körper sinken und atmete einige Male tief ein und aus.

»Geht es dir einigermaßen gut?«, fragte Zoe.

»Ich bin durcheinander.«

»Das ist okay. Wenn du willst, halte ich dich fest, bis es besser wird.«

»Ich beantrage dafür gleich ein paar Wochen.«

Zoe lächelte, auch wenn Helen das gerade nicht sehen konnte.

Einige Atemzüge lang standen sie so da.

»Ich habe gestern ganz vergessen dich zu fragen, wie es deiner Mutter geht.«

Langsam löste sich Helen von ihr. »Sie hat viele Leute um sich, die sich um sie kümmern. Ich konnte sie allein lassen, ohne ein schlechtes Gewissen haben zu müssen. Ich will dir was zeigen.«

Helen drehte sich um und Zoe tat es ihr nach.

Zoe hatte eine Vermutung. »Ist das euer alter Laden?«

»Ja, und er steht seit einem halben Jahr leer.« Sie blickte Zoe an. »Als ich vor einigen Wochen für ein paar Tage aus Norwegen verschwunden bin, war ich hier in der Stadt. Ich brauchte Halt und besuchte die Orte meiner Kindheit. Als ich sah, dass der Laden leer steht, habe ich das Maklerbüro kontaktiert. Und gestern habe ich das noch einmal getan.«

Helen zog einen Schlüssel aus der Jackentasche.

Wieso bekam Helen den Schlüssel für den Laden? Sie musste doch einen ganz konkreten Grund geäußert haben? Konnte es sein, dass Helen ihr Interesse dafür bekundet hatte?

Helen schloss auf und zusammen betraten sie den großen Raum.

Zoe öffnete den Mund, doch sie traute sich nicht, Helen zu fragen. Vielleicht war es für sie einfach nur eine kleine Reise in die Vergangenheit und man hatte ihr den Schlüssel aus Kulanz gegeben.

Ein feiner Hauch von Rosenblüten hing in der Luft. Das Schaufenster und der Boden schienen frisch geputzt worden zu sein. Die Sonnenstrahlen spiegelten sich auf dem glänzenden Estrichboden.

»Hier war eine Zeit lang wohl ein Blumenladen drin.« Helen schüttelte leicht den Kopf. »Ich habe hier so viel Zeit verbracht. Ich sehe alles noch genau vor mir.«

»Wir sind damals nie reingegangen. Meine Eltern waren mehr so die Plastikfraktion, was das Spielzeug betraf.«

»Stell dir vor, wir wären uns damals begegnet.«

Zoe winkte ab. »Du hättest mich nicht gemocht, ich war oft sehr zickig.«

Helen grinste. »Vielleicht hätte ich diese Herausforderung gern angenommen.«

Zoe griff nach dem Brief in ihrer Hosentasche, doch Helen drehte sich von ihr weg und zeigte nach rechts. »An der Wand stand ein kleiner Tisch mit der Kasse. Der Rest des Ladens war sehr verwinkelt, denn mein Vater hatte die verrücktesten Regale für die Figuren gebaut. Es waren überwiegend dicke Baumstämme, die er aufstellte und die Figuren darin in Höhlen oder auf Vorsprüngen sitzen ließ. Manche hingen in Schaukeln von der Decke.«

Zoe ließ den Brief, wo er war.

Helen zeigte zur Ecke ihnen gegenüber. »Da hinten links gab es einen Bereich zum Spielen, in dem er etliche Figuren zur Verfügung stellte. Manchmal hielten sich hier fünfzehn Kinder gleichzeitig auf, während die Eltern zum Einkaufen gingen. Meine Mutter kochte Tee für alle und verteilte Plätzchen, während mein Vater oftmals inmitten der Kinder saß und seine Vokabeln auswendig lernte. Er sprach die deutschen Worte auch viele Jahre lang noch hart und kantig aus und die Kinder lachten und halfen ihm, indem sie ihn abfragten. Ich glaube, das meiste hat er durch sie gelernt.«

Helens Augen leuchteten nun. »Ich kam nach der Schule immer hierher und spielte mit den anderen. Zu Hause waren wir kaum.«

Zoe lächelte. »Ich habe heute Morgen das Interview mit dir gelesen. Was du über diesen Stadtteil erzählt hast, hat mich sehr bewegt. Deine Dankbarkeit für die Menschen, die deine Eltern damals so liebevoll in ihrer Mitte aufgenommen haben. Ich mochte deine Schilderung, wie dein Vater es durch seine außergewöhnliche Art schaffte, sich mit allen zu verständigen und ihnen die Besonderheit jeder einzelnen Figur vermittelte.«

Helen grinste. »Ja, er drückte sich vor allem mit Grimassen und durch Zeichnungen aus.«

»Wurde das Holz hier auch zugeschnitten und bearbeitet?«

Helen drehte sich um und Zoe folgte ihrem Blick. »Im Hinterhof gab es einen großen Raum, dort wurde am Anfang gesägt und geschnitzt. Der Makler erzählte mir, dass hier viele Jahre noch eine Schreinerei ansässig gewesen war, doch als es immer mehr Einkaufsläden auf der Straße gab, verdrängten diese die Handwerksgeschäfte. Der Laden stand wohl immer mal wieder leer.«

»Ja, die Läden in den Vororten haben es mittlerweile schwer, sich zu halten. Aber ich weiß durch meine Reportagen, dass vor allem die alteingesessenen Läden noch einen guten Zulauf haben.« Zoe stellte sich neben Helen. »Wieso hast du dir den Schlüssel geben lassen?«

Hinter ihnen war ein Klopfen zu hören. »Entschuldigung?«

Sie drehten sich um.

Eine Frau um die sechzig stand im Türrahmen. Sie trug einen strahlend weißen Hut und eine ebenso helle Handtasche. »Darf ich reinkommen?«

Helen ging auf die Frau zu und Zoe folgte ihr mit etwas Abstand. »Ja, bitte.«

Die Frau trat nah an Helen heran und kniff die Augen zusammen. »Sind Sie Helen Amundsen?«

»Ja.« Helen streckte die Hand aus.

Die Frau ergriff sie und schüttelte sie. »Frau Amundsen, meine Güte, Sie sind jetzt eine Dame. Mein Name ist Elisabeth Windrath. Ich kannte ihre Eltern. Sie waren damals ein junges Mädchen mit geflochtenen Zöpfen und Flausen im Kopf.«

Helen lächelte.

Die Dame ließ ihre Hand nicht los, sondern legte ihre zweite darüber. »Ich habe Ihre Geschichte in der Zeitung gelesen. Was für ein Schreck. Ich konnte es nicht fassen. Ihr Vater war so ein zuvorkommender und freundlicher Mann. Er hat sich von seiner Angst leiten lassen. Verzeihen Sie ihm. Viele von uns machen Fehler im Leben. Mein Kind, haben Sie Menschen, die sich um Sie kümmern?«

Helens drehte sich zu Zoe und sah sie an. Ihre Wangen waren rosig geworden. »Ja, das habe ich. Es geht mir gut.«

Zoe lächelte.

Die Dame ließ Helens Hand los und blickte sich in dem Raum um. »Die beiden Schreinereien und die Blumenläden ... nichts wurde hier gut angenommen. Wer weiß, manchmal hat ein Ort vielleicht nur eine einzige Bestimmung.« Sie lächelte Helen an. »Richten Sie Ihrer Frau Mutter herzliche Grüße aus.«

»Das werde ich. Ich danke Ihnen.«

Die Frau nickte Zoe zu und verließ langsam den Raum.

Helen sah ihr nach.

Zoe stellte sich neben sie und betrachtete ihr Gesicht. Sie wiederholte ihre Frage bezüglich des Schlüssels nicht, denn Helen schien in Gedanken versunken zu sein.

Plötzlich drehte Helen sich um, betrachtete noch mal den Raum und ging dann hinaus. Zoe folgte ihr und Helen schloss ab.

Schnell griff Zoe erneut zu dem Brief, doch anstatt ihn vorzuziehen, sprang ihr eine Frage über die Lippen. »Hast du morgen Abend schon was vor?«

Helen drehte sich zu ihr, dann schüttelte sie den Kopf.

»Ich werde mit meiner Familie Weihnachten nachfeiern, weil ich nicht hier war.«

Helens Blick wurde ernst. Sie legte eine Hand auf Zoes Arm. »Du hattest überhaupt kein Weihnachtsfest. Das ist meine Schuld.«

Zoe schluckte. Erinnerungen an den Tag im Hotel kamen zurück.

Helen strich über ihren Arm. »Ich hatte mich wirklich darauf gefreut, dass wir zusammen mit meiner Familie feiern. Es tut mir leid.«

Zoe drückte kurz Helens Hand. »Deswegen wäre es umso schöner, wenn du kommen würdest, wenn ich das nachhole. Wegen der ganzen Sache, die durch mich ausgelöst wurde, wird es bei euch ja auch nicht besonders festlich gewesen sein, oder?«

Helen sah sie verlegen an. »Kann man das denn, Weihnachten nachfeiern?«

Zoe ließ sich sanft gegen Helens Schulter fallen. »Wenn ich sage, dass das geht, dann geht das.«

Helen lachte. »Ich komme sehr gern.«

»Das ist schön. Ich habe meiner Familie bisher kaum etwas über meine Reise erzählt und warum mein Name nicht unter dem Artikel stand. Ich möchte das persönlich machen.«

»Das verstehe ich.« Helen überlegte. »Hast du schon mal Bratäpfel gemacht?«

Zoe schüttelte den Kopf.

»Wenn du magst, komme ich früher zu dir und wir bereiten sie vor. Ich würde alles dafür mitbringen. Dann hätte ich auch ein Gastgeschenk.«

Es war so schön, dass Helen Zeit mir ihr verbringen wollte. »Magst du dann gegen halb fünf kommen?«

»Gern. Heute habe ich noch ein Treffen. Das wird sicher wieder anstrengend.« Sie zog eine Schnute.

»Du schaffst das.«

»Danke.«

Helen kam auf sie zu und sie umarmten sich.

Am liebsten hätte Zoe ihr diesen einen Satz nun ins Ohr geflüstert und sie dann einfach nicht mehr losgelassen.

Ich habe mich in dich verliebt.

Helen schien sich auch nicht von ihr lösen zu wollen.

Zoes Herz schlug ihr bis zum Hals. Sie öffnete die Lippen.

Helen trat einen Schritt zurück. »Ich freue mich auf morgen.«

»Ich mich auch.«

Helen lächelte ihr zu, dann drehte sie sich um und ging die Straße hinunter.

Zoe blickte ihr nach, bis sie außer Sichtweite war.

So wird das nichts.

Ihre Angst war größer als sie gedacht hatte.

Morgen. Morgen musste sie sich trauen.

Sie drehte sich um und trat nah an das Schaufenster heran. Vor ihrem inneren Auge füllte sich der Laden mit spielenden Kindern und den bunten Figuren.

Was hatte Helen hier gewollt?

Langsam trat Zoe den Weg nach Hause an, doch das Bild des belebten Ladens ließ sie nicht mehr los.

Kapitel 13

Als Helen bei ihr an der Wohnungstür ankam, war sie mit zwei großen Tüten beladen. Zoe nahm ihr diese ab.

»Du meine Güte, womit füllt man die Äpfel denn? Mit weiteren Äpfeln?«

Helen fuhr sich über den Nacken. »Ich hatte ganz vergessen, dich zu fragen, wie groß deine Familie ist, deswegen habe ich ein paar Äpfel mehr eingekauft.«

Zoe lachte. »Mit dir sind wir heute zu sechst. Aber keine Sorge, wir essen mindestens für Zehn.«

»Das klingt gut.«

»Komm, ich zeige dir meine Wohnung, beziehungsweise, die beiden weiteren Räume.«

Sie ließ Helen einen Blick in das Bad werfen, dann gingen sie in ihren Wohn- und Schlafraum.

»Hier arbeite und schlafe ich. Ich möchte aber bald ein wenig umbauen, denn plötzlich habe ich eine Vorliebe für ungestrichenes Holz.«

»Wie kann denn sowas passieren?«

»Eine sehr interessante Frau hat mir spannende Geschichten über Bäume und Holzmaserungen erzählt, die mich sehr beeindruckt haben.« Zoe atmete ganz bewusst tief ein und wieder aus. »Ich fühle mich mit ihr verbunden, wenn ich mehr davon um mich habe.«

Helen setzte an, um etwas zu sagen, doch da fiel ihr Blick auf die Kugel.

Zoe zog sie aus dem Regal hervor. »Es war nur eine Leihgabe von dir, aber weil ich so überstürzt aufgebrochen bin, landete sie in meinem Koffer … entschuldige.«

Helen kam auf sie zu, griff nach der Kugel und schob diese sachte zurück in das Regal. »Behalte sie bitte. Ich wollte sie dir bei unserem ersten Treffen schon schenken, aber es kam mir unpassend vor. Ich freue mich, dass sie hier steht.«

»Danke.«

Helen lächelte sanft. »Es ist sehr schön bei dir.«

Für einen Moment hatte Zoe wieder den Eindruck, als wolle Helen noch etwas sagen. Sie schien momentan immer wieder kurzzeitig in Gedanken zu sein. Vielleicht, weil gerade so viel passierte? Aber sie wirkte nicht wirklich abwesend, im Gegenteil, sie war ihr sehr zugewandt. So wie jetzt, sah sie Zoe häufig mit einem freundlichen Blick an und lächelte ihr zu. Könnte man doch nur in den Gedanken von jemand anderem spazieren gehen.

»Sollen wir anfangen? Wir haben einiges an Arbeit vor uns.«

»Sehr gern.«

In der Küche beförderte Helen alle nötigen Zutaten auf den Tisch und die Arbeitsplatte. »Wir bräuchten zwei große Schüsseln, zwei Brettchen und zwei kleine Löffel.«

Zoe holte alles hervor und ließ dann den Blick über die Zutaten schweifen. Vor ihr standen ein großer Beutel mit Äpfeln, eine Tüte mit gehackten Mandeln und Haselnüssen, Marzipankugeln und Rosinen, ein Zimtdöschen sowie zwei verpackte, kleine Schnitzmesser.

»Wow, das werden wir gleich alles verarbeiten?«

Helen nickte. »Die Zutaten aus den Tüten werden vermengt und mit dem Zimt abgeschmeckt. Ich schlage vor, dass wir welche mit und ohne Rosinen machen.«

Zoe nickte.

»Das Kerngehäuse der Äpfel wird hinausgestochen und die Masse hineingefüllt. Die Äpfel kommen dann heute Abend für fünfundzwanzig Minuten in den Ofen. Aber erst nach dem Essen, als warmer Nachtisch.«

»Klingt toll.«

Helen befreite die beiden kleinen Gegenstände aus ihren Packungen, wusch und trocknete sie ab und reichte ihr eines der Hölzer, an denen sich ein rundes Metallstück am Ende befand.

»Ist das ein Schnitzeisen?«

Helen lachte. »Das wäre mal eine sinnvolle Alternative dafür. Dieses wunderbare Teil gibt es tatsächlich bloß für diesen einen Zweck, um Äpfel auszustechen. Den Rest des Jahres nimmt es einfach nur Platz in der Schublade weg. Aber es ist ganz eindrucksvoll, oder?«

Zoe grinste. »Ich würde gern die Füllung machen.«

»Hat dich mein Schnitzkurs etwa nicht überzeugt?«

Zoe dachte an den Moment in der Hütte und an Helens Hände auf ihren.

Helen schien ebenfalls in Gedanken, fahrig zeigte sie auf die Päckchen und Tüten. »Die Zutaten müssen alle verrührt und mit dem Zimt abgeschmeckt werden. Du findest sicher die richtige Mischung heraus. Ich probiere gleich aber auch und verrate dir, ob sie dem Rezept meiner Familie standhalten kann.«

Sie setzten sich.

Zoe öffnete die Tüten und schüttete jeweils ein wenig von dem Inhalt in die Schüssel, dann begann sie, alles mit einer Gabel zu mischen, was gar nicht leicht war, denn das Marzipan ließ sich nicht gut vermengen.

Helen beobachtete ihre Bemühungen. »Da gibt es einen Trick.« Sie griff nach Zoes Hand und drückte sanft ihre Finger nach unten, so dass sie mit der Gabel einige Furchen durch die Masse zog.

Zoes Haut kribbelte angenehm.

»In die kleinen Rillen kannst du nun die Zutaten drücken, dann musst du nicht so viel rühren«, sagte Helen leise und ließ ihre Hand los.

Während Zoe alles weitere vermengte, beobachtete sie Helens Bewegungen. Sie war so flink und geschickt beim Ausstanzen der Apfelgehäuse wie beim Schnitzen.

Helen blickte auf. »Gibt es bei euch auch irgendwas mit Äpfeln an Weihnachten?«

Zoe überlegte. »Nein. Also, jetzt nicht mehr. Früher legte meine Oma zu Nikolaus immer getrocknete Apfelringe auf unsere Teller. An den Weihnachtstagen gab es dann immer die mit Schokolade überzogenen. Ab dem Spätherbst hingen diese zum Trocknen auf Schnüren im Keller, doch wir bekamen erst im Dezember welche davon ab.«

Zoe hatte lange nicht mehr daran gedacht. Nun legte sich der süßliche, fast nussige Geschmack der zarten Ringe auf ihre Zunge.

Helen nickte kaum merklich. »Bei uns hat es als Nachtisch schon immer Bratäpfel gegeben. Ich mag sie recht gern, aber Schokoladenpudding finde ich viel besser.« Sie ließ den Stanzer sinken. »Vor einigen Jahren kochte ich am Vorabend des 24. eine riesige Schüssel Pudding und brachte sie zur Feier am nächsten Tag mit. Ich hatte gedacht, ich könnte allen anderen damit auch ein wenig Arbeit ersparen. Ich hatte nicht gewusst, welche feierliche Bedeutung die Äpfel haben und hatte somit einen Feiertags-Eklat ausgelöst.«

Zoe runzelte die Stirn. Sie verstand nicht, worauf Helen anspielte.

Helen legte ihr eine Hand auf den Arm, dann neigte sie sich zu ihr. »Früher wurden an die Weihnachtsbäume Äpfel gehangen. Im christlichen Glauben sollten sie an den Paradiesbaum erinnern, aber es sind auch Sonnensymbole. Die roten und goldenen Christbaumkugeln von heute gehen darauf zurück. Am 21. Dezember ist die dunkelste und längste Nacht des Jahres, die Wintersonnenwende. Von da an nimmt das Licht stetig zu und der Jahreskreislauf beginnt wieder von vorn. Deshalb ist der Apfel als Symbol zur Weihnachtszeit vielen sehr wichtig.«

Zoe blickte auf den Apfel in Helens anderer Hand. »Das gefällt mir.«

Erinnerungen überschwemmten sie. Einzelne Bilder der Weihnachtsfeiern bei ihren Großeltern blitzten auf, bei denen der Schmuck auch stets in Rot und Gold gehalten wurde. Zoe wurde klar, wie sehr sich das alles im Laufe der letzten Jahre verändert hatte. Solche Geschichten, wie Helen sie gerade erzählt hatte, kannte sie auch von ihrer Oma. Sie hatte auch von der Wintersonnenwende gesprochen und wie sie an diesem Tag immer bis lange nach Mitternacht wach geblieben war. Plötzlich erklang ihre Stimme in Zoes Ohr: *Die Zeit der Rückschau beginnt, wir lösen uns von dem Alten und wenden uns Neuem zu.*

Wie hatte sie so Vieles vergessen können? Und wieso hatte sie in den letzten Jahren an den Feiertagen auf etliches verzichtet, was sie mochte?

»Ist alles in Ordnung?«, unterbrach Helen ihren Gedankenstrom.

»Entschuldige, ich habe an meine Großeltern und ihre Traditionen gedacht.«

Helen lächelte ihr zu, nahm einen Löffel und kostete von der Masse. »Die Mischung ist schon gut, aber vielleicht noch mehr Zimt.«

Zoe nickte.

Helen stanzte die Äpfel aus und schnitt einen kleinen Teil der oberen Hälfte ab, um ihn als Deckel zu nutzen. Sie bestand bei den letzten beiden darauf, dass Zoe es auch probierte. Es gelang ihr gut.

Sie füllten die Äpfel und wickelten sie in Frischhaltefolie.

Helen half ihr noch beim Aufräumen. Zum Umziehen verschwand sie im Bad und Zoe im anderen Nebenzimmer. Aus ihrem Kleiderschrank wählte sie eine dunkelblaue Jeans und ihre seidene, silbrig glänzende Bluse aus, dazu suchte sie eine Kette heraus, die sie sich vor Jahren mal bei einer Goldschmiedin nach einem ihrer Pressetermine gekauft hatte.

Sie bestellte ein Taxi und trat in den Flur. Helen kam gerade aus dem Bad zurück und für einen Moment verschlug es Zoe den Atem.

Sie trug ein türkisfarbenes, enganliegendes Kleid, welches ihr bis zu der Mitte der Oberschenkel reichte, und dazu eine schwarze Strumpfhose mit schwarzen Stiefeln bis zu den Waden.

Helen folgte ihrem Blick. »Ich wusste nicht, welche Termine mich hier so erwarten, deswegen hatte ich für jede Gelegenheit etwas mitgenommen.«

»Du siehst toll aus.«

Helen kam auf sie zu und strich mit dem Zeigefinger über ihre Kette. Die Berührung hinterließ eine glimmende Spur auf ihrer Haut. »Die steht dir sehr gut.«

»Das mit den Komplimenten können wir also auch.«

Helens Hand ruhte für einen Moment noch auf dem Kragen ihrer Bluse. »Wird ja auch langsam Zeit, oder?«

Zoe lächelte. »Ich habe uns ein Taxi bestellt. Es müsste gleich da sein. Sollen wir unten warten?«

Helen stimmte zu und sie verpackten die Zutaten für das Essen sowie die vorbereiteten Äpfel in drei großen Taschen. Für ihre Klamotten hatte Helen einen Rucksack dabei.

Während der Fahrt im Taxi betrachtete Helen ausgiebig die Umgebung und erzählte von ihren ersten Eindrücken, als sie als Jugendliche in Norwegen angekommen war.

Zoe lauschte dem Klang ihrer Stimme und wäre am liebsten für den Rest des Abends einfach neben ihr sitzen geblieben.

Als Zoe bei ihren Eltern klingelte, standen beide zu ihrer Begrüßung im Flur.

Ihre Mutter streckte die Arme aus. »Na endlich.«

Zoe umarmte sie und reichte dabei zwei der Taschen an ihren Vater durch.

»Hallo. Entschuldigt bitte, ich hatte in letzter Zeit so viel zu tun, mit mir.«

»Das sieht dir aber gar nicht ähnlich.«

»Vielleicht war es dann ja mal nötig.«

Zoe löste sich von ihrer Mutter und gab ihrem Vater einen Kuss auf die Wange. Er roch nach frisch aufgetragenem Rasierwasser.

Zoe drehte sich zur Tür. »Das ist Helen Amundsen. Meine Eltern, Frieda und Gert.«

Sie schüttelten sich die Hände.

»Ich freue mich sehr, dass ich heute hier sein darf. Es ist auch mein erstes zweites Weihnachten.«

Ihre Mutter lachte. »Ja, unsere Tochter hat uns damit ganz schön überrascht.«

Helen hob die Tasche in die Höhe. »Wir haben Bratäpfel vorbereitet, ich hoffe, Sie mögen die.«

Ihre Mutter drehte sich zu Zoe »Du meinst das wirklich ernst mit der Weihnachtsfeier, oder?«

»Ja!«

Ihr Vater drückte kurz ihre Schulter. »Ich finde das gut, denn ich musste den Baum noch nicht abschmücken.«

»Wir einigen uns bitte auf ein Du«, sagte Zoes Mutter zu Helen gewandt. »Kommt rein und setzt euch. Was möchtet ihr trinken?«

Zoe war froh, dass ihre Eltern so locker blieben. Nach der Geschichte in der Zeitung über Helens Familie hätten sie ihr gegenüber vielleicht auch misstrauisch sein können.

Zoe beobachtete, wie Helen sich zu ihren Eltern an den Tisch setzte. Niemand ahnte, welche Bedeutung diese Begegnung für Zoe hatte.

Hätte sie doch schon vorher mit Helen über ihre Gefühle sprechen sollen? War es nicht komisch, dass sie Helen erst ihren Eltern vorstellte, bevor sie diese eine wichtige Sache vor ihr ausgesprochen hatte?

Nachdem ihre Mutter sie mit Cola versorgt hatte, verstauten sie gemeinsam die Lebensmittel und Helen half dabei.

Zoe hielt ihr eine kleine Tüte entgegen. »Schau mal, was ich noch im Vorrat hatte, den mache ich später für dich.«

»Schokoladenpudding!« Sie grinste.

Ihre Mutter klatschte einmal in die Hände. »Wie ist der Plan?«

»Ich würde euch gleich gern etwas erzählen. Deswegen hatte ich auch darum gebeten, dass wir uns schon eher treffen, und danach bereite ich das Essen zu. Ich müsste zwischendurch außerdem mal kurz ins Wohnzimmer. Allein.« Das letzte Wort betonte sie extra und ihre Mutter blickte sie verschmitzt an.

»Du machst es aber spannend.«

Zoe versuchte zu lächeln, aber das bevorstehende Gespräch lag ihr schwer im Magen.

Die Klingel ertönte.

Zoe ging los und öffnete die Tür.

Ihre Schwester blickte ihr mit strahlenden Augen entgegen. »Zoe! Hallo!« Katharina zog sie an sich.

Zoe nahm es kurz den Atem. Katharina war um einen halben Kopf kleiner als sie, hatte dafür aber mehr Kraft.

So überschwänglich war sie sonst nicht.

Als Katharina sie losgelassen hatte, folgte Albert ihr in den Flur und gab Zoe zur Begrüßung die Hand.

»Frohe Weihnachten.« Er lachte.

Zoe machte einen leichten Knicks. »Ich bin froh, dass mich hier wenigstens *einer* ernst nimmt.«

»Dieser Platz in der Familie war ja noch unbesetzt.«

»Die drei sind in der Küche.«

Albert ging vor. Als er außer Hörweite war, zog Katharina Zoe zu sich zurück. »Also, Helen ist auch hier?«

»Ja, hatte ich dir doch geschrieben.«

»Und das ist die Frau aus deinem Artikel?«

»Ja.«

Katharina sah sie durchdringend an. »Es ist doch erstaunlich, dass sie hier ist, oder? Du hast da immerhin einen ganz schönen Knaller über ihre Familie aufgedeckt.«

»Das ist zwischen uns geklärt. Wir verstehen uns halt ganz gut.«

»Aha. Was macht sie denn hier? Bei ihr zu Hause muss es drunter und drüber gehen. Aber sie ist hier bei dir?« Die letzten beiden Worte betonte Katharina besonders deutlich und zog dabei spielerisch die Augenbrauen hoch.

O Mann.

»Wo bleibt ihr denn?« Ihre Mutter kam aus der Küche auf sie zu gerauscht. Sie wirkte deutlich angespannter als noch vor wenigen Augenblicken. Sie floh bereits jetzt vor Albert. Nach vier Minuten. Aber gerade war Zoe es ganz recht, dass sie damit Katharinas Verhör unterbrach.

»Schwesterngespräche, Mama.«

Katharina umarmte ihre Mutter.

Sie gingen in die Küche. Helen stand auf und Zoe stellte sie einander vor.

Katharina schüttelte Helen auffällig lange die Hand.

Als Helen auf Albert zuging, formte Katharina in Zoes Richtung ihre Lippen zu einem *wow*.

So unauffällig wie möglich streckte Zoe ihr die Zunge raus.

Ihre Mutter verteilte Getränke und sie stießen an.

Zoe atmete tief durch. »Erstmal möchte ich mich bei euch entschuldigen. Ich habe mich über die Feiertage und auch danach sehr rar gemacht. Die ganze Sache war für mich und auch für Helen sehr schwer und ich möchte euch gern einiges dazu sagen.« Zoe begann zu erzählen und endete damit, warum sie ihren Namen unter dem Artikel hatte streichen lassen.

Ihr Vater räusperte sich und blickte zwischen Helen und Zoe hin und her. »Helen, nimm mir das jetzt nicht übel, aber ich weiß, wie schlecht es Zoe ging, nachdem verkündet wurde, dass die Zeitung bald Stellen streichen wird. Der Artikel wäre eine große Chance gewesen.«

Zoe wurde schummerig. Sie hatte befürchtet, dass ihre Eltern enttäuscht sein würden.

Helen griff unter dem Tisch nach ihrer Hand.

Zoe sah zu ihr.

Helen wandte sich an ihren Vater. »Ich kann das verstehen. Ich weiß, was Zoe damit aufgegeben hat und dieses Zeichen an mich bedeutet mir sehr viel. Wir haben uns in Norwegen gut verstanden und diese Geschichte stand plötzlich zwischen uns.

Sie war sehr mutig, sich dem Ganzen auf diese Art zu stellen und ich bin ihr sehr dankbar, auch dafür, dass sie jetzt für mich da ist.«

Zoes Mutter nickte. »Das Kind ist nun sowieso in den Brunnen gefallen. Ihr habt beide viel hinter euch und ich finde es gut, dass ihr euch ausgesprochen habt. Kommt, stoßen wir noch mal auf einen gemeinsamen schönen Abend an.«

Helen zog ihre Hand weg.

Zoe lächelte.

Sie prosteten sich zu.

»Bevor ich mit dem Kochen anfange, würde ich gern noch etwas im Wohnzimmer vorbereiten.«

Katharina blickte zu ihr. »So, wie ich dich kenne, gibt es ein Gericht nach Rezept. Wir können doch einfach schon mal damit anfangen.«

»Das braucht ihr nicht.«

Katharina stand auf. »Doch, doch. Gib mir das Rezept, wenn wir alle anpacken, geht es doch viel schneller.«

»Na gut, danke.« Sie erklärte ihrer Schwester und Helen alles.

Während die anderen sich mit Brettchen und Schüsseln eindeckten, beugte Zoe sich zu Helen und flüsterte: »Ist es in Ordnung, wenn ich dich eben allein lasse?«

Helen nickte.

Zoe ging in den Flur und an dessen Ende öffnete sie die Tür zum Keller und stieg die steile Treppe hinunter.

Am Fuße der Treppe atmete sie einmal durch. Helens liebe Worte schwirrten ihr durch den Kopf und machten ihren Körper ganz leicht. Hoffentlich würde sie gleich die Dosen überhaupt noch tragen können.

Zoe wandte sich nach links. Sie wusste genau, wo die drei großen Metalldosen mit dem Weihnachtsschmuck ihrer Großeltern standen. Oft war sie unter einem Vorwand in den Keller gegangen und hatte sich die Sachen angeschaut.

Sie standen immer noch am gleichen Platz wie beim letzten Mal.

Für einen Moment ließ Zoe ihren Blick auf ihnen ruhen. Die erste war eine dunkelblaue Dose mit goldenen Sternen darauf, vermutlich war es mal eine Keksdose gewesen. Die zweite war in einem dunklen Lila gehalten. An die Bonbons von *Quality Street*, die in so einer Dose immer auf dem Wohnzimmertisch gestanden hatten, konnte Zoe sich noch gut erinnern. Die dritte Dose mochte sie am liebsten. Feine orientalische Ornamente in Rot, Silber, Grün und Weiß tanzten auf der Oberfläche. Zoe vermutete, dass ihre Großeltern sie auf einer Reise erstanden hatten. Hätte sie doch mal gefragt.

Behutsam hob sie den Stapel aus dem Regal, kippte ihn gegen ihren Brustkorb, balancierte die Dosen nach oben ins Wohnzimmer und zog mit dem Ellbogen die Tür zu.

Sie stellte die Dosen nebeneinander auf den flachen Tisch und öffnete alle drei Deckel.

Glitzernd und funkelnd lagen die Kugeln und Figuren vor ihr. Zoe nahm, wie jedes Mal beim Öffnen, einen Hauch von Nelken wahr.

Ihre Oma hatte Nelken in jeder Form geliebt, ob als frische Schnittblumen oder getrocknet auf der Fensterbank. Die Nelke war ihre Geburtsblume gewesen. Oma Clementine hatte immer erzählt, dass sie ihr Glück brachten. Wenn sie mal keine im Haus gehabt hatte, war angeblich sofort etwas Schlimmes passiert.

Zoe lächelte bei dieser Erinnerung. Sie fand es schön, was andere so stärkte und ihnen Mut machte.

Es klopfte.

Eilig ging Zoe zur Tür, machte diese einen Spalt auf, nahm von ihrer Mutter einen Kaffee entgegen und bedankte sich. Sie stellte die Tasse auf den Tisch, dann ging sie in die Mitte des Raumes und schloss die Augen.

Das Wohnzimmer ihrer Großeltern war ein langgezogener, offener Raum gewesen. Direkt daneben hatte sich die Küche mit einem großen Essbereich angeschlossen. Auf der Fensterbank neben dem Tannenbaum hatte der Holzkerzenständer gestanden und der Baum war stets wie Himmel und Erde geschmückt worden. Unten befanden sich die Figuren der Rehe und die Tannenzapfen, in der Mitte die Kugeln, als Symbol für die Wolken und den Frieden, der sich an den Feiertagen über die Welt legte und oben drüber die Engel.

Zoe öffnete die Augen und betrachte den Schmuck ihrer Eltern. Weiße und goldene Kugeln sowie eine Lichterkette zierten den Baum. Ihr Vater bekam jedes Jahr den Auftrag, sich nach den neusten Trends zu erkundigen und die Dekoration zu besorgen. Er hatte Spaß daran und sie schätzte seinen Einsatz. Sie wollte die Kugeln mit den anderen Sachen mischen. Nur die Lichterkette würde sie abnehmen und durch echte Kerzen ersetzen.

Zoe streckte sich, dann machte sie sich ans Werk.

Nach einer halben Stunde blickte sie stolz auf den buntgeschmückten Baum. Sie verstaute die leeren Dosen im Schrank und ging zurück in die Küche und betrachtete die Szenerie.

Helen hatte zwischen sich und ihrem Vater anscheinend endgültig das Eis gebrochen. Ihr Vater erhob gerade das Glas. »Stoßen wir auf dein wunderschönes Land an. Ich habe dort mal einen Sommer verbracht, direkt nach dem Abitur.«

»Wir können in fünfzehn Minuten essen«, sagte ihre Mutter. »Kat, hilfst du mir mit dem Geschirr?«

»Ich mache das«, sagte Albert.

Helen wollte ebenfalls aufstehen, doch ihre Mutter drückte sie an der Schulter zurück auf den Stuhl. »Du machst bitte gar nichts mehr, denn du bist unser Gast.«

Helen lachte. »Das gefällt mir. Ich hoffe, ich kann öfter kommen.«

»Bist du denn jetzt regelmäßig in Deutschland?«, fragte ihr Vater.

Zoe verstand die Antwort leider nicht, weil Albert die Teller herauszog, sie gegen den zweiten Stapel auf dem Tablett stießen und es laut klirrte.

Nachdem sie gedeckt hatten, verteilte Zoe die Lasagne auf den Tellern und den Salat in den Schüsseln und wünschte einen guten Appetit.

»Ich habe acht verschiedene Gemüsesorten für die Lasagne besorgt, wie ihr ja schon gesehen habt. Zum Nachtisch gibt es Bratäpfel, nach Helens Familien-Rezept.«

Katharina wandte sich Helen zu. »Kochst du viel in deiner Heimat? Deine Arbeit nimmt dich doch bestimmt sehr ein, oder?«

»Der Betrieb stand für mich immer an erster Stelle, dadurch war ich eher selten zu Hause. Aber ich möchte das ändern.«

Helen schaute Zoe durchdringend an.

Himmel, diese Augen. Dieses Kleid.

Bei jeder Bewegung sah sie, wie sich Helens Armmuskeln anspannten.

»Bist du in einer Beziehung?«

Zoe schloss kurz die Augen. Leider saß ihre Schwester zu weit weg, um sie unter dem Tisch zu treten. Aber sie könnte vielleicht eine Serviette zu Boden fallen lassen und sie dann schlagen.

Helen schüttelte den Kopf. »Mein Beruf schreckt einige ab. Eine erwachsene Frau, die Spielzeugfiguren herstellt und das halbe Haus voller Schnitzmesser hat, wirkt anscheinend etwas eigentümlich.«

»Kam sie dir etwa auch so vor?«, wandte sich Katharina an Zoe.

Zoe legte das Besteck zur Seite, sonst geriet sie noch in Versuchung, ein Teil davon in Richtung ihrer Schwester zu werfen. »Im Gegenteil, ich habe selten so viel Spannendes über einen Beruf erfahren.«

»Zoe hat übrigens Talent. Sie konnte die wichtigsten Schnitzbewegungen innerhalb weniger Minuten.«

Katharina grinste. »Du scheinst ganz neue Seiten an meiner Schwester hervorzubringen. Seit ich sie kenne, dreht sich alles nur um Wörter.«

»Dinge ändern sich«, sagte Zoe.

»Ja«, antwortete Katharina und sah liebevoll ihren Mann an, der ungewöhnlich still war. Er lächelte ihr zu.

Katharina ließ sich von Helen etwas über die Essgewohnten in Norwegen erzählen und Zoe war froh, dass sich das Thema nicht mehr um Beziehungen drehte. Als sie alle ihr Besteck abgelegt hatten, schaute Katharina in die Runde.

»Habt ihr aufgegessen? Albert und ich, wir würden euch gern etwas sagen.«

Alle nickten.

Katharina stand auf, stellte sich hinter Albert und legte ihm die Hände auf die Schultern. »Ich bin schwanger.«

Zoe und ihr Vater sprangen gleichzeitig auf, doch sie erreichte ihre Schwester als Erste. »Ohhh, wie schön, wie schön, ich freue mich so für euch.«

Sie drückte Katharina fest an sich und ihr Vater umarmte sie beide.

»Herzlichen Glückwunsch.« Albert klopfte er fest auf die Schultern.

Helen war ebenfalls aufgestanden und schüttelte beiden die Hände.

»Wir wollten es euch schon an Weihnachten sagen. Also dem letzten, dem richtigen, aber du musstest dich ja auf und davon machen.« Katharina schlug Zoe neckisch auf den Oberarm, dann lächelte sie Helen zu. »Aber das war natürlich auch gut, sonst hättet ihr euch ja nicht kennengelernt.«

»Da bin ich aber froh, dass ihr mir das nicht übelnehmt«, sagte Helen.

Mit quietschendem Stuhl stand ihre Mutter auf. Sie sah alle nacheinander an. »Ich werde Oma.«

»Das bleibt dann wohl nicht aus«, sagte ihr Vater. Er ging auf sie zu und gab ihr einen Kuss auf die Wange. »Für mich bist du immer noch die siebzehnjährige Schönheit, in die ich mich damals verliebt habe.«

»Wirklich? Das ist ja furchtbar. Ich war ein Backfisch. Und jetzt lass mich mal zu den beiden.«

Sie ging auf Katharina zu und drückte sie fest, gleichzeitig legte sie eine Hand auf Alberts Brustkorb. »Ihr zwei. Meine beiden.« Sie schaute hinunter. »Komm, Albert, wir gehen jetzt in den Keller und suchen eine gute Flasche Wein aus.«

»Ich trinke nichts, denn Kat darf auch nicht.«

»Ja, wir nehmen alle bloß ein winziges Schlückchen, zum Anstoßen.«

Sie verließen den Raum.

Zoe sah, dass Helen die Bratäpfel in den Backofen gestellt hatte. Sie lächelte ihr dankbar zu.

»Kommst du auch mal Babysitten?«, fragte Katharina.

In ihrer Stimme lag eine gewisse Unsicherheit. Zoe wusste, warum es ihr so ging. In den letzten Jahren hatten sie wirklich wenig Kontakt gehabt. Vielleicht war das eine Chance, sich wieder näher zu kommen.

Zoe legte einen Arm um ihre Schulter. »Natürlich werde ich das.«

»Ich steuere das erste Mobile bei«, sagte Helen.

In Zoes Magen kribbelte es. Helen stellte sich also vor, dass sie dann immer noch in Kontakt waren. Das war ein gutes Zeichen.

Ihre Mutter und Albert kamen zurück.

»Zoe, wir müssen jetzt aber wirklich mal ins Wohnzimmer, da stehen die guten Gläser.«

»Ich hole die Gläser hierher, wir füllen sie und dann sind auch die Bratäpfel fertig. Wir nehmen alles mit rüber. Ich will übrigens beides zusammen, Bratäpfel und den Schokoladenpudding.« Sie blickte Helen an und lächelte.

Ihre Mutter gab nach, Zoe schnappte sich das Tablett, ging ins Wohnzimmer und nahm die Gläser aus dem Schrank. Als sie zurückkam, verteilten Katharina und Helen gerade die Äpfel und einen Schlag Pudding auf den Tellern und ihre Mutter öffnete den Wein. Sie goss jedem einen kleinen Schluck ein.

»Sind alle versorgt? Dann können wir jetzt rüber.«

Zoe ging vor, drückte die Klinke der Wohnzimmertür hinunter und trat dann zur Seite, neben die Couch, damit die anderen genug Platz hatten. Helen stellte sich nah neben sie.

Der Duft nach Zimt und geschmolzenem Marzipan erfüllte den Raum.

Ihre Eltern stellten die Teller und Gläser auf den Tisch und traten nah an den Baum heran.

»Zoe! Er ist wunderschön … der ganze Schmuck unserer Großeltern«, sagte Katharina.

Zoes Herz schlug schneller. Ihre Eltern hatten sich noch nicht zu ihr umgedreht.

Ihre Mutter hob eine Hand und fuhr mit dem Finger über eine Engelsfigur. Sie nahm sie ab und ging auf Zoe zu. »Die hatten wir schon am Baum, als ich ganz klein war.«

»Ich weiß, Mama, ich weiß. Oma hatte sie aus Österreich.«

»Ihr erster Urlaub ohne Eltern.« Ihre Mutter lächelte. Sie beugte sich zu Zoe und drückte sie kurz an sich. »Er sieht klasse aus.«

Ihr Vater kam auf sie zu. »Und meine Kugeln hast du auch drangelassen.«

»Es passt doch alles ganz wunderbar zusammen, oder?«

Er nickte.

Ihre Mutter erhob ihr Glas. »Auf Weihnachten. Und auf euch.«

Alle erhoben ihre Gläser. Dann gingen ihre Eltern, Katharina und Albert auf den Baum zu und ihre Mutter begann, Geschichten zu den Figuren zu erzählen.

Helen rückte noch näher an Zoe heran und beugte sich leicht zu ihr, dabei stellte sie ihr Glas im Bücherschrank ab. »Das hast du toll gemacht. Vielen Dank für deine Einladung.« Sie legte ihr eine Hand auf den Rücken und strich darüber.

»Ich bin sehr froh, dass du mitgekommen bist.«

»Frohe Weihnachten«, flüsterte Helen und gab ihr einen Kuss auf die Wange.

~ ~ ~

Als Albert den Abwasch machte, während Helen versuchte, ihm einige norwegische Worte beizubringen, und ihre Eltern vor dem Baum einen Espresso tranken, nutzte Katharina die Gelegenheit, um Zoe in den Flur zu bugsieren. Sie schloss die Tür und zog sie noch einige Schritte weiter.

»Helen ist wirklich toll.«

Zoe beugte sich zu ihr. »Ja, aber du bist leider mit Albert zusammen.«

Katharina schlug ihr erneut auf den Oberarm.

»Autsch! Hör auf damit.«

»Hör du auf, mich zu veräppeln. Du stehst auf sie und sie auf dich. Sie schaut dich so verliebt an, wie ich momentan Lakritz-Bonbons.«

»Im Ernst, du stehst auf Lakritz?«

»Bist du verliebt?«

Zoe schluckte.

»Sag es ihr.«

»Ich habe Angst.«

»Die hat sie vielleicht auch. Aber das Leben ist zu kurz, um zu warten.«

»Ja, große Schwester.«

Katharina drückte ihre Hand. »Wir gehen jetzt, dann könnt ihr euch gleich anschließen. Ruf du schon mal euer Taxi.«

»Danke.«

Sie umarmten sich fest.

~ ~ ~

Nachdem sie sich von allen verabschiedeten hatten, lief Zoe mit Helen auf das Taxi zu.

»Helen, ich weiß, es ist schon spät, aber würdest du noch mit zu mir kommen? Ich würde gern mit dir über etwas sprechen.«

Helen kniff die Augen zusammen. »Muss ich mir Sorgen machen?«

Zoe versuchte zu lächeln. »Kommst du noch mit?«

»Ja.«

Im Taxi setzten sie sich beide nach hinten und Zoe nannte dem Fahrer die Adresse.

»Das war ein sehr schöner Abend.«

»Das fand ich auch. Wie war dein Tag gestern?«

»Ich musste wieder viel reden. Aber es waren wirklich gute Gespräche. Etliche der alten Geschäftsfreunde meines Vaters haben mir ihre Hilfe angeboten. Das tut sehr gut.«

Zoe hörte Helens Stimme bloß dumpf in der Ferne. Was würde gleich geschehen? Helen hatte sie heute oft liebevoll angesehen, doch was bedeuteten diese Blicke wirklich?

Die vorbeiziehenden Lichtflecken der Laternen und beleuchteten Fenster flimmerten vor ihren Augen.

Helen musste es von ihr erfahren, bevor sie abreiste.

»Hey.« Helen berührte sanft ihren Oberschenkel. »Alles okay?«

Zoe nickte, doch in ihrem Innern wogte Unruhe. Was wäre, wenn sie Helen jetzt verlor? Jetzt, wo sie sich gerade erst wieder annäherten?

Das Gute an der ganzen Sache war, dass sie es gleich hinter sich hatte und nicht mehr diesem Gefühl der Ungewissheit ausgesetzt sein würde.

An der Wohnung angekommen, nahm Zoe ihr die Jacke ab. Sie zogen sich die Schuhe aus.

»Magst du noch einen Kaffee oder Tee?«

Helen schüttelte den Kopf.

»Könnten wir uns ins Wohnzimmer setzen?«

»Gern.«

Zoe knipste das Licht an. Sie setzten sich nebeneinander auf die Couch und Zoe wandte sich Helen zu. Auf ihrer Stirn waren Sorgenfalten zu sehen.

»Also, mir fällt das nicht leicht, dir das jetzt zu sagen.« Ihre Stimme zitterte. »Als ich dich traf, in deinem Haus, habe ich mich sofort so wohlgefühlt in deiner Nähe. Aber ich hatte diesen Auftrag und musste mich ständig bemühen, neue Ergebnisse abzuliefern. Ich habe so mit mir und all meinen Gefühlen gekämpft.«

Zoe brach ab, ging zu dem Bücherregal, nahm den Brief und setzte sich wieder. »Als ich hier war und du mir die Nachricht geschickt hast, wollte ich dir antworten. Ich wollte dich anrufen. Vorher habe ich alles aufgeschrieben, was ich empfunden habe, als ich bei dir war.«

Zoe reichte ihr den Brief. »Bitte, lies ihn. Ich kann besser zuhören als reden und noch besser als zuhören und reden, kann ich schreiben, deswegen habe ich alles zu Papier gebracht.«

Helen starrte einige Augenblick darauf, dann nahm sie das Stück Papier entgegen, faltete es auseinander und begann zu lesen.

Zoe beobachtete Helens Mimik. Sie veränderte sich kaum.

Das war nicht gut. Oder doch? Am liebsten hätte Zoe den Raum verlassen. Ihr ganzer Körper verlangte nach Flucht.

Als Helen am Ende angelangt war, verweilte ihr Blick einige Atemzüge lang auf dem letzten Satz. Sie schaute auf, faltete den Brief zusammen und steckte ihn ein. Ihr Blick war sanft. Sie erhob sich und streckte eine Hand aus.

Zoe griff danach und ließ sich hochziehen.

Helen umarmte sie. Ihre Hände ruhten auf ihren Schulterblättern.

O nein. Helen wollte sie doch nicht etwa trösten, sie auffangen, wenn sie ihr jetzt sagte, dass sie nichts weiter für sie empfand?

Zoe verkrampfte sich.

Helen neigte ihren Kopf leicht zur Seite. Zoe konnte ihren Atem an ihrer Wange spüren.

»Ich danke dir für deinen Mut«, sagte Helen leise. Sie löste sich von ihr und ließ die Hände langsam von ihrem Rücken gleiten. »Nach unserem gemeinsamen Abend wollte ich so gern noch mit dir reden, aber ich habe mich nicht getraut. Ich hatte Angst, dass du mir sagst, dass es dir nichts bedeutet hat, außer vielleicht Spaß und Abwechslung.«

Zoes Druck auf der Brust löste sich. »Es war so viel mehr für mich.«

»Für mich auch«, flüsterte Helen kaum hörbar. Sie beugte sich vor und küsste Zoe auf den Mund. Zärtlich berührte sie ihre Lippen.

Weich und zart erforschten sie ihre Münder, doch plötzlich begann Zoes Herz schneller zu schlagen. Schon bald würde Helen wieder abreisen müssen und was wäre dann?

Abrupt wich Zoe zurück. »Helen, es geht nicht.«

»Was meinst du?«

»Wie soll das funktionieren? Du musst bald zurück und wir sind so weit voneinander entfernt ...«, ihre Stimme versagte für einen Moment. »Ich habe leider wenig Geld. Ich würde dich kaum sehen können. Ich weiß nicht, ob wir das schaffen würden ...«

»Zoe, bitte«, unterbrach Helen sie, »beruhige dich.«

Zoe schüttelte den Kopf. »Was musst du bloß von mir denken? Erst will ich, dass du weißt, was ich für dich empfinde, und jetzt ...«

Helen machte einen Schritt auf sie zu und berührte sie an den Armen.

»Das ist okay, du bist doch nur ehrlich. Komm.« Sie ließ sich auf die Couch sinken, zog Zoe mit sich und rückte nah an sie heran.

Helen atmete laut aus. »Ich überlege, nach Deutschland zurückzukommen.«

Zoe sah sie an. Hatte sie das gerade eben wirklich gehört?

Helen griff nach ihrer Hand. »Es ist alles gerade so unheimlich viel. Ich muss noch meine kompletten Unterlagen an den neuen Geschäftsführer übergeben und die Staatsanwaltschaft prüft den ganzen Fall rund um die beiden Gutachten. Ich könnte mir sogar vorstellen, dass meine Mutter auch wieder nach Deutschland möchte, aber ich kann sie jetzt noch nicht fragen. Ich will nicht, dass sie denkt, dass ich vor all dem, was in Norwegen auf mich wartet, weglaufe.«

Zoe drückte sanft ihre Hand.

»Ich habe ständig an unsere Stadt gedacht und an den Laden. Ich hatte das Gefühl, nie wirklich in Norwegen angekommen zu sein. Als ich dich kennenlernte, gab ich diesen Gefühlen zum ersten Mal wieder Raum.« Helen sah sie nun mit einem liebevollen Blick aus ihren wachen Augen an. »Und mir ist bewusst geworden, wie sehr ich es vermisse, einem Menschen so nah zu sein, Zeit mit ihm zu verbringen und ihn kennenlernen zu dürfen. All die Jahre habe ich mich auf die Arbeit konzentriert und wirklich geglaubt, sie würde mich ganz und gar erfüllen.«

Zoes Magen krampfte sich zusammen. Nun war Helen diejenige, die viel Mut bewies und was war mit ihr? Wollte sie wieder mal davonlaufen?

»Es tut mir leid, was ich gerade gesagt habe. Dass du dir so einen großen Schritt überhaupt vorstellen kannst, finde ich sehr mutig. Aber wenn es nicht klappt oder du dich umentscheidest, will ich für dich da sein. Ich will das mit uns. Ich will dich, ob du weit weg von mir bist oder nicht.«

Helen lächelte, dann ließ sie ihren Kopf auf Zoes Schulter sinken.

Sanft gab Zoe ihr einen Kuss auf die Stirn. »Es ist schon spät. Magst du hier schlafen? Also, hier auf der Couch, die auch mein Bett ist.«

Helen hob den Kopf und betrachtete die Couch. »Sie ist größer als die in meiner Hütte.«

»Allerdings, du wirst gar nicht merken, dass ich da bin.«

»Das hoffe ich nicht.«

Zoe stand auf. »Ich hole uns Bettzeug und Schlafsachen.«

Helen hielt sie am Arm fest. Sie stand auf, nahm ihr Gesicht in ihre Hände und küsste sie innig. Nach einer kleinen Ewigkeit sah Helen sie an. »Es ist wundervoll, hier bei dir zu sein.«

Zoes ließ ihre Stirn gegen Helens sinken. »Ich bin dir so dankbar, dass du vorbeigekommen bist und mit mir geredet hast.«

»Wir sind beide ganz schön mutige Frauen, oder?« Helen grinste und sah zur Couch. »Brauchst du Hilfe mit den Sachen?«

Zoe schüttelte den Kopf. »Im Bad in der Kiste unter dem Waschbecken sind neue Zahnbürsten und darüber Handtücher.«

»Danke. Bis gleich.« Helen verließ den Raum.

Zoe konnte sich nicht bewegen. Ihr Körper war so leicht, dass ihre Muskeln und Gelenke nicht gehorchen wollten.

Wow.

Was für ein Kuss. Was für eine Frau. Und sie liegt gleich neben mir.

Sie gab sich einen Ruck, ging zum Schrank und holte erst das Bettzeug und dann zwei T-Shirts daraus hervor.

Sie bezog eine Decke und ein Kopfkissen, dann nahm sie ihre aus dem Bettkasten, klappte die Couch aus und bezog sie ebenfalls.

Als Helen zurückkam, reichte Zoe ihr das T-Shirt. »Ich verschwinde auch eben im Bad.«

Helen nickte ihr zu.

Als Zoe zurückkam, hatte Helen sich bereits hingelegt.

Zoe schlüpfte unter ihre Decke. Gerade wollte sie sich auf den Rücken legen, da streckte Helen den Arm aus. »Komm ja ganz nah zu mir.«

Zoe lachte, rutschte unter Helens Decke, zog ein Zipfel ihres Kissens mit und legte den Kopf auf Helens Schulter.

Helen vergrub die Nase in ihrem Haar und atmete tief durch. »Gute Nacht.«

»Schlaf gut.«

»Das werde ich«, antwortete Helen.

Zoe blickte zu ihr hoch. »Ich muss dich vielleicht die ganze Nacht ansehen, um zu begreifen, dass du wirklich hier bist.«

Helen gab ihr einen langen Kuss.

»Das hilft etwas«, sagte Zoe.

Helen lachte, drückte Zoe fest an sich und schloss die Augen.

Kapitel 14

Als Zoe erwachte, waren draußen die Geräusche von Gesprächen auf der Straße zu hören. Es musste später Vormittag sein.

Sie spürte Helens Hand auf ihrem Bauch.

Zoe wandte den Kopf.

Helen lag auf der Seite. Ihr Atem ging gleichmäßig.

Sie liegt wirklich hier, neben mir.

Die Erinnerungen an ihr gestriges Gespräch kamen zurück.

Helen wollte vielleicht wieder nach Deutschland ziehen.

Fast hätte Zoe vor Freude die Decke weggestrampelt. Sie hielt sich zurück, hob die Bettdecke vorsichtig an und verließ leise das Zimmer.

Im Bad stand sie einige Minuten vor dem Spiegel und schüttelte sachte den Kopf.

Sie ist in mich verliebt.

Zoe wackelte erst mit der Hüfte, dann tanzte sie aus dem Bad in die Küche. Schwungvoll öffnete sie den Kühlschrank und inspizierte den Inhalt. Es gab noch ein paar Tomaten und Gurken. Sie würde Helen Frühstück ans Bett bringen. Das konnte sie, weil Helen dort drüben lag. Auf ihrer Couch, in ihrem T-Shirt.

Grinsend setzte sie Kaffee auf und begann, Brote zu schmieren. Gerade füllte sie die Tassen, als sie Geräusche aus dem Bad hörte.

Wenige Minuten später steckte Helen den Kopf durch den Türspalt. »Hallo, schöne Frau.«

»Hi.«

Zoe ging auf sie zu und gab ihr einen Kuss.

Helen hielt sie einen Moment lang fest und sah ihr in die Augen. »Es ist so toll, in deiner Wohnung wachzuwerden.«

»War ich zu laut?«

Helen schüttelte den Kopf. »Ich bin vor Sehnsucht nach dir aufgewacht.«

»Das Argument akzeptiere ich als Grund, weshalb du aufgestanden bist, aber nun musst du zurück. Es gibt gleich Frühstück im Bett. Einen Kaffee kannst du dir schon mal nehmen.«

Helen griff nach einer Tasse. »Merci.« Sie gab ihr einen Kuss auf die Wange.

Als Zoe mit allem fertig war, brachte sie das Tablett ins Wohnzimmer.

Helen sah von ihrem Brief auf.

»Du liest ihn noch mal?«

Zoe stellte das Tablett in die Mitte der Couch.

»Bis ich all deine Worte auswendig kann.«

Vorsichtig setzte Zoe sich und grinste verlegen.

»Vielen Dank für das Frühstück.«

»Sehr gern.«

Helen sah sie an. »Die ganze Sache mit Miranda tut mir übrigens leid. Ich habe nicht gemerkt, dass sie so blöd zu dir war. Als wir uns kennenlernten, hat sie mich mal nach einem Date gefragt. Sie ist in ihrem Job wirklich gut, aber ich empfinde nichts weiter für sie. Vielleicht hat sie gemerkt, dass da zwischen uns was ist und hat deshalb diese Show abgezogen.«

Helen trank einen Schluck Kaffee.

»Ich werde ihr aus dem Weg gehen, also, sobald ich das von geschäftlicher Seite aus kann.«

Zoe wollte sie ablenken und beugte sich zu ihr. Sanft gab sie ihr einen Kuss auf das Ohr und fragte leise: »Hast du gut geschlafen?«

Helen drehte sich zu ihr und küsste sie auf den Mund. »So tief wie schon lange nicht mehr. Aber die Helligkeit ist doch sehr heftig. Irgendwie schön, aber momentan sehr ungewohnt.« Helen biss in ihr Brot.

Zoe ließ sich zurücksinken. »Als ich hier ankam, habe ich draußen und drinnen überlegt, meine Sonnenbrille aufzusetzen.«

Helen lachte. »Oh, das will ich heute mit dir machen. Wenn uns jemand anspricht, können wir behaupten, wir seien Vampire aus Norwegen.«

»Gute Idee. Es fehlt aber noch etwas Dramatisches. Wäre Armas hier, könnten wir ihn als Wolf tarnen. Wo sind die Huskys momentan?«

»Ein Bekannter von uns hat ein großes Gelände, da sind sie jetzt gerade. Er hat selbst vier Schlittenhunde und kümmert sich um sie.«

Sie aßen eine Weile, ohne zu reden.

Helen sah sie an. »Wie geht es dir?«

»Sehr gut, warum fragst du?«

Helen ließ das letzte Stück ihres Brotes auf den Teller sinken. »Wegen des Artikels. Du hast wegen mir deine Chance auf eine feste Stelle aufgegeben.«

»Ich habe es auch wegen dir getan, aber nicht nur. Ehrlich gesagt weiß ich nicht, wie lange ich in der Redaktion überhaupt noch arbeiten will. Ich finde diese ganze Vorgehensweise der Chefetage ziemlich furchtbar. Bei vielen meiner Kolleginnen und Kollegen kommt zudem plötzlich ihr wahrer Charakter zum Vorschein, seit es diese heftige Konkurrenzsituation gibt.«

»Ich würde dir gern einen Vorschlag machen.«

Helen nahm das Tablett, stellte es auf den Boden und rutschte näher zu ihr. »Wenn es mit dem Laden klappt, könntest du dir dann vorstellen, noch mal Azubi zu sein?«

Ein Azubi? Zoe betrachtete Helens Gesichtszüge und überlegte, ob sie einen Scherz gemacht hatte, doch sie blieb ganz ernst. »Wie meinst du das?«

»Nun ja, ich hatte den Eindruck, dass dir das Schnitzen Spaß gemacht hat. Ich könnte es dir richtig beibringen. Und ich bräuchte wegen dem Geschäft auch jemanden, der mir bei der Pressearbeit hilft und Texte für die Internetseite schreibt. Es würde dich sicher nicht ganz ausfüllen, aber es wäre erstmal eine Basis und du könntest dann versuchen, bei einer anderen Zeitung eine Stelle zu bekommen, oder?«

Machte ihr Helen da etwa gerade ein Jobangebot?

Helen schaute auf ihre Hände. »Ich weiß, ich kenne mich in eurer Branche nicht besonders gut aus. Es ist sicher nicht leicht, irgendwo anders einen Fuß in die Tür zu bekommen. Aber ich würde dich gern unterstützen und wir könnten dann auch tagsüber mehr Zeit miteinander verbringen und ...«

Zoe beugte sich zu Helen und küsste sie.

Helen gab kurz nach, dann löste sie sich von ihr. »Es ist gut, dass du mich jetzt küsst.«

»Weil du sonst noch mehr von solchen tollen Vorschlägen für mich hättest?«

»Nein.« Helen rutschte vor sie und schwang die Beine um ihre Hüften.

Zoe legte die Hände auf Helens Taille.

»Ich will jetzt einen ersten richtigen Kuss mit dir. Einen ganz bewussten ersten Kuss.«

»Das hört sich sehr aufregend und wichtig an.«

»Das ist es.«

Sie sahen sich an.

»Hi«, sagte Helen.

Zoe lächelte. »Hi.«

Helen hob eine Hand und strich ihr über die Wange. Es kitzelte herrlich.

»In deinen Blick habe ich mich als Erstes verliebt. Du schaust einen direkt an und bist dabei ganz aufmerksam.«

»Vielleicht bin ich das bloß bei dir.«

»Nein, bist du nicht, aber vielen Dank für das Kompliment. Als ich damals bei unserer ersten Begegnung die Hunde reingeholt habe, war das nur, weil ich frische Luft brauchte. Ich fand dich vom ersten Augenblick an toll.«

Zoes Wangen wurden warm. »Und ich habe mich sofort sehr wohl bei dir gefühlt. Es kam mir so vor, als hätten wir ein Date und nicht einen geschäftlichen Termin.«

Helen lachte auf. »Keine schlechte Geschichte für später, oder?«

Zoe nickte. »Und die von dem wiederholten ersten Kuss sicher auch nicht.«

»Also dann.«

»Also dann.«

Helen neigte den Kopf näher zu ihr und küsste sie. Ihre zarten, weichen Lippen fühlten sich wunderbar an.

Zoe öffnete leicht ihren Mund.

Ihre Zungenspitzen liebkosten sich sanft.

Zoe glitt mit den Händen unter Helens Shirt und spürte, dass sie Gänsehaut hatte. Ihre Bauchmuskeln spannten sich an, als Zoe mit den Fingern darüberfuhr und weiter zu ihrem Busen wanderte.

Helen berührte ihre Hüfte und glitt mit einem Finger unter den Saum ihres Slips. »Deine weiche Haut.«

Zoe beugte sich seitlich und küsste Helens Hals. »Dein Duft.«

Helen fuhr mit den Fingern über ihren Bauch, hin zu ihrem Busen. »Wenn wir schon den ersten Kuss wiederholen, sollten wir vielleicht auch der anderen Sache diesen Anlass widmen?«

Zoe wanderte mit den Lippen über Helens Schlüsselbein. »Du hast gute Ideen.«

Helen schob ihre Hand weiter nach vorn und fuhr mit den Fingerspitzen unter ihren Slip und durch ihre Schamhaare.

Zoe zuckte.

Helens Finger wanderten tiefer. »Wir wiederholen alles einfach so oft, bis wir beide zufrieden sind.«

»Das klingt nach einem guten Konzept«, antwortete sie mit kratziger Stimme.

Helen drückte sie leicht nach hinten und Zoe ließ sich in das Kissen sinken.

»Ich fange an.« Sie schob Zoes Shirt hoch und küsste ihre Brüste.

»Warum du?«

»Meine Idee, meine Regeln.«

Zoe schloss die Augen.

Helen saugte zärtlich an ihrer Brustwarze.

Ein Stromstoß fuhr durch ihren Körper. Zwischen Zoes Beinen wurde es feucht. »Du bist ganz schön egoistisch.«

Helen küsste ihren Bauch. »Das tut mir leid. Ich weiß, du kennst das noch nicht von mir.« Sie zog Zoes Slip herunter und wanderte mit der Zunge zwischen ihre Beine.

Zoes Sicht verschwamm. »Ich denke, ich komme damit klar«, presste sie hervor.

Helen bewegte sich wieder nach oben.

Zoe öffnete die Augen.

Helen stützte sich rechts und links mit den Unterarmen ab. »Wir können auch tauschen.«

»Himmel, bitte. Hör jetzt bloß nicht auf.«

Helen grinste. Sie rutschte wieder nach unten und drückte Zoes Beine sanft auseinander, dann tauchte sie mit der Zunge in ihre Mitte.

Eine erregende Welle packte sie. Zoe stöhnte. Alle Gedanken verflogen. Es gab nur noch Helens Berührungen und ihre Lust auf diese wunderbare Frau.

Epilog

Zoe riss die Tür zum Laden auf.

Helen setzte gerade eine Figur ins Regal und drehte sich zu ihr um.

»Es ist ein Mädchen! Sie heißt Antonia!«

Zoe wedelte mit ihrem Handy in der Luft, während Helen auf sie zugeeilt kam.

»Ich stand gerade an der Kasse im Baumarkt, da kam der Anruf meiner Schwester.«

»Hast du die Winkel bekommen?«

»Bitte?«

»Die Winkel.«

»Aber ... das Baby ...«

Helen grinste. »Ein Scherz.« Sie gab Zoe einen Kuss auf den Mund. »Ich freue mich sehr. Geht es deiner Schwester und der Kleinen gut?«

»Ja, es ist alles in Ordnung. Sie werden ein paar Tage im Krankenhaus sein. Es ist so schade, dass sie heute bei der Eröffnung nicht dabei sein können. Wir müssen ganz viele Fotos für sie machen. Besuchen wir sie dann morgen?«

»Sehr gern.«

Zoe ließ ihr Handy in die Tasche fallen und zog die Winkel hervor. »Was willst du damit? Ich dachte, es ist schon alles fertig.«

Flink zog Helen sie ihr aus den Händen und zeigte auf die Stelle neben der Kasse. »Bloß ein letztes Detail. Ich habe noch ein kleines Regal für Zeitschriften gebaut.«

»Falls sich jemand in der Schlange an der Kasse langweilt?«

Helen lief zu dem Pult mit der Kasse und hob einen Stapel dahinter hervor.

Plötzlich huschte Armas um die Ecke der Tischverkleidung und schoss auf sie zu. Sogleich ging Zoe in die Hocke. »*Flink jente.* Guter Junge. *Gi lab*, Armas.«

Armas setzte sich und gab Zoe die Pfote.

Zoe streichelte ihn.

Lachend sagte Helen: »Bei dir ist er immer so brav. Er hat schon seinen Lieblingsplatz hier an der Kasse gefunden. Ich werde bestimmt ständig über ihn stolpern.«

Zoe richtete sich auf, strich Armas über den Kopf und sah Helen an. »Vermisst du die anderen Hunde sehr?«

Sachte schüttelte Helen den Kopf. »Sie sind alle im Rudel gut aufgehoben und mein Bekannter kümmert sich sehr herzlich um sie. Und es ist gut für Armas, dass er nun ein Einzelgänger sein kann. Er blüht hier richtig auf.«

Helen kam zu ihr zurück und drückte Zoe den Stapel in die Hand.

Überrascht betrachtete Zoe das Cover. »Das ist ja die aktuelle Ausgabe der *Schnitzkunst heute*.«

»Ja und in jeder habe ich deinen Artikel markiert, damit ihn alle gleich finden.«

Zoe legte den Stapel ab. Ihre Wangen wurden ganz warm. »Es war doch bisher nur dieser eine Artikel. Sie können sich immer noch gegen mich entscheiden.«

»Das werden sie nicht. Der Artikel ist toll.« Helen gab ihr einen Kuss. »Ich mag deinen neuen Stil. Er ist so sanft.«

Zärtlich griff Zoe nach ihrer Hüfte und zog sie nah zu sich. »Komm schon, vermisst du nicht die eiskalte Reporterin, die ich mal war?«

Helen neigte ihren Kopf und biss ihr sanft in den Hals.

»He!«

Genüsslich fuhr sich Helen mit der Zunge über die Lippen und schüttelte den Kopf. »Nein, so schmeckst du mir am besten.«

Zoe grinste und ließ Helen wieder los.

»Ich habe noch etwas für dich.« Helen ging erneut zu dem Tisch, griff dahinter und übergab ihr eine Figur. Sie hatte lange Haare und ein Gewand in Rot, Grün und Gelb.

»Das ist doch die Figur, die ich mir damals in der Halle angesehen habe.«

»Ja, du hast gesagt, sie sähe aus, als sei sie auf dem Weg in ein Abenteuer. Ich habe mir sie gleich danach geholt und seitdem hat sie mir viel Glück gebracht.«

Grinsend neigte sich Zoe zu Helen und gab ihr einen Kuss auf die Wange. »Danke. Du bist ganz schön süß, weißt du das?«

»Ja, das weiß ich.«

»Ich liebe dich.«

»Ich liebe dich, Zoe Halberg.« Für einen Moment sah sie Zoe in die Augen, dann blickte Helen über ihre Schulter. »Die ersten Gäste kommen, es geht los.«

Eilig schritt Helen auf die Eingangstür zu, drehte das Schild um, so dass nun von außen das Wort »Geöffnet« zu lesen war und zog die Tür auf.

»Herzlich Willkommen.«

Einige Kinder huschten zu den Regalen und innerhalb weniger Minuten war der Raum erfüllt von ihrem Lachen und den Gesprächen, der umherlaufenden Erwachsenen.

Helen streckte die Hand nach Zoe aus. »Komm, lass uns ein Abenteuer beginnen!«

Ebenfalls im Ylva Verlag erschienen

www.ylva-verlag.de

Eine Diebin zum Verlieben

Ina Steg

ISBN: 978-3-95533-809-1
Umfang: 246 Seiten (65.000 Wörter)

Robin ist eine Diebin, doch wie ihr Namensvetter verteilt sie ihre Beute an Bedürftige.

Obwohl Kriminaltechnikerin Hanna sie verdächtigt, ein wertvolles Buch gestohlen zu haben, ist das Knistern zwischen den beiden Frauen nicht zu leugnen. Während Hanna damit hadert, Robins Schuld beweisen zu müssen, verstrickt diese sich zunehmend in Lügen.

Kann es in diesem Katz-und-Maus-Spiel überhaupt Gewinnerinnen geben?

Fertig mit der Liebe

L.T. Smith

ISBN: 978-3-96324-489-6
Umfang: 168 Seiten (44.000 Wörter)

Ellie Anderson ist fertig mit der Liebe. Erst sind alle Beziehungen gescheitert, dann starb auch noch ihr geliebter Hund. Nun lebt sie ganz für ihre Arbeit. Da trifft sie im Tierheim auf Charlie, einen wunderschönen, braunäugigen Terrier. Es ist Liebe auf den ersten Blick. Leider gibt es eine Rivalin, die ebenfalls den Hund adoptieren möchte, und selbst so verführerische braune Augen hat.

Eine McElroy zu viel

KL Hughes

ISBN: 978-3-96324-413-1
Umfang: 212 Seiten (65.000 Wörter)

Fionas bester Freund Michael bittet sie, über Weihnachten mit zu seiner Familie zu kommen und sich als seine feste Freundin auszugeben. Zu dem ausgelassenen Klan der McElroys gehört auch Michaels faszinierende Schwester Lizzie. Je mehr Zeit Fiona mit Lizzie verbringt, desto schwerer fällt es ihr, so zu tun, als sei sie in Michael verliebt.

Wenn schon Weihnachten

Verena Martin

ISBN: 978-3-95533-269-3
Umfang: 167 Seiten (35.000 Wörter)

Nach der Trennung von ihrer Partnerin, einem Weihnachtsmuffel, will Anna das Fest wieder mit ihrer Familie feiern. Doch alles geht schief. Heike beschließt, ihrer Zufallsbekanntschaft bei den Vorbereitungen zu helfen, und hofft, Anna dabei näherzukommen. Dem perfekten Heiligabend stehen einige Hindernisse im Weg – wie die Frage, ob Anna überhaupt mehr von Heike will als nur ein Plätzchenrezept.

Über Ina Steg

Ina Steg wächst seit Beginn der Achtziger in Nordrhein-Westfalen auf. Geschrieben hat sie als junger Mensch vor allem Weihnachts- und Glückwunschgedichte, die sie sich dann nie vorzutragen traute.

Geschichten schreibt sie, um von besonderen und inspirierenden Menschen zu erzählen. Ihre Texte verfasst sie am liebsten per Hand – dabei sitzt sie im Park unter alten Bäumen und isst Streuselkuchen.

In ihrer Freizeit besucht Ina Steg oft das Theater oder erkundet mit ihrer Partnerin verfallene Ruinen. Das Geld dafür verdient sie bei einem Job unter Tage: In alten Dokumenten gräbt sie nach Wissen.

Kontakt

Webseite: www.ina-steg.de

Bibliografische Information der Deutschen Bibliothek
Die Deutsche Bibliothek verzeichnet diese Publikation in der Deutschen Nationalbibliografie; detaillierte bibliografische Daten sind im Internet über www.dnb.de abrufbar.

1. Auflage

Taschenbuchausgabe Oktober 2021 bei Ylva Verlag, e.Kfr.
ISBN: 978-3-96324-571-8

Dieser Titel ist als Taschenbuch und E-Book erschienen.

Lektorat: Jenny Spanier
Korrektorat: Katrin Hockert
Coverdesign: Streetlight Graphics

Kontakt:
Ylva Verlag, e.Kfr.
Inhaberin: Astrid Ohletz
Am Kirschgarten 2
65830 Kriftel
Tel: 06192/9615540
Fax: 06192/8076010
www.ylva-verlag.de
info@ylva-verlag.de
Amtsgericht Frankfurt am Main HRA 46713

Printed in Poland
by Amazon Fulfillment
Poland Sp. z o.o., Wrocław

88941643R00153